集英社オレンジ文庫

赤ちゃんと教授

乳母猫より愛をこめて

松田志乃ぶ

本書は書き下ろしです。

Contents

イラスト／はしゃ

赤ちゃんと教授

乳母猫より愛をこめて

第一章　乳母猫、教授と出会う

1

タコ焼きに似た雲が浮いている。

よく晴れた日曜日。緑豊かな公園内はフリーマーケットを楽しむおおぜいの客でにぎわっている。十月の空は抜けるように青く、ぽっかりと浮かんだ球形の雲はこんがり焼けたタコ焼きにそっくりだ。いまにも香ばしいソースと青海苔（のり）の匂いが鼻先に漂ってきそうなほどリアルである――というよりも、実際、本物の匂いが強烈に漂っている。

「……おい、嬢ちゃん……あんた、さっきから店の前にボーっと立ってるけど、いったいなんなの？　買わないの？」

太い眉をひそめ、タコ焼き屋の主人が尋ねた。

空を見あげながら、タコ焼きの匂いに鼻をヒクヒクさせていた鮎子（あゆこ）は視線をむけた。

「それがですね、大将、買いたいのはやまやまなんですけど、現在の経済状況と懐（ふところ）具合を鑑（かんが）みますと、残念ながらこちらの商品を購入するわけにはいかないのです」

「経済状況ってうちのタコ焼きたったの三百円なんだけど……まあ、いいや、買わないなら、他の客の邪魔だから、どいてくれ」

鮎子は素直に屋台から数歩さがった。

風下の位置に変わりはないので、タコ焼きの香ばしい香りは相変わらず流れてくる。

とたん、キュウウゥー……と下腹が、子猫の鳴き声にも似たせつない音をたてた。

お腹をさすってなだめつつ、鮎子は周囲を見回した。広場の隅に水飲み場がある。嗅覚と想像力を総動員しつつ、水道水をたらふく飲めば、あと半日くらいはもつだろう。

お腹はぺこぺこで、いくあてはなく、財布の中身は十円の贅沢も許されないという逼迫した状況であったが、生まれつき楽天家の鮎子はあまりくよくよしていなかった。

（とりあえず、身体はぶじだし、天気もいいし。まあ、大丈夫、貧乏には慣れてるしね）

青空を仰ぎ、大きく深呼吸すると、鮎子はタコ焼きの香りを鼻いっぱい吸いこんだ。

「オイッ！　だからそこの猫目の嬢ちゃんよ!!」

「えっ、どうしたんです、大将。熱中症ですか？　顔が茹でダコみたいに真っ赤ですよ」

「あんたが原因だよ！　空を凝視しながら鼻の穴おっぴろげてクンカクンカしてる不審な女が店の真ん前に突っ立ってんのが営業妨害だっていってんだよ、この匂い泥棒ッ!!」

主人は気短に怒鳴って、屋台の調理台をこぶしで叩いた。

「可愛い顔してずうずうしい嬢ちゃんだな！　まったく、なんなんだ、あんたは!?」

「あ、わたしは西東鮎子と申します。サイトウは、いわゆるメジャーな斎藤さんのほうのサイトウではなく、東西南北、東奔西走、猫が西むきゃ尾は東、の西東で」

「自己紹介なんぞ求めてねえよ！　他の客の邪魔になるからあっちにいきな!!」

「でも、大将、他のお客さんひとりもいないですよ」

　ぐっ、とタコ焼き屋の主人が黙る。

　そろそろ昼時にさしかかるころだが、フリーマーケットでにぎわう広場の中心から離れたこのあたりは、人気もまばらで、活気がない。

「どうしてみんなこっちにこないんでしょうねー。あっちのケバブ屋や焼きそば屋には行列ができているのに……もったいないですよ、こんなに美味しいタコ焼きなのに」

「美味しいって、嬢ちゃん、うちのタコ焼き、食ってねえだろ」

「きつね色に焼けたこのタコ焼きのみごとなできばえと、ひっくり返す大将のあざやかな錐さばきを見れば、このタコ焼きがめちゃくちゃ美味しいことはわかりますよ」

「む、そうか？」

　わりあい単純な性格らしい。主人の頬がとたんにゆるんだ。

「屋台の粗悪なタコ焼きにありがちな、べちゃっ、ふにゃっ、としたところがみじんもない。カリッと焼きあがった完璧な球形のフォルム。みごとな職人技ですねー」

「そりゃ、確かにおれはこの道十五年のベテランだけどな。正直、味には自信あんのよ。昔、五反田で店出してたこともあるし。女ともめて潰しちゃったけど。うちのタコ焼きをそこいらのチンピラが作る水っぽい小麦粉の塊と一緒にされちゃたまんねえやなァ」

「場所が悪いんですよねー。このへん、木が多くてなんだか暗いし、風下だからこの美味しい匂いもみんなの鼻に届かないし。大将、よかったらわたし、宣伝してきますよ。このタコ焼きの美味しさを、みんなに知らせなくてはもったいないですもん！」

「あんたが？」

「だから、宣伝用にタコ焼き一パック、タダでくださいな」

「あんた、口がうまいな、嬢ちゃん」

うまいことタコ焼きを手に入れた鮎子は、さっそく広場の中心へむかった。

「タコ焼きいかがですかー」「B級グルメの傑作ですよー」などといいつつ、そろそろ空腹を感じ始めているだろう人々のあいだを、ソースの匂いをふんだんにまき散らしながら歩く。小さく切った試食用のタコ焼きを配りながら、鮎子は自分もその一つを口にした。

（ううっ、美味しい……空っぽのお腹にソースの味がしみわたるわ）

目にうっすら涙を浮かべ、ほっぺたが落ちるといわんばかりの至福の表情でタコ焼きをほおばるその姿は、演技でないだけに、かなりの宣伝効果があったようだ。

——十五分後。

閑古鳥（かんこどり）が鳴いていたタコ焼き屋の前にはずらりと行列ができていた。

人すくなであるのも、涼しい木陰（こかげ）があるのも、混雑と秋の日射しに疲れた人々にはよかったらしく、屋台の周辺のベンチが続々と客で埋まっていく。

「ありがとよ、猫目の嬢ちゃん！」

すっかり上機嫌になった主人から、謝礼としてもう一パックのタコ焼きと烏龍茶（ウーロン）をもらった鮎子は、手をふってその場を離れた。植え込みの陰に隠しておいたスーツケースを引っ張り出し、簡易のテーブル代わりにして昼食をとる。

煤で汚れた、この傷だらけの古いスーツケース一つが、いまの鮎子の全財産である。

せっせとタコ焼きを食べていると、肩をチョンチョンとつつかれた。

ふり返ると、笑顔の女性がふたり立っている。

「ねえ、あなた、フリーマーケットにきたお客さん？」

スリムなジーンズ姿。耳に光るピアス。二十歳前後のふたり組だった。

「いえ、たまたま立ち寄っただけですけど」

「あ、そうなんだ。ねえねえ、いまの見ていたけど、あなた、すごかったね。ガラガラだったお店にあんなにお客さんを呼んじゃって。まるで呼び込みのプロみたい」

「そこで相談なんだけど、わたしたちのお店もちょっと手伝ってもらえないかな？」

「え？　おふたりも屋台を出しているんですか？」

若くて小奇麗なふたりは、とてもテキ屋業界の人間には見えない。

「屋台じゃなくてフリーマーケットのほうね。わたしたち、大学の演劇部でフリマに参加しているのよ。といっても、ほとんど遊び半分の出店だけど」

「古くなった舞台衣装や小道具なんかを売っているんだ。ほら、そこのお店よ」

ふたりが指さすほうを見ると、

〈激安！　コスプレ衣装いろいろあります!!〉

という手描きの看板を出している店があった。青いシートには、靴や帽子やカツラなどが並べられ、そばのハンガーラックには時代ものの衣装がかかっている。

「たいして売れないんだけどね、うちは西洋古典劇が多いから、衣装もそれ系のばっかりで。地味だから、コスプレ衣装としてもあんまり需要がないんだよねー」

「でも、毎年の部の恒例行事だから、参加しないわけにもいかなくてね」

「へえ……つまり、あの衣装を売るのを手伝えばいいんですか？」

「えーとね、とりあえず、いまから一時間ばかりは昼休み休憩にしてお店を閉じちゃうから、そのあいだ、あなたには商品が盗まれないよう見ていてほしいの」

「実はあっちの野外劇場で、もうすぐミニフェスがあるんだよねー。好きなバンドが出るから楽しみにしていたんだけど、先輩たちに店番を押しつけられちゃったから、見にいけなくて」

つまりは留守番役ということのようだ。

「特に予定もないから、いいですよ。でも、どうして見ず知らずのわたしに？」

「えー、だって、あなた、さっきは食い逃げだってできる状況だったのに、まじめにタコ焼きの宣伝してたでしょ？　ああいう子なら信用できると思ったの。実際、こうしてしゃべってても、あなた、感じいいしね。商品盗むとか、悪いことしなそうだし」

鮎子は食べかけのタコ焼きを口に放りこみ、にっこりした。

「それはどうも」

スカウトの声をかけてきたのだから世辞ではないのだろう。漠然とした印象だけでも相手に安心感を与えられるというのは、鮎子の職業にとって、かなり重要なことだった。

ガラガラとスーツケースを引き、さっそく店に移動する。

雑貨を並べた青いビニールシートの上には、

〈文琳館女子大学・演劇部〉

という看板とともに、定期公演のものらしいチラシやパンフレットが置かれていた。

（文琳館女子。この近くにある名門女子大だ。なるほどねー、シンプルだけどいいものを身につけているなと思ったけど、このふたりもいいところのお嬢さんなんだ）

「ありがと、助かるわー。ささやかだけど、バイト代は払うからね」

「西東鮎子さん……だったっけ？　見かけない顔だし、文琳館の学生じゃないよね？」

「ちがいますよ。わたし、こう見えても二十五歳の社会人です」

「えッ、二十五歳!?」

「うそーっ、見えない！　絶対、同い年くらいだと思ってた！」

目を丸くするふたりの反応は、鮎子にとっては見慣れたものだ。

一五三センチ。体重四十キロ余り。

猫のように大きな目に、化粧っけのない童顔。無造作に束ねたストレートの黒髪。

田舎育ちで体力はあるが、一見したところ華奢に見える小柄な体型とあいまって、たいてい、実年齢よりも五歳は下に見られるのがつねだった。

「ま、社会人といっても、恥ずかしながら、いまは無職で失業中の身なんですけどね」

「えっ、失業中？　じゃ、会社をクビになったの？　リストラ？」

「いえ、会社のほうがなくなっちゃったんです」

「えっ！　会社が倒産したの⁉」

「ついでに住んでいたところも火事で焼け出されてしまって、いく場所がなくて」

「えっ、じゃあいまはホームレス⁉」

「まあ、そういういいかたもできなくはないですかね。とりあえず、焼け残った所持品を全部このスーツケースに詰めこんで避難してきたんですけど、どれもこれも煤で汚れてるわ、煙臭いわ、じっとり湿ってるわ、特に衣類なんて着れたものじゃないので、実質、着替えもまともになくて。おまけに諸事情で貯金がゼロになってしまっているので、現在の所持金は一万四千円ポッキリなんです、アハハハ」

「何、その不幸の乱れ打ち⁉」

ふたりが仰天する。

なるべく明るく語ったつもりだが、話のインパクトを打ち消すまではいかなかったようだ。若い学生に心配をかけるのも悪いと思い、鮎子はおおざっぱな事情を説明した。

——三日前まで、鮎子は〈人材派遣会社・寿(ことぶき)〉という会社に所属し、働いていた。

もともとは家政婦あっせん所から始まった会社で、現在、扱う業務は月決め契約の家政婦とベビーシッターの二種類である。

保育士資格をもつ鮎子はこの会社で三年前から、ベビーシッターとして働いていた。〈寿〉は個人経営の小企業ながら、五十年近い実績のある会社で、質のいい人材を揃えていたことから、顧客の評判は上々、経営も長く安定していた。

たまたま、鮎子が社長の妻と同郷の出身であったこと、社員の中で一番若かったこと、熱心な働きぶりなどが気に入られ、会社に登録後、まもなく、会社兼夫妻の自宅であった建物の一室に下宿させてもらえることになった。

若い鮎子が給料の一部を家族に送金していると知ったゆえの、社長夫妻の厚意である。

「築四十二年という気合いの入った家でしたけど、場所も品川で、交通の便も良くて、いい住まいだったんです。何しろ水道、光熱費、もろもろ込みで月三万円というお安さで」

「安っ！　山手線の内側にその値段で住めるのは奇跡だよ！」

「そうなんですよー。仕事のない日には奥さんの美味しい夕食もついてきましたし」

「で、その会社が倒産しちゃったの？　でも、経営は安定してたっていってなかった？」

「倒産じゃないんです。火事に遭っちゃったんですよ。隣の店からの出火で。それで、会社は一時的にですが休業することになり、社長宅に下宿していたわたしも、住むところをなくしてしまったというわけなんです」

「ああ、なるほど、そういうこと……」

明け方、隣家のワイン・バーからの出火だった。

連日の晴天で空気が乾燥していたこともあり、両隣の建物も揃って全焼。さいわい、死者は出なかったものの、この騒動で社長は持病の腰痛が悪化、副社長である妻も大量の煙を吸って倒れ、精神的なショックもあって、しばらく入院することになった。

古株の社員たちが顧客への連絡に奔走し、三十人余りの登録社員は現在契約している派遣先での仕事をそのまま続けることになったのだが、間の悪いことに、前回の仕事先との契約が切れたばかりの鮎子には、仕事がなかった。

かくして、鮎子は一夜にして仕事と家と所持品をいっぺんに失ってしまったのである。

「そうだったんだ……ドン引きするほど大変な目に遭ってたんだね、鮎子ちゃん……」

女子大生たちは、ため息をついた。

「まあ、よくある話なんですけどね」

「いや、全然よくある話じゃないでしょ。まれに見る逆ミラクルな不幸でしょ。なんだって、そう、けろっとしてるの」

「わりと苦労はし慣れているもので……。社長にいえば当座のお金ぐらいは貸してもらえるんですけれど、あちらも会社の再建で大変なときでしょう。できるところまでは自力でなんとかしようと思いまして」

「でも、貯金がゼロだっていうのはどうして？　火事で通帳類が焼けちゃったのなら、銀行にいって事情を話せば、再発行してもらえるんじゃない？」

「いえ、それは火事とは関係ないんです。わたし、妹がいるんですけれど、その子が来年大学受験で。姉のわたしがいうのもなんですけど、利発で成績優秀な子で、将来は法曹界を目指しているんですよ。でも、うちは父親がいないので、母の収入だけでは進学資金を用意できないんですね。それで、わたしが妹を援助しているんです」

「ええー、鮎子ちゃん、若いのにえらすぎる……」

生活費を補うための月々の仕送りとは別に、鮎子は妹のために、大学の受験料や入学金や前期の授業料、その他の諸費用をコツコツ貯金していた。

今月の給料で目標額がようやくたまったので、気前よく、それを全額実家に送ってしまったところだったのだ。手持ちの金で、次の給料日まではなんとかなる計算であったし、まさか会社が火事で焼けてしまうとは予想だにしていなかった。

むろん、火事のことを母に話せば、すぐに必要な金を送ってきてくれるはずである。が、一度渡した金を一部とはいえ返してくれというのは鮎子のポリシー（？）に反することであった。それは最後の手段にとっておくことにして、とりあえずは、いまある手持ちの金だけで、次の給料日までの二週間を乗り切ろうと決意したのである。

「ま、でも、実際、身体さえぶじならなんとかなるものなんですよね。一昨日は近所のおうちで、たらふくごはんを食べさせてもらいましたし、昨日は教会に一泊させてもらっておむすびまでもらって送り出してもらえましたし。東京の人間は冷たいなんていいますけど、全然そんなことなくて。いやー、ホント、渡る世間に鬼はナシですよ」

「そんなに明るく笑って……ううっ、ポジティブすぎるよ、鮎子ちゃん……」

「とりあえずは住み込みの仕事を探すつもりですけど、空腹だけはどうしようもなくて。

これがうちの実家みたいなど田舎なら、山に入っては山菜を採り、川に入ってはどじょっこだのふなっこだのを獲って、二週間ぐらいは暮らせる自信があるんですけどねえ」

「ううっ、たくましすぎるよ、鮎子ちゃん……」

当事者の鮎子が楽観的なのと対照的に、女子大生ふたりは涙にくれている。

裕福な家の学生としては、鮎子の境遇は悲惨の一言としか思えないのだろう。

「でもまあ、なんとかなると思っているんですよね。わたし、運は強いほうなんで」

冷めたタコ焼きを口に放りこみ、鮎子はいった。

ささやかながら二十五年の人生経験から、つらい状況のときほど前向きでいたほうが、事態の好転するのが早いことを学んできたのだ。

「わたしたちにもぜひ協力させて、鮎子ちゃん」

ぐすん、と鼻をすすって女子大生はいった。

「こうして出会ったのも何かの縁だよ。とりあえず、ここにあるお菓子とかおにぎりとか菓子パンとか、好きなだけ食べていって！」

「着るものも、ここにある衣装でよければ、好きなのをもっていっていいからね！」

「えっ、本当ですか？」

「うん。それと、みんなに事情を話して、住み込みの仕事がないか、聞いてあげる。うちの部の子たち、みんな顔が広いの。こんな窮状（きゅうじょう）のあなたをとても見捨てておけないよ」

「泣きたくなるほど悲惨な状況だけど、くじけずがんばってね！」

「捨てる神あれば拾う神あり。大丈夫！　明るい鮎子ちゃんなら、きっとすぐに次の仕事が見つかるよ！」

「はい！」

「じゃ、わたしたちはとりあえずフェスにいってくるからしばし留守番よろしくね！」

「かしこまりました、いってらっしゃいませ、お嬢さまがた！」

条件反射的にいって、走り去っていくふたりを深々と頭をさげて見送る鮎子である。

（はあー、いい人たちに出会えてよかった。これで仕事も見つかるといいんだけどな）

シートに腰をおろした鮎子は、さっそくコンビニ袋の中の菓子パンとおにぎりに手をのばし、むしゃむしゃと食べ始めた。できるときに食いだめをしておかなければ。

それからハンガーラックにかかった衣装の中からサイズの合いそうなものを探し始める。昼間はともかく、十月の夜はさすがに冷えるのだ。

（いい感じの上着とかがほしいんだけど、残念ながら、どれもサイズが大きいみたい……お芝居をする人って、やっぱり舞台映えする背の高い人が多いのかなー）

なかなか合うものが見つからず、ようやく見つかった衣装も、普段着には大仰すぎるものばかりであった。さすがにロココ調の五段フリルのお姫さまドレスや、華麗なローブ・デコルテで臨時バイトの面接に臨むわけにはいかない。

結局、鮎子のサイズに合う、使えそうな服は一着だけだった。

百年ほど前のイギリスあたりを想定した衣装だろうか、モカ色のツイード地でできた、襟（えり）の詰まったケープ風の上着とロングスカートである。首元に白いサテンリボン、胸にはクルミボタンの並んだ、凝（こ）ったつくりの衣装だった。人を選ぶサイズだけにたいして使用されていなかったらしく、目立った汚れやほつれなどもなく、状態がいい。

（昔、絵本で見たメアリー・ポピンズか、上流階級で働く女家庭教師（ガヴァネス）みたい。これって、ベビーシッターを生業（なりわい）とするわたしには、ちょうどいいんじゃない？）

物陰に隠れて手早く試着してみると、誂（あつら）えたようにぴったりである。

ついでに髪も編みこみにして整え、姿見に映した自分に、鮎子は満足してうなずいた。

さあ、これで、衣食住の〝衣〟と〝食〟はとりあえず満たされた。あとは〝住〟の問題をなんとかしなくては。

ふと見ると、公演チケットのそばに、

〈お仕事募集！　映画エキストラ、舞台の助っ人、レンタル彼女など、引き受けます〉

という看板が出ていた。

お嬢さまたちも演劇の経験を生かして、いろいろアルバイトをしているようだ。

一つ、これに便乗させてもらおう、と鮎子は備品を入れた箱の中をゴソゴソあさり、

〈お仕事募集中。ベビーシッターやります。住み込み希望。料金応相談〉

と段ボールの裏にマジックで大きく書いて、演劇部の看板の横に並べて立てた。

わかりやすいが、いまひとつインパクトに欠ける。少し考えてから、

〈百戦錬磨で経験豊富、どんな駄々っ子もお手のもの、泣く子も黙る最強乳母（スーパーナニー）です！〉

と書き足すことにした。

吸引力のある、よいコピーである。多少、誇大広告の感は否めないが。

遠くから、ロック調の音楽と歓声が聞こえてきた。フェスが始まったようだ。

青い空。響く音楽。子どもたちの笑い声。鼻をくすぐる食べ物の匂い。

（いい休日だわ）

あくびをし、新聞紙ですべての商品を覆ってから、鮎子はシートの上に横たわった。

お腹が満たされたので眠気がさしてきた。

西東鮎子、二十五歳。

職ナシ、家ナシ、貯金ナシ。

ついでに恋人もナシ。

不安がないといえば嘘になる。でも、空はあらゆる憂いを払うように青く、梢を渡ってくる風は紅葉の匂いをはらんで心地がいい。

自分がいま、大人であることに、鮎子は心から安堵する。降りかかってくる不運、不幸に、抗うすべもなかったあのころ。理不尽な力に流され、屈せられ、望まぬ場所に押し込められていた子ども時代を思えば、たとえ定まった住まいはなくとも、煤だらけのカバンをお供に、自分で自分の居場所を選べるいまのほうが、ずっと自由で、快適だ。

火事は鮎子の持ち物を奪ったが、鮎子がこれまでに身につけたキャリアやスキルまでは奪えなかった。わたしはどこででも生きていける、と強がりでなく鮎子は思う。なにしろわたしは人並み外れて健康で、働き者で、希望と自信にあふれた楽観主義者なんだから。うまくいけば、女子大生たちの協力で次の働き口がすぐに見つかるかもしれない。とりあえずは、さっきのふたりが戻ってくるのをのんびりまつことにしよう。

(あせらず、あわてず。果報は寝てまてっていうしね)

鮎子は目を閉じた。

――そして、その果報は思いがけない早さでやってきた。

2

キャーッ、と唐突な悲鳴が青空に響いた。

「助けて、誰かアアアアア！」

鮎子はがばっと起きあがった。

二十四時間、問答無用で叩き起こされるベビーシッターという職業柄、眠りは浅い。たちまち覚醒し、あたりをキョロキョロ見渡した。

見ると、植え込みを隔てた坂道の上で、高齢の女性がへたりこんでいる。

視線の先にあるのは坂道の半ば、ガラガラ音を立てて下っていくベビーカーだった。

「誰か止めてくださいっ！　あの中に坊ちゃんが！　坊ちゃんが!!」

(赤ちゃんが!?)

考えるより先に、鮎子は駆け出していた。

スカートの裾をぐいと太腿まで引き上げ、高い植え込みを矢継ぎ早に飛び越えると、猛スピードで坂道を下ってくるベビーカーの真正面に立ちふさがった。

腰を低くして受け止めようとかまえた直後、敷石のでっぱりに前輪のタイヤが当たり、ベビーカーは大きくバウンドした。

(痛――ッ‼)

勢いのついた大型のベビーカーをまともに顔面で受けとめ、吹っ飛んだ。

それでも、とっさにベビーカーのシートの端をつかみ、すんでのところでひっくり返るのをこらえられたのは、田舎暮らしで鍛えた足腰の強さゆえである。

ガクン、と小さく弾んでベビーカーが止まる。

膝をつき、鮎子は、はああーっ、と息を吐いた。

(タ、タコ焼きと菓子パンで、お腹を満たしておいてよかった……腹ペコだったら、さすがにふんばれなかったでしょ、いまのは!)

それから、閉じられていたベビーカーの幌を急いでひらいた。

上等なガーゼの上掛けをふんわりとかけられた赤ん坊が眠っていた。

男の子だろう、飾り気のない、上品なペールブルーのベビー服を着せられている。

雪のように白い肌。茶色がかったくるくるとした巻き毛。長い睫毛。

職業柄、多くの赤ん坊を見てきた鮎子の目から見ても、とびきりの美赤子である。

（よく眠ってる。よかった……どこにも、ケガはないみたい）

「坊ちゃんッ!!」

老女の金切り声が近づいてくる。

泣きながら坂道を走っては転び、立ちあがっては転び、と必死にこちらへ駆けてくる。

「お、お嬢さんっ、ぼぼぼ坊ちゃんはっ！」

「大丈夫です、赤ちゃんはぶじですよ」

ベビーカーの中をのぞきこんだ相手は、へなへなとその場に座りこんだ。

「大丈夫ですか？　顔が真っ青ですよ」

「あ、ああ、あっ」

「少し座って休んだほうが……大丈夫ですか？　わたしの腕につかまってください」

腰の抜けたようになっている老女を抱え、片手でベビーカーを押しつつ、鮎子はくだんの演劇部のスペースへとふたりを移動させた。

「――本当に、本当に、ありがとうございました。お嬢さんは坊ちゃんの命の恩人でございますよ。なんとお礼を申しあげればいいのやら……！」

鮎子の渡したぬるい烏龍茶を口にすると、相手はさめざめと泣き始めた。

「年寄りが慣れない乳母車を押したりしたものですから、石段につまずいてあんなことに……わたくしの不手際で、大事な坊ちゃんに大ケガをさせるところでございました！」

「あそこ、けっこう急な勾配ですもんね。何事もなくてよかったですね」

「感謝いたします。ありがとうございました。どうぞ、お名前をお教えくださいまし」

「西東鮎子です。サイトウは、いわゆるメジャーな斎藤さんのサイトウではなく、東西南北、東奔西走の西東です。鮎子はサカナ偏の鮎に子」

「さようでございますか。わたくしは柳(やなぎ)キクと申します」

深々と頭をさげる。

所作といい、言葉遣いといい、なかなか上品な物腰の老人である。

赤ん坊を「坊ちゃん」と呼んでいることから察するに、使用人か何かなのだろうか。

(まあ……このものすごいベビーカーからして、この赤ちゃんがお金持ちの家の子であることはまちがいないだろうけどね……)

ゆったりした舟形のシート。小型の馬車を連想させる古風でエレガントなシルエット。ロイヤルベビーを乗せた乳母(ナニー)がケンジントン宮殿あたりを優雅に散歩しているのがぴったりくる、実にクラシカルな〝乳母車〟である。たしか〝ベビーカーのロールス・ロイス〟と呼ばれ、一台四十万円くらいする超高級品ではなかっただろうか?

鮎子が好奇心丸出しでまじまじみつめていると、ふいに携帯電話の着信音が鳴った。

キクさんが上着のポケットから電話をとり出し、しばらく話して、通話を終える。

「あの、お嬢さん」

「はい」

「いまの一件を聞いた先生が、ぜひお嬢さんにお礼をしたいとおっしゃっていまして」

「先生？」

「はい。坊ちゃんの叔父さまで、ご養父にあたられる方です。大学の教授でいらっしゃるので、先生とお呼びしているのでございますよ。わたくしは先生のお宅で家政婦をしておりまして。そういうわけでご面倒でしょうが、先生に会っていただけないでしょうか。先生は車できていらして、もう公園の駐車場についていらっしゃるそうなので」

「お礼なんておおげさな。たまたま居合わせただけなんですから」

「とんでもない。おおげさもお袈裟もございません。お嬢さんは、坊ちゃんとわたくしの恩人でございますよ。どうぞお会いになってくださいまし。いえ、もう本当に遠慮なぞなさらないで。先生にお引き合わせもせず、まともなお礼もせず、このまま黙ってお嬢さんをお帰ししてしまうようなことがあっては、このキクの顔がたちませんッ！」

「そ、そうですか、わかりました、それじゃ」

相手の迫力に押され、鮎子はたじたじとなった。

（なんだか妙なことになっちゃったなー）

それに、いまのキクさんの説明も、いまひとつ合点がいかないところがある。

「先生」という御仁がキクさんの雇い主であるのはいいとして、その人が赤ちゃんの叔父であり、養父というのはどういうことだろう。赤ちゃんの両親はいないのだろうか？

五分ほど経ったころ、キクさんが「あ」と声をあげ、立ちあがった。

「先生、こちらでございます！」

（え？　どこ？）

それらしい人物が見つからず、鮎子はキョロキョロと前方を見渡した。

こちらにむかって駆けてくる男性がひとりいる。しかし、さすがにアレではないだろう。アレであるはずはないが、他に該当者もみあたらず、戸惑っているうちに、とうとうその男性は鮎子たちの前で足をとめた。

鮎子は猫のように大きな目をますます大きくみひらいた。

（この人が先生……!?）

年配のキクさんが「先生」と呼ぶ雇い主の大学教授――ということから、鮎子は勝手に相手を六十過ぎで威厳のある、白髪、美髯をたくわえた枯れた老人と想像していた。

が、目の前に現れた人物は、どう見ても三十代後半としか思えない若さである。

クセのある前髪のかかる、形のいい、白い額。日本人離れした優美なカーブを描く鼻梁。高い頬骨。やや目尻のさがったやさしい目元、端麗な白皙。

どちらかというと異性の容姿に無頓着な鮎子から見ても、すこぶるつきの美形である。

（ははあ、こ、これは確かにあの赤ちゃんのご親戚だわ……お金持ちなだけじゃなく、たいそうな美形一族なのね……）

一八十センチはゆうにある恵まれたスタイルに、男性向けのハイ・ファッション誌から抜け出てきたような、端正なルックス。特別誂えらしい上等な英国製スーツに、すらりとした長身を包んだ一分の隙もない紳士――なのだろう、本来は。

だが、よく見ると、その顔色は青白く、両目の下には濃い隈がくっきり浮かんでおり、瞼は落ちこみ、目も充血している。頬はうっすら削げたようにやつれていて、髪もどことなく乱れている。病みあがりだろうか？　いや、そうではない。目の前の相手は、鮎子のよく知る人々と共通の様相を見せている。

連日の寝不足に痛めつけられ、へとへとになった、育児疲れの母親たちと。

「――キクさん、大丈夫ですか？」

かすかに息を切らせて、男性はいった。

「暾も、あなたも、どこにもケガはなかったんですね？」

「先生っ……！」

相手の問いに咎める響きはなかったが、キクさんは再び目に涙を浮かべ、頭をさげた。

「申し訳ございません！　大事な坊ちゃんを危険な目にお遭わせしましてッ！」

「それで、暾は」

ベビーカーに駆け寄った男性は、心配そうに中をのぞきこんだ。

平和に眠り続けている赤ん坊を確認して、ほうっ、と聞こえるほどの息をつく。

「――よかった。大丈夫のようですね」

「本当に申し訳ございません、先生……！　なんとお詫びをしてよいのやら……！」

「ああ、いや、それはちがいます、キクさん。どうか、頭をあげてください」

揉みしだいたハンカチを目に当てるキクさんへ、男性は苦笑いを見せた。

「これは、親切に甘えて、家政婦であるキクさんに子守りまで任せてしまったぼくの責任です。何より、このベビーカーを使用したのがまちがいでした。広場をのんびり散歩するならともかく、家からこのあたりまでは坂道も多いですから、もっと軽量でコンパクトなものを選ぶべきだったんです。これは、キクさんの手には余る大きさですよ」

ゴージャスな〝乳母車〟をながめ、男性はやれやれと首をふる。

「父にも再三、そういったのですがね。問答無用でいきなりこれを送りつけてきたので」

「大事なお孫さまに最高のベビー用品を、というじじらしい祖父心でございましょう」

「およそ『いじらしい』という言葉が似合うような人ではないのですが……それよりも、キクさん、本当にケガは大丈夫ですか？　肘をすりむいているようですが」

「いえ、これはことのあとに、粗忽なわたくしがひとりで勝手に転んで作ったケガでございますので、ご心配なく。ですから、坊ちゃんにはかすり傷一つございません」

いうなり、グイ、とキクさんがすごい力で鮎子を男性の前にひっぱりだした。

「それというのも、こちらの勇敢なお嬢さんが、身体を張って坊ちゃんを救ってくださいましたからなのでございますっ!!」

「このお嬢さんが？」

「はいっ。それはもうみごとな動きでございました。わたくしが悲鳴をあげるなり、お嬢さんはくノ一か女鞍馬天狗かと思うような、目にも止まらぬ速さで駆けつけ、この可憐な細腕で、転がり落ちてくるベビーカーをはっしと華麗に受け止めて……！」

実際は思いきり顔面で受けとめたのだが、だいぶ話を盛ってくるキクさんである。

「おかげで坊ちゃんは無事でございました。先生からもどうぞお礼をおっしゃってくださいませ。この勇猛果敢なお嬢さんは、西東フナ子さんとおっしゃいまして……」

「いえ、フナ子ではなくてアユ子です、西東鮎子」

「西東鮎子――さん」

男性はまじまじと鮎子をみつめ、それから片手をさし出した。

「甥(おい)を助けてくださってありがとうございます、西東さん。感謝します」

「いいえ、誰にもケガがなくて何よりでした」

「あなたがいなかったら、暾はどうなっていたことか。本当にありがとうございました」

莞爾(かんじ)とする。

(うわーお)

パッ、とあたりが明るくなるような、思わずつられて微笑(ほほえ)んでしまうような、とにかくゴージャスな笑顔である。三十センチ近い身長差による圧迫感もふしぎと覚えなかったのは、相手の紳士然としながらも柔和な態度と、この華やかな笑顔によるものだろう。

(抜きんでた長身といい、目尻のさがった顔立ちといい、犬にたとえると最高に毛並みの整ったゴールデンレトリーバーって感じ。はあー、存在感と愛され感がすごいわ)

などと心の中で勝手なことを考えながら、鮎子は相手の指の長い、温かな手を離した。

「ええと、あのう、甥御さん、とても可愛い赤ちゃんですね」

鮎子は男性があけたままにしていたベビーカーの幌を閉じながらいった。

午後の強い日差しは、乳児にはまぶしすぎるだろう。

「身長からすると、甥御さんは、いま、六カ月くらいですか？」

「え？　――ええ、その通りです。暾(あさひ)は四月生まれなので。よくわかりましたね」

「前歯が生えていないようなので、それくらいかと思ったんです。六カ月なら、まだ小鳥や妖精の声が聞こえる時期ですね。あさひさん、というんですか。いいお名前」

男性はまばたきをして鮎子をみつめていたが、

「ああ、申し遅れました、私は島津伊織(しまづいおり)です。この子は甥の島津暾で、キクさんはうちの通いの家政婦さんです。あなたは……西東さん、文琳館の学生ですか？」

鮎子の背後の看板に視線をむけていう。

「年に二度、この公園でフリーマーケットのイベントがあるのは知っていましたが、うちの演劇部がこれに参加しているとは知りませんでした」

（え？　うち？）

「文琳館女子大の？　まあっ、いままで気づきませんでした。すごい偶然じゃございませんか、先生！　坊ちゃんの命の恩人が、先生の大学の学生さんだなんて……！」

鮎子はびっくりして目の前の男性をみつめた。

「ぼくは文琳館の教員なんです」

〝島津教授〟は微笑んだ。

「英文学科に属しており、専門はシェイクスピア研究です。うちの学校は大人数ですから他学部の学生ならあまり縁がないかもしれませんね。西東さんは何学部ですか？　演劇部なら、以前、何度か脚本の監修を手伝ったことがありますが……」

「あ、ちがうんです、わたしは今日だけの、というか、いまだけのアルバイトなので」

鮎子があわてて自分の立場を明かそうとしたとき、ベビーカーから声が聞こえた。

「暾が起きたようですね」

叔父の声に気づいたのだろうか、ふにゃふにゃと甘えるような泣き声をあげている。

教授とキクさんの後ろから、鮎子もベビーカーをのぞきこんだ。

まだ半分まどろみの中にいるのだろう、赤ん坊はいやいやと首をふり、薄い眉毛を可愛らしくひそめている。えくぼの浮いた、ぷくぷくしたもみじのような手がちっちゃなグーを作って目をこすり、ウーンと一つのびをして、その目をぱっちりとひらいた。

うぶ毛が光る桃色の頰。

ツン、と上をむいた形のいい鼻。

くっきりとした二重。

濃い睫毛にふちどられた大きな目はきれいなキャラメル色だ。瞳には星の輝きにも似た金色の斑が散っている。

まぶしいのか、赤ん坊は羽根を震わせるように長い睫毛を上下させた。その目にこんもりと透明な涙を浮かべ、桜色に染まった、三角形の小さな唇をとがらせている。

「ふえっ……ふえっー……」

（うわああ、なんて可愛いの）

目ざめた赤ん坊のあまりの愛らしさに、鮎子の顔は、熱々のピザの上にふりかけたチーズのようにたちまちとろけた。

（飴色の瞳。マシュマロみたいなほっぺ。食べちゃいたいくらい可愛いわ。まるで宗教画から抜け出してきた天使みたい！）

「やいやいやいっ！」

（でも、泣き声は意外にも江戸っ子みたいなのね）

「だぁっ！」

窮屈なシートベルトを叔父の手で外されると、暾は勢いよく寝返りを打った。

が、スペースの限られているベビーカーの中なので、たいして動けない。

それが頭にきたのか、暾は背泳ぎのような姿勢でのけぞり、手足を思いきりふり回し始めた。そのたびにベビーカーがバイン、バインと上下に揺れる。背筋力と脚力がすごい。

天使のような見かけとはうらはらに、なかなかやんちゃで活発な赤ん坊のようである。

やがて、暾は耳をつんざくような大声で泣き出した。

「どうしたんだい、暾。おむつかな？　ミルクかな？　うーん、困りましたね、家まで戻らないとどちらの用意もないんですが」

「先生、どうやらおしめは濡れていないようでございますよ」

「ふむ……どうしたのかな。ミルクも、四十分ほど前に飲ませたばかりでしたよね」

「とりあえず、抱いてさしあげたほうがよろしいでしょうねぇ。ただ、わたくし、腕をケガしてしまいましたから、坊ちゃんをお抱きするのが少々不安で」

「ぼくがやりましょう。……どうしたんだい、暾、ご機嫌ななめだね」

「よしよし、ご機嫌をなおしてくださいませ、坊ちゃん」

なんともおっとりした会話である。教授がいま一つ板についていない動きであやすが、赤ん坊が泣き止む気配はまったくない。

「あのう、ちょっといいですか」

うずうずしながらなりゆきを見ていた鮎子は、我慢できずに手をあげた。

「よければ、やらせていただけません？　わたし、赤ちゃんのお世話は慣れてるんです」

「きみが？」

鮎子はにっこり笑い、背後にある
〈**泣く子も黙る最強乳母**（スーパーナニー）**です！**〉

の看板をさした。

スーツケースをあけ、つねに携帯している除菌ティッシュとジェルですばやく手を拭くと、教授の腕から泣いている暾を受けとる。

（あぁー、コレコレ、赤ちゃん特有のいい匂い）

ひさしぶりにかぐ乳児の匂いに、思わず顔がほころんでしまう。

初めて会う赤ちゃんを腕に抱くとき、鮎子はいつも、プレゼントの箱をひらくときにも似たワクワク感と幸福感をおぼえるのだった。

暾は元気に泣き続けている。鮎子は片手で手早く全身をさぐった。

おむつは問題ない。熱はないが、頰はピンク色で、生え際や首に汗をかいている。

(そうか、暑いのね。厚手の上着を着せられているし、この日射しだもの)

手持ちのハンカチで汗をふき、上着と靴下を脱がせて、抱き直した。

スクワットをするように膝を折り、上下に大きく揺すると、それまで派手な泣き声をあげていた暾がしだいに静かになっていき、やがて、完全に泣き止んだ。

「すごいですね」

島津教授が目をぱちくりさせる。

「暾は一度泣き出したら、十分は泣き止まない、子守り泣かせの子なのですが」

「あやすときは、横よりも、縦に揺らしたほうが効果的ですね」

リズミカルに身体を揺らしながら、鮎子はいった。

「縦揺れで泣き止むのは、お母さんザルに抱っこされて移動していた野生時代のなごりだともいわれています。声を出したら敵に見つかるから、動物の赤ちゃんって移動中は泣かないんですよね。そういうわけで、泣き止ませるには自然な歩行の動きに近い、縦揺れのスクワットが一番ききます。けっこう体力がいりますけど」

おかげで、もともと強かった足腰にますます磨きがかかった鮎子である。

「体調に問題がなければ、泣くこと自体は悪いことではないんですよ。抱き方が悪いとか、いまのように暑くて不快だとか、何か赤ちゃんなりの不満があって、一生懸命自分のきもちを訴えているだけなので。それに応じてあやすことでコミュニケーションもとれますし。大瞰さんのように大きなお声で、しっかりと自己主張ができるのは、頼もしいことです。大声で泣くのは腹筋や心肺機能の発達にもとてもいい運動ですからね」

小刻みに身体を揺らしながら瞰をあやす鮎子を、教授はじっ……とみつめている。

(余計なことをいっちゃったかな？　大学の先生にえらそうに講釈をたれてしまった)

「キクさん」

ふり返り、教授はいった。

「はい、先生」

「例の件についてなのですが……実はキクさんが出ているあいだに、父から電話がきまして。これから、芥川(あくたがわ)がうちにくるというのですよ。もう羽田(はねだ)についたそうで」

「まあっ」

「父がお得意の強硬手段に出たわけですね。わざわざ九州からきた老人を門前で追い返すわけにもいきませんし、かといってむこうの提案をのむわけにもいきませんし。それで、相談なのですが……こちらの西東さんにあの役をお願いするというのはどうでしょう？ちょうど彼女もベビーシッターのアルバイトを探していたところのようですから」

ああ！　とキクさんは手を叩き、顔をほころばせた。

「そうですね、ええ、先生、よいお考えだと思いますよ。子守りを探しているときにぴったりの人物に出会うなんて、これはもう天の配剤でございますよ！」

「ぼくもそう思うんです」

「この一週間、心をこめてお世話をしてまいりましたけれど、わたくしのような年寄りに坊ちゃんのお守りは荷が勝ちすぎることがわかりました。なんといいましても、体力が、もう……うっかり、先ほどのような不始末をして、坊ちゃんに何かあってはとり返しがつきませんもの。その点、このお嬢さんなら安心でございますよ。健康、親切、子守り上手、お名前の通り、獲れたてのフナのようにピッチピチの若さでございますもの！」

「えーと、フナではなくてアユなんですが」

「西東さん」

にこにこしながら教授がいった。

「はい」

「お聞きの通り、ぼくたちは噂のベビーシッターを探していたところだったんです。なかなか条件に合う人が見つからず、そのあいだはやむをえず家政婦のキクさんにその役をお願いしていたのですが……甥の養育のためにはやはり、専門のスキルをもった人が必要だと考えています。よかったら、うちで働いてもらえませんか？」

「はあ、それはわたしも求職中の身なので、お話はありがたいことですけれど……」

「詳しい話はあとでさせてもらいますが、とりあえず、いまは早急にベビーシッターを連れて帰らねばならない事情があるので、臨時のアルバイトとしてあなたを雇いたいのです。会ったばかりで不躾（ぶしつけ）なのは承知ですが、契約の交渉をさせてもらえませんか？　ここには、料金は応相談、と書いてありますが……」

教授は鮎子の〈お仕事募集中〉の手描き看板をながめ、

「そうですね、急な話ですし、一万円ではどうでしょうか？」

「日給一万円ですか」

「いえ、時給です」

「やります」

鮎子は即答した。

――時給一万円！

破格の値段である。たとえ二、三時間の労働でも、それだけで数日分の稼ぎが得られるではないか。失業中の鮎子にとっては願ってもない話だった。時給一万円なら子守り相手がよだれを垂らした獰猛（どうもう）な土佐犬（とさいぬ）でもよろこんで引き受けるところである。

「よかった。それでは、仮契約は成立ですね」

教授は目尻をさげて、うなずいた。

「ただし、一つだけ問題がありまして……その、先ほどいった通り、こちらには現在、面倒な事情があるもので、今、提示した時給ぶんにはベビーシッター以外の仕事も含まれているのですが――それでもかまわないでしょうか？」

「シッターの仕事以外、というと……あ、家事とかですか？　大丈夫です。わたし、以前に家政婦の仕事をしていたこともあるので、家事全般は得意なんです。炊事でも、洗濯でも、掃除でも、日曜大工でも、教授の足裏マッサージでもなんでもやります！」

「家事はキクさんがいるのでその必要はありませんし、自分の足裏のケアは自分でしますので大丈夫です。——西東さんに求めているのは、家事能力ではなく、演技力です」

「演技力？」

教授は演劇部が掲げている、

〈**レンタル彼女など、引き受けます**〉

の看板を指し、にっこりした。

「西東さんにはいまから、暾のベビーシッター兼、ぼくの婚約者になってほしいのです」

「——は？」

鮎子はあんぐりと口をあけ、もう少しで腕に抱いた暾を落としそうになった。

（わたしがこの教授の婚約者!?）

3

「急ぐので、話は車の中でさせてください。といっても、ここから家まではすぐなので、説明の時間が足りないかもしれませんが……」

教授に促(うなが)され、鮎子は駐車場へと移動することになった。

鮎子が暾(あさひ)を抱き、教授が鮎子の煤で汚れたスーツケースを引いていく。

キクさんにはベビーカーと一緒にその場に残ってもらい、女子大生たちが帰ってくるまで、留守番役を引き継いでもらうことにした。鮎子の新しい雇い主が、彼女たちの大学の教授であるといえば、話も通じやすいだろう。

教授の車は駐車場の中ほどにとめてあった。

(まあ、だいたい予想はしていたけど、やっぱりゴージャスな車だわ)

軽自動車やファミリータイプのワゴン車が並ぶ中、秋の日射しを浴びてきらきら光る、流線形の美しいシルバーメタリックのジャガーは、際立って目立った。先ほどのベビーカーといい、この車(ジャガー)といい、どうやら島津教授の好みは英国仕様のようである。

後部座席に備えつけたチャイルドシートに暾を座らせ、シートベルトをかける。

その隣に鮎子を乗せると、銀色のジャガーは、ベルベッドの上をすべる真珠のように、すばらしくなめらかに発進した。

「あの、教授、車に乗ってからいい出すのもなんなんですが……そもそも、わたし、文琳館女子大の学生ではないんです。すみません、最初にきちんと誤解を解かなくて」

まずは自分の身の上をハッキリさせねばならない、と鮎子は乗車早々、口をひらいた。

つい時給一万円に飛びついてしまったが、さすがに経歴を詐称(さしょう)してまで働くつもりはない。鮎子はスーツケースからとり出しておいた履歴書を差し出し、身元を明かした。

自分はプロのベビーシッターであること。

派遣会社が火事に遭い、当面の仕事と住まいを失ってしまったこと。

たまたま寄ったフリーマーケットで、女子学生たちに店の留守番役を頼まれたこと——

鮎子の説明を教授は黙って聞いていたが、話が終わると、うなずいた。

「そうでしたか。それでは、あの場にいたのは本当に偶然だったんですね」

「はい。なので、もしご不満があるようでしたら、さっきのお話はとり消されても……」

「いいえ、問題ありませんよ」

ルームミラー越しに、教授はにっこりする。

「むしろ、好都合といえます。実をいえば、ベビーシッターとはいえ、同じ大学の学生を自宅に入れている、と大学関係者に知られた場合、面倒なことにならないとも限らなかったので。その点、プロのシッターならなんの支障もありませんからね」

「それならいいんですけど」

「演技についても、心配しないでください。なんとかなると思います。ぼくの婚約者という設定だけで、特に台本があるわけでもないのですから。話はぼくがリードしますので、西東さんは、それに適当にあわせてくれればけっこうですよ」

「はあ……それで、その、婚約者役というのはいったいなんなんですか?」

「そう……それを話すには、まず、噉のことから説明しなくてはいけないですね」

教授はよだれだらけでシートベルトに嚙(か)みついている噉へ、ちらと視線をむけた。

「暾の現在の保護者はぼくです。そのことは、もうキクさんから聞いていますか？」

「はい」

「ぼくは三人きょうだいで、齢の離れた兄と姉がいます。兄は九州の実家で父の事業の助けを、姉はイギリスの大学で考古学の研究をしていました。ぼくは高校から東京に出ていたので、長く、きょうだい三人バラバラの生活をしていたのですが……先々月、姉が事故で亡くなったという知らせが届いたのです。それが、暾の母親の巴です」

「亡くなった……それは……あの、お気の毒に」

「ええ。仲のいい姉だったので、ぼくにもたいへんな打撃でした」

形のいい眉がかすかに寄せられ、彫りの深い目元に、淡い影が落ちる。

「ですが、それよりも問題なのは暾でした。生後四カ月で母親を亡くしたうえ、父親もいない境遇になってしまったので」

「暾さんのお父さまも、その事故で一緒に亡くなったんですか？」

「それが、わからないのです。生きているのか、死んでいるのか。名前も、居所も、生死も、国籍も、暾の父親については、いまだに何もかもが不明なのです」

鮎子は思わず、チャイルドシートの中の暾を見た。

――イギリスに暮らす五つ年上の姉、巴から、子どもができたという知らせを島津が受けたのは去年のことだったという。

ロンドン市内の大学に勤務していた島津の姉の巴は、当時、結婚しておらず、ともに育児に携わるべきパートナーも不在のまま、暾を産んだ。

どういう事情があったのか、巴は家族や友人にどれだけ尋ねられても、父親の名前を明かさなかった。娘が未婚の母となったことに父親は激怒し、勘当を宣言したが、彼女のほうはまったく意に介さなかったらしい。異国で暮らしてすでに二十年以上、大学で確固としたキャリアも築き、島津巴は、経済的にも精神的にも完全に自立した女性だった。

だが、彼女はその数カ月後、不運にもロンドン郊外で起きた自動車事故に巻き込まれ、突然帰らぬ人となった。ひとり遺された息子の暾は、保護者不在ということで、日本にいる母方の島津家側で養育されることになったのである。

「暾は一週間前に日本へ着いたばかりなのです。イギリス生まれの暾を日本で養育するにあたり、役所の手続きその他、煩雑な事務作業がいくつもあり、姉の葬儀後もすぐには手元へ引きとれなかったので……姉の不動産関係の整理などもありましたしね。そのあいだは、親切にも、ロンドンに住む姉の親友夫妻が暾を預かっていてくれたのですが」

「そうだったんですか……」

思いもよらない話だった。

生まれてわずか半年のあいだに暾の身の上に起こったことに比べれば、自分の経験した火事も失業も貯金ゼロも、たいしたことではないと思えてしまう。

——姉の巴が事故死したという知らせを受けた翌日、イギリスへ飛び、葬儀その他、必要な手続きに奔走したのは、父親でも、長男でもなく、末子の伊織だったという。

イギリス留学の経験がある彼は言葉に不自由しなかったし、ロンドン在住の姉の知人たちとも面識があったため、葬儀をとりおこなうにあたって、諸般に融通が利いたからだ。

しかし、一番若年の彼が、身内を代表する形で動くことになった一番の理由は、勘当宣言を受ける以前から、姉の巴が実家の父親と絶縁状態にあったからだそうである。

「ロンドン郊外の教会で葬儀をすませた翌日のことでした。ホテルに滞在するぼくのもとへ、姉の古い友人だという弁護士が訪ねてきたのです。そこでぼくは、姉が正式な遺言状を残していたことを初めて知らされました。姉の少なくない財産は、成長した暾が年齢に応じて使えるよう、信託財産としてきちんと整理されていました」

それと同時に、彼女は遺言書の中で、弟の伊織を暾の後見人に指名し、万が一のときには暾の養育を引き受けてほしい、と書いていたのだそうだ。

そして、暾の養育には、どうあっても実家の父を関わらせないでほしい、と重ねて書き記していたのである。

「九州に住む我々の父は、一応、名士と呼ばれる人間です。同時に、頑固で保守的で強権的な――いわゆる、古いタイプの九州人の家長でして。なにごとも男子優先、女子は裏方、という前時代的な教育方針を敷いてきたのですね。その思想に長く苦しめられてきた姉としては、そういう父親に、大事な息子の養育を任せたくはなかったのでしょう」

何百という分家の人間を家臣のように従え、県内随一のグループ企業の頂点に立ち、公私にわたってワンマンぶりをいかんなく発揮する、家庭内の絶対的権力者。

そんな父親に圧倒された長兄は、きわめて従順な性格に育ち、末子の伊織は兄姉と少し歳が離れていたこともあって、わりあい鷹揚に育ったが、長女の巴はちがったという。

一七五センチ近い長身で、剣道の有段者。

成績は小・中・高を通してつねにトップ。

〝島津の家の巴御前〟の異名を持ち、父親譲りで気性の激しかった彼女は、父の思想に真っ向から反発し、父娘のあいだにはつねにケンカが絶えなかったそうである。

「なにせ父は『女に高度な教育はいらない。女は少々バカなほうが幸せになれる』と、いまだ本気で考えているような人間なので……。たとえば、高校生のときに、成績優秀な姉が学校の交換留学生に選ばれたことがあったのですが、父は『女子が欧米の自由思想に若いころから触れると貞操観念が崩壊し、性的に奔放になって堕落する』というトンデモナイ理由で反対し、留学に必要な費用をビタ一文出さなかったんです。その前年に、兄は高額で知られるアメリカの私立大学へ留学していたんですがね」

「は？　貞操観念？　留学すると性的に奔放になる？　なんなんですか、それは」

鮎子はあきれた。

「ほとんど百年前の思想じゃないですか。『写真をとられると魂が抜ける』レベルの。いまは二十一世紀ですよ？　だいたい、性的に奔放になろうが、消極的になろうが、そんなのは本人の自由、大きなお世話ですよ。男子にはそんなこと絶対いわないでしょうに。そんな男女差別をされては、お姉さんが反発するのも当然ですよ！」

「まあ、怒った姉は『だったら自分で留学資金を作る』と翌日から愛犬のピット・ブルとともに実家の山に三日三晩籠(こも)り、松茸(まつたけ)と老茸(クロカワ)を根こそぎ収穫して市街で売りさばいて地元のヤクザともめて補導されたので、この件は痛み分けになったのですが」

「お姉さんのバイタリティもすごいですね……」

少女のころから抜きんでた長身で、ケンカっ早く、西郷(さいごう)どんよろしく、愛犬のピット・ブルをお供に剣道場に日参する巴の姿は、地元では有名だったそうである。

「姉がイギリスの大学に進学して考古学者になる、と宣言したときにも、当然ながら父は大反対しました。『大人しく女子大にいって語学でも学べ。考古学？　そんなつまらん穴掘り仕事を島津の家の長女にさせられるか』と。それを聞いた姉は、夜中にこっそり実家の金庫をあけ、金の延べ棒やら宝石やらを庭じゅうに掘った穴に埋めて、翌日、家を出ていったんです。『お父さん。金も銀もダイヤもルビーも、みんな最初はつまらん穴掘りたちによって発見されたのです』と書き置きを残して」

以来、父娘の対立関係は海を隔てて二十年以上続いていたが、その溝は、今年の四月、彼女が未婚で�出産したことで決定的なものになった。

本家の勘当宣言を聞き、逆鱗(げきりん)に触れることを恐れた親戚一同は、この知らせを黙殺したが、伊織だけは、ロンドン郊外に暮らす巴のもとへ駆けつけ、甥の誕生を祝ったという。

彼は、タフで聡明で行動力に満ちた、エネルギッシュなこの姉が好きだったのだ。

「なので、ぼくは姉の死後、その遺言を守り、暾を手元で養育することに決めたのです」

島津教授はいった。

「父の考えには、男のぼくでさえ辟易(へきえき)とさせられていましたからね。それに長年苦しめられた姉が、息子を父の影響から遠ざけたい、と考えた意思は尊重されるべきだと思ったのです。暾に必要なのは、男尊女卑のしみついた土地で前時代的な思想を吹きこまれて育つことではなく、風通しのいい環境で、ジェンダー感覚その他について世界標準(インターナショナル・スタンダード)の教育を与えられること。それには叔父であり、教育者でもある自分が彼を養育するのが最適だと判断しました。独身のぼくが赤ん坊を引きとることに反対する人もいましたが、シングルでの子育てという立場でいえば、それは生前の姉も同じでしたからね」

「そうでしたか……暾さんとお姉さんのために、思いきった決断をされたんですね」

職業柄、多くの家庭に出入りしていた鮎子である。

子育てにまったく無関心な父親、妻に非協力的な夫、離婚の際に子どもの親権や養育費の支払いをしぶり、あるいは拒否する男たちを少なからず見てきた。

実の父親たちでさえそうなのだ。独身の教授が、血のつながった甥とはいえ、六カ月の赤ん坊を養育することを決断するには、相当の覚悟が必要だっただろう。

「ぼくは楽観主義者なんです」

教授はいった。

「傲慢(ごうまん)に聞こえるかもしれませんが、ぼくには甥を養育するに困らないだけの財産があり、インフラと民間サービスの充実した東京に住んでいて、費用を払えばいつでも外部の助けを借りられる恵まれた環境にあります。むろん、人ひとり育てるのは簡単なことではないですし、養父としての責任も覚えていますが、悲壮な決意はなかったのですよ。暾を育てることになったのはぼくにとって、災難でも悲劇でもないんです……姉の子どもを育てるのは人類史上ぼくが初めてではないし、たぶん、最後でもないでしょう？」

気負いのない、さらりとしたそのいいかたが、鮎子にはとても気に入った。

「教授が暾さんの保護者となったいきさつはよくわかりましたが……わたしが婚約者のフリをするという話は、それとどうつながってくるのでしょう？」

「そう、そこが肝心ですね。暾を引きとることを反対されたといいましたが、その先頭に立ったのが父だったんです。父は自分が暾を引きとると主張しているのですよ」

「え？　お父さまが？　でも未婚の母になったお姉さまに激怒したって……ああ、なるほど、つまり、大事なひとり娘を亡くしたことでガンコなくそじじ……いえ、お父さまも、ようやく生前のお姉さまへの行いを後悔されたわけですね。覆水盆に返らず、いくら悔いても過去は戻せない、ならば、せめてもの罪滅ぼしに、これからは孫の暾さんを大事に手元で育てていこう、と、老いの目に涙を浮かべて改心された、と……」

しみじみいう鮎子の言葉に、教授は明るい笑い声をあげた。

「――いや、失礼」

口元をおさえても、なおこらえられないようで、くすくす笑う。

「そういう情緒的で殊勝な父ならよかったんですがね。実際はもっと即物的な理由でして……つまりは、単なる跡取りの問題なんです」

「跡取り問題？」

「兄には子どもがふたりいますが、そのどちらも女の子なんです。そして、次男のぼくは独身で、子どもがいない。長男の次に島津の家を継ぐ男子は暾しかいない、ということで、父は次々代の後継者として、暾を引きとりたがっているのですよ」

「はあっ？　なんですか、それ」

鮎子は思わず身を乗り出した。

「だって、お父さまは生前のお姉さまを一方的に勘当したのでしょう？　暾さんが生まれてもお祝いもしないで、お姉さまが亡くなってもお葬式にも出ないで。それなのに、跡継ぎがほしいから子どもだけは引きとりたい、なんて、勝手すぎるじゃないですか！」

「おっしゃる通りですが、ワンマン家長にそうした正論は通らないのですよ。しぶとい父は何かと干渉してくることをやめず……具体的には、ぼくの結婚問題なんですが」

「結婚問題」

「暾の保護者を任ずるのであれば、一人前の人間として所帯をもち、信頼できる専業主婦の妻に暾の養育を任せるようにしろ、というのが父の主張なんですね。結婚して、ぼくに息子ができた場合、跡継ぎはそちらに譲るから、暾の養育権はあきらめる、とも」

鮎子はますます頭にきた。

暾の世話をさせる人間が必要だから結婚しろだとか、代わりになる男の子ができたら暾をあきらめるとか、その父親はいったいどういう感覚をしているのだ！　江戸時代からタイムスリップしてきたとしか思えない。

「それで、先月から父の推薦だという〝妻候補〟の女性たちが次々、家に押しかけてきまして……いい加減、断るのもうんざりしてきたので、実は、結婚を考えている相手はもういる、といって、見合いを断ったのです。すると父は今日、『だったらその相手をきちんと紹介しろ』といきなり自分の代理として、大番頭をよこしてきたんです」

「大番頭というのはなんですか」

「そう、簡単にいえば家令ですね」

（いや、簡単に、といわれても全然ピンとこないんですけど……家令？）

家令は一般的には、貴族、華族の財産や事務を管理する人間を指すが、島津家の大番頭は、当主の秘書から細々とした家政その他、いっさいをとりしきる人間のことであり、その役目は、代々、芥川という家の男子が世襲制で継いでいるのだそうだ。

彼らの住まいも島津家の広大な敷地内にあり、芥川家の子どもたちは、基本的に島津家の子女とともに育てられるので、全員、身内のようなものなのだそうである。

「実際、芥川の長男、次男、三男は、ぼくたちを育てた乳母の子どもなので、ぼくには、そう、乳兄弟にあたりますね」

つまりは、お抱え家臣ということらしい。

家令に、世襲に、乳兄弟。

ますます江戸時代だ、と鮎子は思った。

(でも、だいたいの話はわかったわ)

その大番頭とやらを納得させて追い返さないことには、頑固な家長のはた迷惑な干渉は続く。そこで、ニセモノの婚約者となる鮎子が雇われたというわけだ。

容姿・家柄・資産・地位と四拍子揃ったこの教授の婚約者役に鮎子がふさわしいかどうかは、はなはだ疑問だったが、他に適役がいないということなら、仕方がない。

「事情はわかりました。そういうことでしたら、よろこんで協力させていただきます」

「ありがとうございます」

「このまま強引なお父さまの過干渉を許し続けて、暾さんの養育権を奪われようものならたいへんですものね！　そんな旧弊な価値観の下で教育されるなんて、暾さんが可哀想ですもの。ふっふっふ、まかせてください、度肝を抜くような婚約者を演じてみせますよ」

「度肝を抜く必要はありませんが、よろしくお願いします。暾の今後のためにも、ぼくも父のもくろみを早めにきっちり潰しておきたいのです。正式に暾を引きとって、まだ一週間ですが、この子を手放すことなど、もう考えられないので……」

おや、と鮎子はルームミラーに映る教授を見た。

折り目正しく、微笑を絶やさぬ温厚な紳士、という印象の教授だったが、いまの言葉には思いがけないほど強い意志がこもっているように聞こえた。

六カ月の赤ん坊を引きとって、一週間。

献身的な家政婦、キクさんのサポートがあったようだが、通いの仕事であれば、夜間の育児は彼が受けもっていただろう。だとすれば、一週間というのは、それまで育児経験のなかった男性が音を上げるには十分な時間だ——実際、教授の顔にはその疲労っぷりがありありと表れている——が、それにもかかわらず、甥への愛情をためらうことなく口にする教授に、鮎子はたのもしさと好感を覚えた。

「あーいー」

それまで大人しく指しゃぶりをしていた暾が、バンザイをするように両手をあげた。

「どうしたんですか、暾さん。抱っこですか？　おろしてほしい？」

「あーいー！」

「ごめんなさいね、危ないので、車の中では抱っこができないんですよ」

「きみは賢いね、暾」

教授がルームミラー越しに微笑んだ。

「もう自分の新しい住まいを覚えてしまったようだ。そろそろ暾をおろす準備をしても大丈夫ですよ、西東さん。このマンションです。——車を駐車場へ入れてくるので、先におりて、暾とロビーでまっていてもらえますか？」

いいながら、運転席の窓からカードキーをかざすと、鉄門の電子ロックが解除された。短いアプローチを抜け、正面玄関で鮎子と暾とスーツケースをおろすと、教授はカードキーでエントランスの扉をあけた。

教授の運転する銀色のジャガーが走り去ると同時、すぐさま年配のコンシェルジュが現れ、感じのいい微笑とともに、スーツケースをロビーへと運んでくれる。

噋を抱き、鮎子は大理石を敷いたロビーに足を踏み入れた。

暖かな空気とともに、オリエンタルなアロマの香りが鮎子を包みこむ。

乳白色を基調とした、広々としたロビー。美術館の一室を連想させる、洗練された空間だった。廊下の片隅に置かれたチッペンデール様式のマホガニーの椅子。ほのかに桃色がかった大理石のマントルピース。銀の枝付き燭台。ブロンズの彫像。女性像の陶版画。

吹き抜けの天井を見あげた鮎子は、そこに吊るされた氷の滝のようなシャンデリアの輝きに圧倒され、思わずつぶやいた。

「すごい……」

4

〈人材派遣会社・寿〉が家族経営の有限会社ながら、景気の変動に呑みこまれず、四十余年、安定した経営を続けられたのには、理由があった。

第一に、顧客のメインターゲットを富裕層にしていたことである。

どの時代にも、子どもの保育に高額な費用を支払い、その料金に見合うだけの質の高いシッターを求める人々は一定数いるものだ。料理や清掃、多岐にわたる事務処理能力に長けた家政婦の場合にしても、またしかりである。

需要はつねに一定数あるが、それに応えられるだけの能力をもったプロは、そう多くはない。

家財を盗まず、家庭内の事情を外部に漏らさず、子どもを虐げず、一つ屋根の下で暮らしても、父親と男女間のもめごとを起こさず、母親の細かな要求に応えられ、かつ信頼を得られるだけの人柄と能力を有する人間――〈人材派遣会社・寿〉が預かっていたのはそうした条件に適う優秀な人材ばかりであり、鮎子もそのうちのひとりだった。

ゆえに、アッパークラス向けの住居に出入りすることにもそこそこ慣れている鮎子の目から見ても、島津教授の住まいは、かなりのグレードを誇るマンションだった。

（そもそも、このあたりは、東京でも由緒ある高級住宅街だものね）

かつての大名屋敷、華族、政治家の本邸などが多く在った山の手区域、その中の城南五山と呼ばれるエリアの一つである。

教授の住まいは平置きの屋根付き駐車場やアプローチを長くとった敷地内庭園など、小戸数のわりに敷地の広い、贅沢な造りの低層マンションだった。

「おまたせしました。部屋は四階です」

十分後、駐車場から戻ってきた教授とともに、鮎子はエレベーターに乗りこんだ。

階数ボタンの下にある読み取り機にカードキーをかざすと、四階のボタンがぽっ、と点った。つまり、居住者以外はその階にいけない仕組みになっているわけだ。

エレベーターをおりると幅の広い内廊下の先に戸建て風のポーチがあり、鉄の門をあけた奥には、鉛枠のついたガラス窓つきの重厚な扉がましましている。

最上階の部屋だった。

というよりも、最上階にはその部屋しかなかった。

「どうぞ、入ってください」

玄関へ通された鮎子はしばし言葉をなくした。

広い。

そして高い。

(ここ、本当にマンションの一室……!?)

あぜんとして天井を見あげる。ドーム型に彫りぬかれた真っ白なホールの天井。天井高はゆうに三メートル半近くあるだろう。下は、と見れば、白と灰色の模様が美しい大理石(マーブル)の床に豪奢(ごうしゃ)なアラベスク模様のぶ厚いトルコ絨毯(じゅうたん)が敷かれ、その先には寄せ木細工のようにいくつかの色の床材を貼り合わせたヘリンボーン柄の床が廊下として続いていた。

エンボス加工を施したダマスク模様の壁紙を張った壁には、細密な刺繍(ししゅう)のタペストリーや大小さまざまな絵画が飾られている。廊下の長さと並んだドアの数から、ざっと見積もっても、部屋の広さは百五十㎡以上、いや、百八十㎡はあるかもしれない。

教授は鮎子のスーツケースを広々とした土間の壁へ寄せると、巨大な楕円(だえん)の鏡のついたホールスタンドに鍵を置き、暾を受けとると、部屋の中へと入っていった。

　鮎子はあわてて靴を脱ぎ、その後を追った。

（す、すごい家。イギリスのマナーハウスの一画を移築してきたみたい！）

　とはいえ、よく見ると豪華な螺鈿で抽象画を描いたモダンな韓国風の屏風や、アール・デコデザインの照明、バウハウス風の絵画なども混在しており、イギリス風を完全に模倣しているというわけでもないようだった。玄関や廊下に配置されたコンソールの上には、薩摩や伊万里の、美術品さながらの大ぶりな花瓶が置かれ、そこにはキクさんの仕事だろう、露を置いたみずみずしい生花がふんだんに飾られている。

「——さあ、暾、自由にしておいで」

　十畳ほどの部屋に入った教授は、絨毯敷きの床の上へと暾をおろした。

　まだおすわりはできないらしい。暾はくんにゃりと床に転がった。

　室内の装飾にすっかり気をとられていた鮎子は、我に返って暾へ駆け寄ると、コートのポケットからとりだした除菌ティッシュで暾の手を丹念に拭いた。

「洗面所とバスルームはそちらなので、どうぞ、自由に使ってください、西東さん。おむつやミルクの道具、その他のストックもそちらにありますので」

　奥にある室内ドアを指して、教授がいう。

　十畳の広さだけでも十分だが、バス、トイレまでついているとは。

　欧米の住宅では珍しくないゲストルームだが、日本のマンションでは、超高額物件以外、あまりお目にかかることのない造りである。

「ここは、もともとゲストルームだったものを、急ごしらえで子ども部屋に改造したのです。基本的に家具類を移動させただけで、壁紙などもまだそのままなので、あまり子ども部屋らしくない雰囲気でしょう？　外商には相談してあるので、来月にも壁紙とカーテン類の取り替えをすませ、新しい家具類を入れるつもりでいるのですが」

外商、はデパートの外商部門、高額購入の顧客を専門とする営業部門のことだ。

鮎子はあらためて部屋の中を見た。

やんちゃな暾が動き回ることを考慮したのだろう、室内には、大型の本棚とティーテーブルのセット、ロッキングチェアー、ベビー・ベッド以外に家具らしいものは置かれていなかった。教授は絵画が好きらしい、オークの腰板を張った壁の上部には、金の額縁に入った作品が何十点も並んでいる。造り付けの棚に置かれたアロマディフューザーからあがる細い蒸気が、室内にウッディな香りを漂わせている。

そばにあるはめ殺しの高窓には、細密な植物画のステンドグラスが入っていた。

「あのう、教授。立ち入ったことをお伺いするようですが……もしかして、この部屋だけではなく、マンション自体が教授の所有物なんですか？」

西向きの窓をあけていた教授は、鮎子の言葉にふり返った。

「どうしてそう思うんですか？」

「それは……分譲マンションでも、ドアや窓は共有物だから勝手に変えられないはずですよね。でも、この家の玄関ドアは明らかに海外製のアンティークでしたし、あのはめ殺しの窓のステンドグラスも同じでしょう。家具も本物のアンティークのようですから、相当の重量があるはずで、床は家具の負荷に耐えられるだけのスラブ厚が必要、つまり設計の段階から特別な仕様になっているはずですよね。天井高といい、ゆうに二、三戸ぶんをぶち抜いている造りといい、この部屋は完全にオーナー物件だと思うので……」

長い睫毛をぱちぱちと上下させ、鮎子をみつめていた教授のおもてに、やがて、面白がるような、いたずらっぽい表情が浮かんだ。

「西東さん、この壁紙は誰のデザインかわかりますか？」

絵画の並んだ壁を指していった。

深いモスグリーンの生地に白とピンクの百合(ゆり)が一面に散っている。

画面をびっしりと埋める植物柄が中世のタペストリーを思わせる、特徴的な文様(パターン)だ。

「ウイリアム・モリスですか？」

「正解です。では、このテーブルランプは？」

「アール・ヌーボーですね。トンボのモチーフだから、えーと、ガレのレプリカ？」

「本物のガレです」

「し、失礼しました」

「このティーテーブルと椅子はいつの時代のものかわかりますか」

艶(つや)のあるマホガニー素材の家具を鮎子はじーっとみつめた。

太い猫脚(ねこあし)と花瓶モチーフの背板(スプラット)。典型的なクイーン・アン・チェアである。

が、本物のアン王朝時代のものなら三百年も前のものであるはずだが、目の前のそれはそこまで古いものには見えなかった。

ということは、その復刻版の……？

「クイーン・アン・チェアが多く作られたという、ジョージ王朝時代のものですか？」

「の、レプリカです」

教授はにっこりした。

「いい目をしていますね。意外、といったら失礼ですか。でも、家具や骨董にここまで詳しいベビーシッターさんがいるとは思いませんでした」

「いえいえ、わたしのはいわゆる〝門前の小僧〟というやつで。うちの会社の顧客は裕福なご家庭が多いので、多少、その方面の知識をもつようになっただけなんです」

くわえて、絵画や骨董の収集が趣味の人間は、たいていウンチク語りが好きである。その品のバックグラウンドから、豆知識、出会いから、金額交渉の過程まで、家族は聞き飽きている話にも、家政婦やベビーシッターは辛抱強くつきあわねばならない。

「それと、万が一、派遣先の家のものを破損してしまった場合、家具の価値によって支払われる保険金が変わってくるので、そういう面からもちょっと詳しくなったんです。もちろん、会社として損害保険に加入しているので、破損しても個人賠償を求められることはまずないんですけれど。アンティークは手入れも難しいので、家事を行う際にまちがいがないよう、基礎的な範囲のことだけは、ざっとですが、頭に入れたんです」

教授は満足そうにうなずいた。

「有能な上に勉強家なんですね。実に頼もしい。……他の部屋も案内しましょう。婚約者役をしてもらうのですから、西東さんにも家の中をある程度知っておいてもらわないといけませんからね。この家はとにかく物が多いので、目利きの西東さんも楽しめると思いますよ。暾を抱いて、ついてきてもらえますか？」

「あ、はい」

部屋を出ていく教授を、鮎子も早足で追った。


――家の間取りは、鮎子の想像以上だった。

(こりゃまたすごいわ……広い！)

先ほどまでいた暾の子ども部屋の他に、キングサイズのベッドを置いた広々とした主寝室、サブの寝室、書斎、書庫、壁一面にワードローブが備えつけられた衣装部屋に音楽室、ゲストルームに納戸、の８ＬＤＫ＋Ｓだった。

それ以外に、ワインセラーと、植木鉢(ばち)や観葉植物の並ぶサンルーム、ガス式の大型乾燥機を備え付けたリネン類の収納を兼ねた広い家事室がある。

戸建てであればまだわかるが、ここは都心のマンションの一室なのだ。

物が多い、と教授のいった通り、部屋のドアをあけるたびに、鮎子は感嘆のため息をつくことになった。

書籍やら――壁一面を埋める豪華な稀覯本から学術書まで――楽器やら――グランドピアノを置いた音楽室にはアンティーク製のキャビネットにヴィオラが三台飾られていた――骨董やら――絵画に彫刻、日本刀にアフリカの美術品まで――食器やら――目にもまぶしい銀器のセットが食器棚にいくつもましましていた――各部屋に整然と並んだ高価な品々の物量に圧倒され、もはや褒め言葉もつきた状態の鮎子である。

「駆け足で案内してしまいましたが、ざっとこんな感じですね。……暾の機嫌もいいようですし、お茶でも飲んで、一息いれましょうか」

長い廊下を抜け、リビング・ダイニングへ戻る教授に、鮎子は「はあ」と気の抜けた返事をしてついていった。

シックで重厚な先ほどの部屋とちがい、リビングルームは淡いミモザ色の壁紙を基調とした、明るく、モダンな空間だった。

高い天井と、視界を遮る柱のない、開放的なリビングの広さは四十畳ほど。壁には真っ白なマントルピースが備えつけてある。優美なフランス家具、小花模様のファブリック、温かみのあるオリーブグリーンの絨毯、マリー・ローランサンの絵画など、全体的に女性好みのしつらえである。

部屋はバルコニーに面したリビングと、奥のダイニングに分かれており、バルコニーの向こうには秋晴れの空の中、そびえ立つ副都心の高層ビル群が蜃気楼のように見えた。

（あのルーフバルコニーだけで、普通の広さの３ＬＤＫがすっぽり入りそう……）

百八十㎡くらい、と最初に見積もった数字を鮎子は頭の中で修正した。どう考えてもこの家の総面積は二百㎡を超えている！

「大丈夫ですか、西東さん。ぼうっとした顔をしていますが、疲れましたか？」

「いいえ、なんだかわらしべ長者みたいな展開だなー、と思いまして」

空調の効いた快適な室内。ふかふかの大型ソファ。カサブランカのむせるような芳香と、ナポレオン・アイビーのカップに注がれたダージリンの香り。

ほんの一時間前まで、吹きさらしの青空の下、タコ焼きの匂いに鼻をクンカクンカさせていたシチュエーションとのギャップがすごい。

「先ほどの質問ですが、このマンションのオーナーはぼくではなく、ぼくの母方の伯父です。ぼくはこの部屋をいっとき間借りしているだけの、留守番役にすぎないんですよ」

紅茶を出し終えると、鮎子から暾を受けとり、教授はいった。

このあたり一帯は、もともと、母方の祖父が戦前から所有していた土地で、祖父母の亡くなる少し前、節税対策のためにマンションへと建て替えたのだそうである。

その後、相続したのが長男の伯父で、この人は世界じゅうを飛び回っている人類学者なのだが、五年前に夫婦でスイスへ移住した。伯父夫婦には子どもがなかったため、昔から実子同然に可愛がられていた教授が、現在、ここの管理を任されているのだそうだ。

父方の実家も名家らしいが、戦前から山の手のこの地に広大な生家をかまえていたということは、教授の母親の家系もそれに劣らぬハイソサエティな家柄のようである。

「家政婦のキクさんは隣町に住んでいて、週に二、三回通ってきてもらっています。伯父夫婦が住んでいたころから働いてもらっているので、この家についてはぼくよりもよほど詳しいほどなんですよ。この一週間は特別に、暾の世話のために毎日きてもらっていましたが、こうして西東さんが見つかったので、ようやくキクさんを解放できますね」

「ベビーシッターは見つからなかったんですか？」

「数社に相談したのですが、条件に合うシッターを見つけるのには少し時間がかかるといわれました。週五日から六日、男所帯への住み込みの勤務で、世話する子どもは雇用主の実子ではない、という事情を話すと、尻込みされることが多かったようです」

鮎子はうなずいた。

男親のシングル家庭に住み込みで、となると、確かに女性シッターが警戒せざるをえない条件ではある。実際、この家と教授を見れば、そんな懸念は吹き飛ぶだろうが。

「西東さんは、その点、大丈夫ですか？　正式な契約となれば、給与、休日の件などは、また細かくとり決めていくつもりではありますが」

「わたしは全然問題ありませんが……というより、むしろ、本当にわたしで大丈夫ですか、とこちらのほうが確認しておきたいくらいなんですけど」

出会った当初から、ある程度裕福な暮らしをしている人なのだろうとは察せられたが、まさか、ここまで生粋（きっすい）のお金持ちだとは思わなかった。

「もちろん、大丈夫ですよ。なにせあなたは有能で誠実で聡明なシッターですからね」

「あはは、そんな、聡明なんて。ちょっと買いかぶりすぎですよ、教授」

「とっさに児童文学の一節を口に出せる人は、十分聡明だと思いますよ」

鮎子は目をみひらいた。

「最初に会ったとき、西東さんは歯の生えていない噂を指して『まだ小鳥や妖精の声がきこえる時期』といったでしょう?」

教授は微笑んだ。

「あれはイギリスの児童文学、〝メアリー・ポピンズ〟の中にあるエピソードですよね? ベビー・ベッドの中で、窓辺に遊びに来る小鳥と毎日おしゃべりしていた双子の赤ん坊たち……でも、歯が生えたその日から、双子たちの耳に、友だちだった小鳥の声はただのさえずりとしか聞こえなくなってしまい、小鳥はさみしそうに飛び去っていく……」

「ええ、まあ、それは……わたしがお世話するのは乳幼児から小学生までのお子さまなので、有名な作品などは一通り知っておかないと、親御さんの信頼を得られないんです」

ハイクラスの家庭は母親も高学歴な場合が多い。

ある程度の教養や知識がないと、女主人に軽んじられ、子どもの教育の一部を任せても大丈夫なのかと不安視されてしまうのだ。

〈人材派遣会社・寿〉では、いくつかの条件――保育士資格、教諭資格、看護資格の有無、ピアノの経験や語学の習得など――をクリアした、最も報酬の高い最上位のシッターたちを「乳母(ナニー)」の名称で呼んでいる。

それは一般的な「託児」ではなく、「保育」「教育」を請け負うためだった。

そして、今現在、鮎子は、もっとも年齢の若い「乳母(ナニー)」のひとりである。

「幸か不幸か、資産や人脈目当てに近づいてくる人間の多い、面倒な家に生まれたものですからね、人を見る目はそれなりにあるほうだと自負しているんです。その目で見て、西東さん、ぼくはあなたを、大事な甥を預けるに足る人だと判断しました。でなければ、今日会ったばかりの他人を、そうやすやすとは家にあげませんよ」

噉の巻き毛をやさしく指で梳(す)きながら、教授はいった。

「それに、あなたのシッターとしての能力については、すでに裏をとってありますしね」

「裏……ですか?」

「はい」

教授はにっこりし、背広の内ポケットから、折りたたんだ鮎子の履歴書をとり出した。

「先ほど、ここに書かれていた〈人材派遣会社・寿〉の番号にかけて、西東さんとの契約について、会社の人と話をしました。あなたの採用について相談すると、社長も、副社長も、専務も、揃って太鼓判を押してくれましたよ」

鮎子は目を丸くする。

(会社にわたしの身元の照会なんて、いつのまに!? だって、公園からここまで、ずっと一緒にいて、そんなヒマなんかなかったはずなのに――)

そこまで考え、鮎子は気づいた。

駐車場だ。

鮎子と暾をロビーでまたせていた十分ほどの時間。

なるほど、車を入れるだけにしてはずいぶん時間がかかるなと思っていたが、そのあいだに履歴書の真偽を確認していたのか！

「あなたの説明を疑ったわけではないんですが、やはり、念のために確認しておく必要があると思いまして。――こっそり身元を調べられて、気分を害しましたか？」

「いえ、そんなことは、全然気にならないですけれど」

大事な甥と留守宅を預けることになるのだから、身元を確認するのは当然である。

むしろ、こんなに無防備に、会ったばかりの自分をそんなにすんなり信用してもらっていいのか、ひそかに危惧していたほどだったのだ。

上流階級の人間には、時おり、驚くほど純真で、人を疑うことを知らない、やんごとない性質の方々がいる。鷹揚そうな教授もてっきりその種の人なのかと思っていたが。

（どうやら、ちがったみたいね）

「ちなみに、教授、うちの社長たちは、わたしのことをなんといってましたか？」

ふと思いたって、鮎子は尋ねた。

「専務は『西東鮎子は弊社でもひっぱりだこの人気ナニーなので、彼女をこのタイミングで雇えた島津さまはたいへん幸運だと思います。おめでとうございます』と」

（おお、さすがは専務、強気の営業トークだ）

「副社長は『彼女は、長くこの業界にいるわたしが会った中でも最高のナニーのひとりなので、胸をはって推薦できます』とあなたを絶賛していましたよ」

（奥さん、フォローをありがとう）

「最後に社長が『西東は運動部の男子並みの大食い娘なので、まかないの食事はできればおかわり無制限でお願いします』といっていました」

（社長……よけいなことを……）

鮎子の脳裏に、自宅のカラオケで昭和歌謡を熱唱する、寿社長のえびす顔が浮かんだ。

「アットホームでいい会社のようですね。もっと早くに〈人材派遣会社・寿〉を知っていたら、ぼくもこの一週間、ここまで疲弊せずにすんだかもしれません」

「確かにもっと早くお手伝いできたらよかったですね……相当お疲れのようですもの」

教授は困ったような笑みを浮かべて、鮎子を見た。

「わかりますか？」

「ええ、まあ、その目の下の隈を見れば、だいたいのことは」

「ふむ、さすがにプロの目ですね。実をいうと、昨夜は暾がことのほか眠らなかったもので……二、三時間ごとに目を覚まし、結局、明け方までグズっていたんです」

教授は膝の上の暾の髪にあごをうずめ、小さく息を吐いた。

「この一週間、ずっと同じパターンで、ぼくの睡眠時間は平均四時間を切っているのが現状でして。正直に告白させてもらえば、気力、体力的に、もうギリギリのところです」

「暾さんの夜泣きは以前からですか？」

「夜は長く眠るほうだった、とイギリスで暾を預かってくれていた姉の友人はいっていましたね。なので、ここにきて急に夜泣きが始まったのか、あるいは、環境が変わったことで精神的に不安定になっているのか……時差の影響もあるかもしれませんが」

鮎子はうなずいた。

乳幼児の睡眠リズム、生活リズムというのはめまぐるしく変わるものだ。

よく眠る子だと思っていたのが、特にきっかけもなく毎晩の夜泣きを始める、というのもままあることで、睡眠時間やリズムには、月齢差、個人差が大きい。

一般的に、生後五、六カ月から、脳の急激な発達に伴い、夜泣きが多く始まる時期だとされている。暾の場合は、教授のいう通り、環境の大きな変化があったので、あるいは、それが、これまでの彼の睡眠リズムを崩してしまったのかもしれない。

「子どもというのは可愛いものですね」

ネクタイをスルメのようにしゃぶっている暾の頭をなで、教授はいった。

「この歳までまともに乳幼児と接したことがなかったので、ぼくは、赤ちゃんというのがこれほどふしぎな、心くすぐる存在だとは知りませんでした。無邪気な笑顔も、泣き出すとピンク色に染まっていく薄い眉のあたりも、いつもなぜだかホコリを握っている湿った手も、抱きあげると、首に手を回してくっついてくるその仕草も、甘い匂いも、重みも、ぬくもりも……子どもというのは、何もかもが、信じられないほどに愛おしい」

その言葉には、一週間とまだ期間は短いにせよ、自ら赤ん坊を腕に抱き、おむつを替え、着替えをさせ、ミルクを与えている人間の実感があった。

「しかし、それはそれとして——育児はハードです」

「そうですね」

「決して育児を甘く見ていたつもりはないのですよ。�引きとるにあたり、ぼくも可能な限りの準備はしたつもりでした。論文や育児書に目を通し、実際に乳児とも触れ合って……しかるべき準備をして臨めば、実りある結果を導き出せる——これまでの学問上の経験から、不安と、それをわずかに上回る自信をもって、ぼくは暾を迎えたのです」

教授は端整なおもてに苦笑いを浮かべた。

「しかし、その自信は、暾と再会したその日、粉々に砕け散りました」

——ロンドンからの直行便で、約十二時間。

姉の友人夫妻に連れられて、羽田に着いた暾は、この上なくご機嫌だったという。

機内でもたっぷりのミルクを飲んで、ぐっすり眠り、気圧の変化がある離着陸の際にもいっさいグズらず、終始、天使のようにいい子にしていたらしい。

ふわふわしたモヘアの帽子をかぶり、ニットのケープをつけ、真っ白なロンパースを着て友人に抱かれている暾は、本当に天使そのものだと教授の目に映ったという。

「親を亡くしたじしんの境遇も知らない、無邪気な笑顔がいたいけでならず……きれいなキャラメル色の目と視線が合った瞬間、『今日から自分がこの子を守っていくのだ』と強烈な保護欲にかられ、胸が熱くなりました。さあ、暾、おいで、叔父さんだよ！　そういって友人の手から暾を受けとった次の瞬間――暾はぼくの顔面に、長時間のフライトのあいだにため込んでいた大量のミルクをマーライオンのごとく吐き出しました」

「衝撃の日本デビューですね……」

　スーツの上下とシャツとネクタイ、すべてにかすかに湯気のたつ白い液体を噴射され、その場はたちまち阿鼻叫喚の現場に変わったという。

「そう、まさしく衝撃でしたね。根拠のない自信の鼻っ柱を折られたような。『こんなものは序の口だよ。これからよろしく』と暾に宣言された気がしました。実際、暾の世話を始めてみると、付け焼刃で学んだ知識などほぼ役に立たず……ひたすらふり回され、混乱し、疲弊するばかりで……気づくと、夜通し泣き続ける暾を抱きながら、一睡もせず、しらじらと明けていく空を呆然とながめている自分がいましたね……」

　教授は遠くを見るように、充血気味の目を虚空にさまよわせる。

「初めての育児は、みなさん、そうですよ、教授」

　いたわりと励ましをこめて、鮎子はいった。

「わたしがこれまでお世話してきたお母さまたちも、本やネットで十分勉強してから出産に臨んだ方が大半でした。母乳育児の大変さ、睡眠不足や体調不良、赤ちゃんに起こる頻繁なトラブル……すべて把握していて、それでも、実際育児が始まると『こんなにたいへんなものだったの!?』と、みなさん、衝撃を受けるんです」

おそらく、夜泣きにせよ、病気にせよ、想像するのはそのシーン、あくまで一場面だけだったからだろう、と鮎子は思う。

夜中に眠らない赤ん坊を抱っこして、一生懸命あやしている自分の姿は想像できる。

だが、現実は、その一場面では終わらない。

泣き、グズり、夜中になっても眠らない赤ん坊を痺れた腕で延々抱っこし、授乳をし、げっぷをさせて、ほっとしたところでミルクを豪快に吐き戻され、泣きたいきもちをぐっとこらえて自分と赤ん坊の着替えをし、気を失うように眠ったのもつかのま、また赤ん坊の泣き声で起こされる。見れば、おむつ、洋服、シーツの三段抜きで、再びの着替え。シーツを替え、洗濯機を回し、朝食のパンを立ったまままかじったところで、赤ん坊の泣き声に気づき、また飛んでいく……と、しじゅう小さな仕事の連続で、途切れないのだ。

加えて、そのあいまに家事をしたり、予防接種を受けさせたり、場合によっては自分の仕事もしなければならない。人によっては産後の体調不良にも見舞われる。

何より、うっかりしたら簡単に死んでしまう小さな命に対する責任と緊張感を二十四時間もたねばならないのだから、相当のストレスである。

それが何十日、何カ月も続く、という生活を具体的に想像することは難しいだろう。

知らないゆえに、人は育児という〝明るい地獄〟へ飛びこめるのだ。

「赤ちゃんの健やかな発達のためには、まず、お世話する側が健康でなければいけません。最低でも六時間以上はしっかり眠る。ひとりの時間を確保する。この二つがあれば、親御さんにも心身ともに余裕が生まれ、赤ちゃんへぞんぶんに愛情を注げます。一日の半分とはいわず、三分の一、四分の一でも、自分の代わりに信頼できる誰かが赤ちゃんを世話してくれれば、寝不足や疲労で倒れたり、産後うつになったり、育児ノイローゼに陥（おちい）ったりするケースは防げることが多いので」

核家族化が常態化している現代では、実母や義母など、子育て経験のある人間の助けを乞えないケースが多い。そこを補うのが、鮎子たちのような職業人（プロ）の存在だ。

「〈人材派遣会社・寿〉には、他にもベテランシッターが多数在籍していますし、そこから小児科や助産師、保育士、場合によっては公的機関や福祉にもアクセスできるシステムになっています。育児によって孤立しがちな親御さんと社会とをつなぐ橋、それがナニーやベビーシッターだと、わたしたちは考えているんです。料金はけっして安価ではありませんが、それに見合うだけの働きはしていると自負しています。ですから、教授も安心なさってください。このわたし、西東鮎子がきたからには、寝不足続きでいまが朝だか夜だかもわからない、などというカオスな日々はおしまいですから！」

鮎子は確固たる口調でいった。

客たちを前にしたとき、二十五歳という鮎子の若さは、強みとも弱みともとられる。

若い親たちは親しみを感じて早くから心を開いてくれることも多いが、年上の親たちは経験値の少なさから、鮎子の技量を過小評価する傾向が強い。それを払しょくするためには、冷静で揺るぎない、プロとしての自信に満ちた態度を示すことが重要なのだ。

わたしはプロです。わたしはあなたの味方です。あなたとあなたの赤ちゃんを幸せにするために、わたしたちはここにいるんです——と。

教授にも、それは伝わったらしい。

「ありがとうございます」

と、微笑んだ。

「なにしろ不安だらけのにわか養父なので、西東さんのようなプロのバックアップは、何よりも心強いです。暾ともども、よろしくお願いします」

「はいっ。二十四時間体制でしっかりサポートしますので、ドーンと大船に乗ったつもりでおまかせください！」

教授はうなずき、鮎子にむかって片手をさし出した。

「会社には話を通しておきました。ここからは、仮ではなく、正式な契約とさせてください。あらためて、暾をよろしくお願いします、西東さん」

「こちらこそ、よろしくお願いします」

「暾にとっても最良の選択ができたようで、うれしく思います。——さて、これで、保育に関する不安はおおかた解消されたので、あとの問題は、婚約者の件だけですね」

「へ？」

と笑顔でいた鮎子は一瞬固まり、

「あ、ハイハイ、そうでしたね。はは、そうそう、婚約者、婚約者」

時給一万円の仕事内容には、雇われ婚約者の仕事も入っていたのだった。家のゴージャスさやら何やらに気をとられて、すっかり忘れていた鮎子である。

（それにしても、わたしがこの教授の婚約者かあ……）

思わず、教授の顔をまじまじとみつめてしまう。

「度肝を抜く婚約者役を演じてみせる」

などと豪語したものの、あらためてその段になると、さすがに度胸のいい鮎子も若干の不安がつのってくるのだった。やたらと豪華なこの家と、それにしっくりなじむインテリ美男に、天使のように美しい赤ちゃん――という視覚的に完璧な組み合わせを前にすると「ザ・庶民代表」といった鮎子だけが完全に浮いている。

（まあ、いまさら考えても仕方がないか）

化粧や何やらでとりつくろったところで、この豪邸にふさわしい美女になれるわけでもないのだ。自分がこの美形教授の婚約者である、というリアリティのなさは、教授の異性の趣味が少々マニアックである、という強引な設定で押し通すしかないだろう。

「教授が好きなタイプの女性ってどんな人ですか？」

教授は目をぱちくりさせた。

「唐突な質問ですね」

「あ、すみません。プライベートを詮索するつもりはないんですけど、大番頭さんがきたときに婚約者っぽく見えるよう、ヒントをもらえないかなーと思いまして」

なにせ、鮎子は生まれてこのかた〝婚約者〟なる存在を、ドラマや漫画などのフィクションン以外で目にしたことがないのである。

「容姿はいまさらどうにもできないので、せめて雰囲気だけでも過去の教授のお相手に寄せれば、多少はリアリティが増すかなと。もっとも、それが世界を股にかけたトップモデルとか、五か国語ペラペラの国際派ジャーナリストとか、美人ヴァイオリニストとかだったりする場合、教えていただいてもまったくマネできないですけどね、あはは」

「それなら、心配はいりませんよ」

教授はくすくす笑っている。

「ぼくはトップモデルとも、国際派ジャーナリストとも、美人ヴァイオリニストともつきあったことはありませんからね」

「あ、そうなんですか。ゴージャス系の女性はタイプじゃないとかで？　じゃあ、清楚な深窓のご令嬢とか、しっとりと妖艶な未亡人とかがお好みで」

「深窓の令嬢とも妖艶な未亡人ともつきあったことはありませんね」

「えっ、じゃあ、まさかの人妻好きとか」

「個人的に不倫は好みません」

「意外に庶民的な一般人がお好みで……」

「ぼくはそもそも一般人ですが」

「……すみません、デリカシーが足りませんでした。わたしとしたことが個人のセクシュアリティに関わる繊細な問題に無遠慮に踏みこんでしまったようで……」

「何か誤解をしているようですが、ぼくは異性愛者ですよ」

鮎子はとらえどころのない教授の笑顔を無遠慮に見あげた。

「もしかして教授って女嫌いなんですか？」

「いいえ」

「禁欲主義者なんですか？」

「いいえ」

「ひそかに出家でもされているとか」

「普通に世俗の住人です」

「じゃあ、誰かに不毛な片思いでもしてるんですか？　それともひどい失恋で恋愛がトラウマになったとか」

「どれもぼくにはあてはまらないようです」

「じゃあ、教授はいったい過去にどういう女性とつきあってきたんですか⁉」

短気を起こした鮎子はあけすけに聞いた。

「西東さんの好きな食べ物はなんですか？」

鮎子の癇癪（かんしゃく）にもまったく動じず、教授は悠然と微笑んでいる。

「は？　食べ物？」

「ええ。好きな食べ物を五つあげてみてください」

「五つ……えーと、そうですね、定番ですけど、お寿司とかラーメンですかね。それから焼肉も大好きですし、カレーはインドのもタイのも好きですねー。あと、最近ハマっているのは、トムヤンクンかな？　近所に美味しいお店があるんですよ」

「和食に中華に韓国料理にインド料理とタイ料理。共通点も統一性もありませんよね」

「はあ」

「つまり、ぼくの女性の好みもそういうことです」

鮎子は憮然となった。

うまいことはぐらかされた気がする。

「大丈夫、誰かのマネなどする必要はありませんよ」

不満顔の鮎子の肩を教授は励ますように軽く叩いた。

「西東さんはそのままで完璧なんですから」

「パ、パーフェクト？」

「ええ、あなたは朗らかで、健康で、若さと聡明さにあふれていて、ぼくの目にはまぶしいほどです。子猫のように大きな目、クルクル変わる豊かな表情は、チャーミングで、生き生きとして、可愛らしい。若さに輝く研磨したての宝石のようなあなたと、三十代後半のくすんだぼくでは、かなりミスマッチではありますが、問題があるとしたら、それはぼく側のものであって、完璧な西東さんは何一つ変わる必要などありませんよ」

「……」

聞いている鮎子のほうが赤くなる。

「チャーミング」「可愛らしい」「宝石のよう」と歯の浮くような褒め言葉がポンポン出てくるのは英国仕込みなのだろうか。あるいは天然自然なものか。

うまいこと煙に巻かれた気がしないでもなかったが、まあ、いいか、と鮎子は切り替えた。雇用主が明かしたがらないプライベートにまで首を突っ込むつもりはないのだ。

「好みの女性はともかく、婚約者らしく見せるための工夫は確かに必要ですね」

紅茶を一口飲み、教授はいった。

「思うに、『西東さん』『教授』という呼びかたは婚約者としては少々不自然かもしれません。親密さを演出できるよう、もう少し、フランクなものに改めましょうか。——そうですね、鮎子さん、か、鮎子、と呼んでもかまいませんか?」

「え?　あ、はい、もちろんどうぞ。それじゃ、わたしは教授をなんてお呼びしましょうか。島津さん、じゃ、他人行儀だし、えーと、伊織さん、とか?」

「伊織さんでも、伊織でも、いおりんでも、自由に呼んでもらってかまいませんよ」

「い、いおりん!?」

鮎子は思わず聞き返した。

「おかしいですか?　大学で、どうやら学生たちはぼくのことを陰でそう呼んでいるらしいと聞いたので」

(あー、それは……想像がつくわ)

妙齢の女子がたむろする花園の中で、このとびきり美男でお金持ちの独身貴族がどう見られているか、想像するのは難しくない。さぞや多くの学生たちが「いおりんＬＯＶＥ！」と熱い憧憬に胸を焦がしていることだろう。

「教授の講義やゼミは、大学でもずいぶん人気があるんでしょうね……」

「そうですね。最近は文琳館でも文系の受験者が減少しているようですが、英文科だけは例外で、うちのゼミへの希望者も多いです。ふふ、やはり、没後四百年が経っても、偉大なシェイクスピア翁の人気はまだまだ衰えない、といったところでしょうか」

（いやー、その人気はどう考えてもシェイクスピアさんのものではないでしょ）

　周囲からの熱い視線に、本人がまったく気づいていなさそうなところが罪作りである。

「えーと、いおりん呼びは破壊力がすごいので、やっぱり、伊織さんにしておきます」

「そうですか。それではそのように」

「では、教授、じゃなかった、伊織さん、暾さんの明るい未来のため、ニセの婚約者劇をがんばりましょう。正直、演技の経験は幼稚園で〝大きなかぶ〟のかぶ役をやったくらいしかないですが、そこは気合いでカバーしますのでご心配なく。わたしも精一杯やりますので、伊織さんもその紳士的なふるまいはいったん忘れて、恋にうつつを抜かす男性らしくはっちゃけて、婚約者役のわたしに遠慮なくガンガンきてくださいね、ガンガン！」

「わかりました」

　教授は深々とうなずいた。

「それでは、またのちほど」

「あれ？　どこいくんですか？」

「西東さんの熱意とやる気に打たれました。ぼくも婚約者役をまっとうするため、参考文献をとってくることにします。恋にうつつを抜かす男の演技をするなら、やはりシェイクスピア戯曲はその宝庫ですからね。やはり王道の〝恋の骨折り損〟あたりが無難でしょうか？　あるいは〝じゃじゃ馬慣らし〟〝から騒ぎ〟〝夏の夜の夢〟……」

（ホントに大丈夫かな、この人……）

いそいそと書斎にむかう教授の後ろ姿を見ながら、鮎子は若干の不安を覚えた。

アカデミックな象牙(ぞうげ)の塔の住人らしく、どこか発想が浮世離れしている教授である。

書籍を抱えて戻ってきた教授が「恋にうつつを抜かす男のふるまい」について熱心に勉強するあいだ、鮎子は暾の遊び相手を務めることにした。

お気に入りのボールやぬいぐるみで遊び、ミルクと離乳食を与え、おむつを替えてほどなく、はしゃいでいた暾は鮎子の腕の中でうつらうつらし始めた。

リビングを出て、カーテンをしめた子ども部屋で十分ほどあやすと、暾は眠りに落ちた。

足音を忍ばせて部屋を後にし、リビングへ戻り、やれやれ、と一息ついてほどなく、澄んだインターフォンの音が鳴り響く。鮎子と教授は顔を見あわせた。

（きた！）

第二章　対決！　乳母猫VS乳兄弟

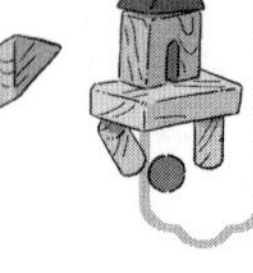

1

「芥川が来たようですね」

教授が本を置いて立ちあがり、インターフォンのモニターへと近づいていく。

いよいよ、頑固な大番頭の登場らしい。

鮎子は両手をぐっと握りしめ、気合いを入れ直した。

（さあ、ここからはなりきらなくちゃ。わたしは教授の婚約者。できたてほやほやの婚約者！　ニコニコ大人しくしていたほうがらしいかな？　それとも社交的にどんどん話しかけるほうがいいのかな……それにしても大番頭さんて、どんな人なんだろ。わたしを見て『若のお心を盗んだのはそなたかっ、この小娘ッ』とか怒鳴りつけてくるのかなー）

鮎子の中で、大番頭の芥川氏は、すでに、

「時代劇に出てくる総白髪のおじいさん、ガミガミと口うるさい、わからずやのじい」

のイメージで決定しているのだった。

ふと見ると、インターフォンでのやりとりを終えた教授が困惑したような表情でモニター画面をみつめている。

「どうしたんですか、伊織さん？」

「それがですね……いささか、想定外の事態になったようです」

（想定外？）

その言葉の意味は、三分後に明らかになった。

「――ご無沙汰しています、伊織さん」

教授とともに玄関に立った鮎子は、目をみひらいた。

（じいじゃないじゃん！）

そこに立っているのは、「総白髪のおじいさん」とはほど遠い、つやつやとした黒髪をきっちりとセットした、三十歳前後の男性だった。

細身のブラックスーツ。黒のワイシャツ。黒のネクタイ。ストレートチップの黒靴に手にしたコートもバッグも黒――と黒ずくめである。

一分の隙もない服装に整った顔立ち、と、それだけ見れば、どこかの企業の有能な秘書あたりに見えるが、機嫌の悪そうな強面がそれらの印象を台無しにしている。

「まさか、おまえがくるとはね――九朗」

教授は苦笑いを浮かべている。

「とんだ奇襲をかけられた。父が電話で『芥川を送ったからな！』といっていたから、てっきり本人がくるものと思っていたよ」

「親父もそのつもりだったようですよ」

とオールブラックの青年が不愛想にいう。

「昨日のゴルフで腰痛が悪化したとかで、急きょ、おれに出動命令が下ったんです」

「そうだったのか」

「札幌での仕事を終えて、家に戻って、やれやれ、と一息ついたところで、いきなり『東京へいけ！』ですからね。その二時間後には羽田便に搭乗ですよ」

「休みを潰して父親の代理とは、おまえも親孝行な働き者だね」

「親不孝な誰かさんのせいでね」

ポンポン交わされる遠慮のないやりとりから、鮎子にもふたりの関係がごく近しい、気の置けないものであることが知れた。

「羽田から直接来たんだろう？　荷物はそれだけかい？」

「ええ、どうせとんぼ帰りですから、手荷物一つです。二十時の帰りの便はもうとりました。そういうわけですから、さっさと用事をすませることにしましょう、伊織さん。明日は朝イチで那覇へ飛ばないといけないんですから」

「相変わらずせっかちだな。とにかくあがりなさい。――鮎子、紹介しよう。彼が芥川九朗。いつも話している芥川家の一番下の息子だよ」

（九朗――カラスのCROW。黒ずくめのこの人に、なんてぴったりの名前だろ）

思わずくすっと笑った鮎子を、相手は興味なさげに一瞬だけ見やり、

「暾さんのベビーシッターがようやく見つかったんですか、伊織さん。よかったですね」

　勝手知ったるようすで、シューズラックの中から靴ベラをとり出した。

「彼女はベビーシッターではないよ」

「じゃあ、キクさんの代理ですか」

「キクさんの代理の家政婦でもない」

「家政婦じゃない？　では、研究室の学生ですか？」

「婚約者だよ」

　靴ベラを動かしていた手が止まった。

「なんですって？」

「婚約者。フィアンセ。鮎子はぼくの恋人だよ」

「伊織さんの恋人？　フィアンセ？　この子が？」

「ああ」

「はっはっは」

　とカラス青年は感情のない声でいい、

「くだらない冗談はそれくらいにして……と。とりあえず、伊織さん、コーヒーを一杯いただけますか」

「いや、冗談ではなくて……」

「イッパツで目の覚める、熱くて濃いやつをお願いしたいですね。いつものマンデリンがあったらそれで。なにせ昨夜は接待麻雀で完徹したので機内では寝っぱなし、リムジンバスの時間が迫っていたので、羽田に到着後、コーヒー一杯飲むヒマもなかったんです」

芥川九朗は教授の言葉を無視してさっさとホールにあがると、

「これをかけておいてくれ。新米シッター兼家政婦さん」

鮎子の頭にバサッとコートを投げ落とし、さっさとリビングへ入っていった。

鮎子は教授と顔を見あわせた。

「どうしましょう、伊織さん。いきなり婚約者設定を一蹴されてしまいましたけど」

「うーん、まさか九朗を送りこんでくるとは。父親のほうなら年寄りなのでその手のことには疎いでしょうし、『鮎子がいるから見合いはしない、彼女以外との結婚は考えられない』の一点張りで押してしまえば、なんとかごまかせると思ったんですがね……」

教授も首をかしげている。

「確かにあのカラス……九朗さん相手にそれで押し切るのは難しそうですねえ」

とにかく、あきらめずに計画を続行するしかない。

恋人らしさをアピールするため、鮎子はできるだけ教授と身体をくっつけ、ややぎくしゃくした動きでリビング・ダイニングへとむかった。

九朗は上着を脱ぎ、ソファの一隅に座っていた。

「なんだい、これは?」

教授が九朗のむかいに腰をおろし、鮎子もその隣に座った。

ガラステーブルには、ボストンバッグの中身らしきものが整然と並べられている。

「では説明を始めます。こちらが手土産の焼酎なので、まずはお納めください。こちらが御前からお預かりしてきた税務関係の書類。最後が親父から託されてきた見合い用の釣書と写真です。その一、焼酎は某蔵のプレミア品です。いつものように学長にさしあげてください。その二、書類は付箋の貼ってある部分に銀行印をお願いします。その三、見合い写真は左から二十五歳テレビ局勤務、二十七歳書道家、三十歳料理研究家で、おれのおススメは二、三、一の順です。伊織さんの気に入った順に見合いをセッティングしますので、それぞれの写真にこの①②③のシールを貼って返してください。はい、どうぞ」

（仕事早っ！）

手際がいいにもほどがある。鮎子はあっけにとられて九朗の顔をみつめた。

「おまえのせっかちは相変わらずだね――九朗」

教授が苦笑する。

「靴を履く前から駆けだすような気の早さが、父親にそっくりだ」

「〝早寝早飯早算用早手回しも芸の内〟が芥川家の家訓なので」

「うーん、思い返せば、おまえは赤ちゃんのときからそうだった。予定日の二十日も前に、せっかちに母親のお腹から飛び出すし、生後二カ月で寝返りをうってベビー・ベッドから転がり落ちるし。その後も二カ月半で歯が生えるし、ハイハイをスキップしてさっさと十カ月で立ちあがるし、おむつは一歳五カ月でとれるという気の早さで……」

「いい歳の男にむかって、おむつの話はやめてください」

　顔をしかめる。

「だいたい、なんなんですか、今回の仕事は。『伊織さんの交際相手を調べて、島津家の嫁にふさわしいかどうか見極めてこい』って。おれは興信所の調査員じゃないんですよ」

　九朗は鮎子をじろりとにらみ、

「おまけに、飛行機に飛び乗ってまできてみれば、出てきたのは、こんなんですし」

（コートかけ代わりの次は、こんなん呼ばわり）

　そろそろこの侮辱的な態度に対して怒るべきなのか、悲しむべきなのか。教授の婚約者らしい反応はどれだろう、と判断に迷った鮎子は、

「そうそう、コーヒーでも淹れますね」

　とりあえず無難な選択をし、立ちあがった。

「それなら、ぼくが」

「いえ、それはフィアンセの仕事ですから。伊織さんは、どうぞ、お客さまのお相手を。コーヒーはいつものようにわたしが淹れますわ。大丈夫です、こちらのキッチンはいつ使っても、とっても使いやすいんですもの、ほほほ」

　この家に慣れている婚約者らしさを強調してみたが、カラス男は知らん顔である。

（うーん、なかなか手ごわそうな相手だわ。あれが教授の乳兄弟って……同じ女性のお乳を飲んで育って、あそこまでキャラが正反対なふたりも珍しいんじゃないの）

ヘレンドの小皿にチョコレートを盛り、濃いめのコーヒーと一緒に出したところで、「ギャーッ」と廊下の向こうから、元気な暾の声が聞こえてきた。

「起きたみたいですね。わたし、見てきます」

本気の泣き声ではなかったから、たぶん目覚めたあとで退屈になって遊び相手を呼んだのだろう、という鮎子の予想はあたり、子ども部屋に入ると、ベビー・ベッドの中では暾が顔を真っ赤にし、どういうアピールなのか、海老ぞりになってのけぞっている。

「やいやいやいッ！」

「わあ、暾さん、すばらしい背筋力と首の強さ」

生後六カ月のみごとなブリッジを前に、鮎子はパチパチ拍手をする。

二十分ほどの昼寝だったが、それですっかり体力は回復したらしい。キャラメル色の目をぱっちり開け、少しも眠る気配を見せない暾を鮎子はリビングへと連れていった。

「――この通り、暾も鮎子にすっかりなついていてね」

獲れたてのカツオのように、鮎子の腕の中でピチピチ暴れている暾を見ながら、教授がいった。

「鮎子は、子どもにやさしく、料理上手で、明るくて、聡明な、すばらしい女性なんだ。そういう彼女に、ぼくも年甲斐もなく心を奪われてしまったんだよ」

「確かに、淹れてくれたコーヒーは美味いですね」

コーヒーカップをソーサーに戻し、九朗がいう。

「器用そうですし、サーヴィングもスマートでしたし、子どもの世話も慣れているようだ。なかなか愛嬌もいい。こういう女性が家を守ってくれたら安心でしょう」

「そうだろう？　だから……」

「つまり、彼女はプロの家政婦、あるいはベビーシッターなんですね。暾さんのシッターを探していて彼女に出会い、御前の見合い攻勢にうんざりしていたので、それから逃れるために婚約者役をもちかけた、と。それにしても、ねえ、伊織さん、もう少し年齢の近い、それらしい相手は見つからなかったんですか？　せめておれが最初の五分くらいはだまされるくらいの。ああ、なるほど。わかりました。それだけの手間をかける余裕もなかったほど、この子は急きょ雇ったバイトの婚約者というわけですね。親父ではなくおれが登場したことで伊織さんも内心困ったことでしょう。いやはや、お疲れさまです」

（ホントに有能だなー、この人）

　こちらの計画をたちまち看破してしまった相手の鋭さに、反感を通りこして感心してしまう鮎子である。

「どうしても信じないつもりだね」

「当たり前ですよ。おれだって伊織さんの趣味ぐらい知っています。あなたはこんな年下の、子どもみたいな女を恋愛対象にする人じゃないでしょ」

　フン、と鼻で笑う。

「伊織さん、これまで、この歳ぐらいの女子大生に何度迫られてきましたっけ？　名家の子女ぞろい、美人ぞろいで有名な文琳館女子の子に？　好きです、愛しています、つきあってください、と告白されたことは十回二十回じゃないですよね。中には『婿養子に入ってくれたら全財産を譲ります！』とラブレターに預金通帳のコピーを添えてきた強者もいましたっけ。そうした猛烈なアプローチに対して伊織さんが過去に応えたことは？　ゼロじゃないですか。あなたは女の若さにさほど価値を見出さない人だし、外見より知性を重んじるタイプだし、相手の情熱にほだされて愛情を受け入れるような安易な人間でもない。そんなあなたがこんな小娘に惚れこんで、いきなり結婚を考える？」

　ありえませんね、と九朗は肩をすくめた。

「キクさんを婚約者として紹介されたほうが、まだ信じられるくらいですよ。茶番はここまでにして、さ、見合い話を進めましょう。今度こそ見合いに関する言質をとってこい、と親父から厳命を受けているんです。別におれは伊織さんの尻を叩いてムリヤリ結婚させようとは思いませんが、これも仕事ですからね、悪く思わないでくださいよ」

「ちょっとまってください、九朗さん」

　どうにも押され気味な教授に助け船を出そうと、それまで大人しく話を聞いていた鮎子は口をひらいた。

「なれなれしく名前で呼ばないでくれ」

　九朗は冷ややかにいった。

「だいたい、おれはまだきみの正式な名前さえ聞いていないんだが」

「あ、失礼しました。はじめまして。西東フィアンセ鮎子です」

「ミドルネームみたいにフィアンセを名乗るな。ずうずうしいやつだな」

「九朗さんのご推察通り、確かにわたしの職業はベビーシッターです。暾さんのお世話を通して伊織さんと出会い、わたしたち、たちまち恋に落っこちたんです」

と、あらかじめ打ち合わせてあった設定を口にする。

「わたしと伊織さんがいろいろと不釣り合いなことはわかっています。年齢も学歴も家柄も何もかも。でも、わたしたち、本当におたがいを深く想いあっているんです！　どんな障害もなんのその、わたしと伊織さんは強い絆で結ばれて……」

「目当てはなんだ？」

「は？」

鮎子は目をぱちくりさせた。

「目当てって？」

「伊織さんの財産か？　このマンションか？　それとも最終的な狙いは島津の家か」

「ちがいます、そんなんじゃありません」

「じゃあ、外見に釣られたのか。浅はかだな。伊織さんは若く見えるがそこそこ年をくってるぞ。きみは二十歳かそこらだろう。若いくせにおっさん趣味だな」

「伊織さんはおっさんじゃないですし、わたしは二十歳じゃなくて二十五歳ですし、外見に釣られたわけじゃないですし、そもそも、愛に年齢は関係ないですから！」

鮎子はきっぱりいった。

「愛？　フン、くだらん。中身のない空虚な人間ほど大仰な言葉を使いたがるもんだ」

「ひねくれてますねー。なんだってそう疑り深いんです？　さてはＡＢ型の蠍座でしょ」

「おれはＯ型だし乙女座だしそもそもそんなことはどうでもいい。きみを伊織さんの結婚相手になんて、とうてい認められるわけがないだろう。バイト代はいくらだ？　今回はおれが払ってやるから、荷物をまとめてさっさと帰れ」

しっし、と野良犬でも追い払うように手をふられる。

「いいえ、帰りません。わたしと伊織さんの仲を認めてくれるまでは！」

「だから、そんなものは認められるわけがないといってるだろう、しつこいやつだな！」

「しつこくわたしたちの仲を認めてくれないのはそっちじゃないですかっ」

「当たり前だ！　島津の家にきみみたいな、どこの馬の骨だか魚の骨だかわからん人間を入れられるか！　金が目当てなら他のもっとイージーな男を狙え！」

「だからお金目当てなんかじゃないといってるでしょう！」

「じゃあ何が目当てだというんだ！」

「それはっ」

伊織に惹かれた理由は財産でも家柄でも顔でもない——となると、残りは。

「身体です」

コーヒーを口に運んでいた教授が、ぶほっ、と盛大に咳きこんだ。

鮎子の腕の中の暾が、きゃっきゃっ、とよろこんで手を叩く。

「おい……」

「あ、ちがいますよ、身体が目当てといっても、その、いやらしい意味じゃなくてですね。つまり、わたしが惹かれているのは、地位だとか財産だとかの付属品ではなく、そういうよけいなものを全部のぞいた、丸裸の、いおりんそのものだという意味で……」

「いおりん⁉」

九朗が目をむく。

（あ、しまった）

つい、さっき聞いた軽妙なあだ名が口をついて出てしまった。

フォローにあせる鮎子の横では教授が肩を震わせ、赤い顔でくっくっと笑っている。

「――ふたりきりのときには、鮎子はぼくをそう呼んでいるんだよ、九朗」

教授はぐい、と鮎子の肩へ手を回して、自分のほうへと引き寄せる。

「いおりん、あゆあゆ、がぼくたちのあいだの呼び名なんだ」

「伊織さん⁉」

「何を驚いているんだい、九朗。恋人同士なんだから、それくらい、当然だろう？　彼女の前ではぼくは、島津家の次男でも、文学部の教授でもない、ただの島津伊織だからね。ぼくたちふたりのあいだでは、出自も年齢差も関係ないんだよ」

教授は鮎子に睫毛（まつげ）が触れるほど顔を近づけた。

（意外とノリがいいな、教授）

　事前に「恋にうつつを抜かす男」のふるまいを勉強しただけのことはあったようだ。

　感心しながら、鮎子はこれ幸いと教授の演技に便乗することにした。

「そうだね、あゆあゆ」

「その通りよ、いおりん」

「頭の固い乳兄弟ですまない。九朗は若いくせに頭の中が江戸時代みたいで四角四面なところがありすぎるんだ」

「いいんですわ。苦労性の九朗さんなんですね」

「きみのそういうユーモアセンスをぼくはシェイクスピアのソネット十八番よりも愛している」

「ま、いおりんたら」

「きみの笑顔は夏の陽に輝く五月の花のようだね。ぼくの愛(いと)しい鮎子(スイートフィッシュ)」

「うれしいわ。わたしの愛しい教授(プロフェッサー)」

「フフフ」

「アハハ」

「あっぷうーっ」

　額(ひたい)をくっつけあっていちゃいちゃし始めたふたりにはさまれた暾は興奮してうれしがり、教授のネクタイをスルメのごとくしゃぶり出した。

「いい加減にしてくださいよ——伊織さん」

　九朗はこめかみをヒクヒクさせている。

「そんなあほみたいな猿芝居でおれをだませると思っているんですか!?　だいたい、おれが彼女を恋人と認めたところで、御前が納得するわけがないでしょう！」

「未成年でもあるまいし、ぼくが婚約や結婚をするのに父の許可などいるまいよ」

「そんなわけにはいかないこと、島津の家に生まれたあなたが一番よくわかっているじゃないですか。彼女はどう見ても一般家庭の生まれでしょ。おれだって時代錯誤なことはいいたくありませんよ。でも、現実、島津の家の嫁になるなら、それ相応の資産や学歴や教養がなければ、結局、おたがい、不幸になるのが目に見えて……」

「そんなこと、やってみないと、わからない」

「なんだって？」

　九朗が突き刺さりそうな視線を鮎子にむける。

「えへ、教養が必要というので五七五で意見をのべてみたんですけど、どうですかね？」

「やかましい。いいからきみは五七五で勝手に交通標語でも作ってろ」

　鮎子にむける九朗の口調は嚙みつかんばかりの激しさである。

「……伊織さん、あなたが暾さんの養育権を手放すつもりがないことはおれも知っています。なんといっても暾さんは、巴さんの大事な忘れ形見ですし」

　九朗の言葉が唐突に英語に切り替わったので、鮎子は、おっ、と彼をみつめた。

「だからこそ、島津の家に暾さんを奪われないよう、現実的に御前を納得させられる方法を考えるべきでしょう。こんなばかげた、その場しのぎのやりかたではなく」

「どうして急に英語で話し出したんだい」

「おれにも情けはありますからね。本人を前にしていうべきでない言葉があることくらい、わきまえています。『ど庶民で無教養で学歴もないベビーシッターが島津伊織の婚約者を名乗るなんて百年早いんだ、このちんちくりん』などというのはひどいでしょう」

「英語でいっても十分ひどいと思うんだが……」

　教授は肩をすくめた。

「どうも、おまえはいろいろ誤解をしているようだよ、九朗」

「誤解？」

「第一に、鮎子に学歴がないというのはまちがいだ。彼女はきちんと短期大学を卒業して、国家資格である保育士の資格を取得している。四年制大学の卒業資格ばかりを学歴と呼ぶわけでもないだろう。第二に、彼女は無教養ではない。美術や骨董(こっとう)に関して相応の知識を有しているし、ものの価値もわかっているよ。そして第三は――彼女は英語が話せるから、おまえのささやかな気遣いとやらは意味がない」

　九朗は目をみひらいた。

「そうだね、鮎子？」

「伊織さんのはイギリス英語で、九朗さんのはアメリカ英語のアクセントなんですね」

鮎子がすらすらと英語で答えると、九朗は初めてうろたえたようすを見せた。

「きみ……」

「ベビーシッターが英語を話せたらおかしいですか？　わたしの所属している派遣会社では、家政婦もベビーシッターも、全員、二か国語以上が話せますよ。それが所属の条件の一つなんです。うちの会社の顧客は、現在、半分以上が外国籍の方々なので」

日常会話に支障のない程度の英語力を有した人材を確保していること。

〈人材派遣会社・寿（ことぶき）〉の経営が、長年、安定している理由の一つである。

二十年以上続く経済の停滞で、この国の富裕層は数が絞られつつあるが、居住費、生活費の多くを本国企業が負担している外国籍のホワイトカラーの人々や、外国人富裕層は、そうした傾向とは無縁であり、ハイレベルな人材に金を惜しまない。

顧客の内訳は、以前の欧米系から、中東、アジア系へと変化しつつあるが、コミュニケーションツールとしての標準言語が英語であることには変わりがないのだ。

「わたしがど庶民であることも、ちんちくりんであることも、事実ですから怒りはしませんけど、『ベビーシッターは島津の家にふさわしくない』という言葉には抗議したいです。だって、それは明確な職業差別ですから。ベビーシッターは要するに単純労働の子守りであって、スキルも学歴も必要としない労働者階級（ブルーカラー）の女の仕事、そんな女が第二言語を習得しているはずがない、と九朗さんは考えたのでしょう？　それは偏見ですし、もっといえば女性軽視ですし、保育、託児に関わる人間を見下しすぎだと思います」

きっぱりいった鮎子の言葉に、九朗は、痛いところを衝かれたように沈黙している。

「彼女は本当に頭がいい」と教授はいった。

「九朗、おまえのいった通りだよ。確かにぼくは相手の知性や教養に惹かれるタイプの人間だ。だからこそ、賢く、明るい鮎子に恋をした。おまえも島津の人間だから、彼女の強さ、聡明さが上っ面のものではないとわかるだろう？」

「……」

「島津の家にふさわしくないどころか、むしろ、時代遅れなあの家のほうが鮎子に不釣り合いだとぼくは考えているよ。——そう、ちょうど、姉さんがそうであったようにね」

九朗の眉がぴくりとあがった。

「おまえもぼく同様、強くて賢い姉さんのファンだったね、九朗？　自分の人生を自分の手で切り開いていくたくましさ、人生の冒険者たる気概。鮎子は姉さんと同類の人間だよ」

「巴さんとこのちんちくりんが同類ですって？　冗談はやめてくださいよ、伊織さん」

「鮎子をよく知れば、おまえも姉さん同様、鮎子のファンになると思うけれどね」

「それは絶対にありえません！」

「うん、まあ、それは今後の楽しみとさせてもらおうかな。もっとも、おまえの場合は姉さんのファンというよりも、泣き虫だった小さなおまえをいじめていた近所の悪童たちをコテンパンにやっつけてくれた姉さんを、英雄視していたというか、崇拝していたというか、淡い初恋を覚えていたという感じだったろうけれどね……」

「伊織さん！」

顔色を変えた九朗を教授はくすくす笑いながら見ている。

（九朗さんをからかって楽しそう。……教授って、やさしそうな顔をして、けっこういい性格してるのよね）

ひそかに鮎子の身元を会社に照会していたり、年下の九朗を余裕たっぷりに手のひらで転がしたり、鷹揚そうな印象とちがって、意外と食えないところのあるお人である。

「――わかりました」

やがて、苦虫を大量に嚙み潰しまくったような顔で、九朗はいった。

「とにかく、伊織さんは彼女を理由に、今後、見合いやら他の女性との結婚をする気はいっさいない、というんですね」

「うん」

「承知しました。そこまでおっしゃるなら、おれとしてはその言葉をそのまま親父や御前に伝えるまでです。さっきもいいましたが、おれだって、伊織さんに不本意な結婚を強制したいわけではないので。いいでしょう、御前には、フィアンセは伊織さんにふさわしい女性だったとお伝えしましょう。西東鮎子という女性は、頭の回転が速く、語学に堪能で、家庭的で、子ども好きな、ちん……あなごに似たなかなか可愛い女性だったと」

（ちんあなごに似て可愛いって、どんな女よ）

あきらかに「ちんちくりん」をとっさにいい換えた言葉だったが、しかし、どストレートな侮辱を投げつけてきた先ほどよりは、多少、態度が軟化してきた気もする。

「しかし、おれにも責任があります。伊織さんの共犯になって虚偽の報告をするのは簡単ですが、では実際に会ってみよう、という運びになった際、『コレのどこが島津の家にふさわしい嫁だ!?』などと御前から雷をいただくはめになるのもかないません。彼女をかりそめにも婚約者と認めるには、それなりの根拠と説得力がほしいところです」

「それなりの根拠？」

「テストをします」

きっぱりいった。

「彼女がそれに合格したら、おれも今後は腹をくくって、この茶番の片棒をかつぐことを約束しましょう。親父や御前に彼女の人となりを説明する際、こうこうこういうわけで伊織さんにふさわしいように思う、とお話しすれば、説得力も増すでしょうし」

「婚約者のテストって、なんですか」

鮎子は不安になっていった。

「料理のスキルとか、行儀作法とか？　それとも、就職試験みたいなヤツですか？」

九朗はしばらく黙りこんだ後、

「彼女は美術や骨董に関して相応の知識を有している——といっていましたよね、伊織さん？　知識があり、教養があり、ものの価値もわかっていると」

「そうだよ」

「OK、それなら、それを証明してもらいましょう。さいわい、この家には価値ある美術品やアンティークが山ほどありますから。何点か選んだ品の中でどれが一番、金銭的に価値が高いものか、ズバリ、彼女にいい当ててもらいます。本物とガラクタの選別くらいできなければ、島津伊織の婚約者を名乗るなど、おこがましいですからね」

（えぇー、何よ、それ!?　そんな話、聞いていないんですけど？）

あわてて教授を見ると、さすがにこちらも戸惑った顔をしている。

拒否すれば、九朗は本家に戻ってニセ婚約者の件をあっさりバラすだろうし、そうなれば、困るのは教授と暾である。ただでさえ、母の死、日本への移住、と環境の激変で、これまでになかった夜泣きを発症するなど、不安定な精神状態になっているのだ。話を聞いているだけでこちらの血圧があがってくるような、家父長制の化物（バケモノ）みたいな島津家のご当主に暾の未来を握られてはたいへんなことになる。それでは、父親が彼の育成に関わらないよう遺言書にまで記して危惧（きぐ）していた、母の巴も浮かばれないだろう。

（となれば、結論は一つしかないじゃないの）

義を見てせざるは勇無きなり。

というより、「時給一万円」の件がどうしても頭をちらつく。

報酬ぶんの働きはしっかりするというのが鮎子の人生のポリシーなのだ。

「九朗、しかし、そんなふうに人を試すようなマネは……」

いさめようとする教授を遮(さえぎ)り、鮎子はきっぱりいった。

「やってやろうじゃありませんか」

2

「それでは、伊織さん、いったん外へ」

教授と九朗が話しあうあいだ、鮎子は暾(あさひ)とともにリビングで待機することになった。

思いがけない展開になってしまったが、引き受けた以上、ジタバタしても仕方がない。なるようになれ、と腹をくくった鮎子は勝手にコーヒーのおかわりを淹れてソファに腰をおろすと、優美なヘレンドのカップで高級マンデリンの味と香りを堪能した。

そもそも、この家で働くことになったのも、偶然のなりゆきみたいなものなのだ。婚約者のテストとやらをしくじったところで、特別失うものがあるわけでもない。

「……とはいえ、できればうまいことやって、あの傲慢(ごうまん)なカラス男の鼻をあかしてやりたいところなんですけど。ねえ、暾さん？」

「アハーン？」

「そうすれば、時代錯誤なおじいさまから暾さんたちをしばらくは守れますもんね。でも、お宝鑑定なんてしたことないからなー、そうそううまくはいかないか……」

暾を相手にそんなおしゃべりをしつつ、二十分ほどが経(た)ったころ、声がかかった。

「――鮎子、こちらへ」

てっきり、骨董品をどっさり収めた納戸か、高価そうな楽器類を置いた音楽室あたりに連れていかれるのかと思ったが、導かれたのは先ほどの子ども部屋だった。

室内の中央に立っていた九朗が、鮎子を見て、フン、と鼻を鳴らした。

「感心だな、逃げなかったのか」

「そりゃ、今さら逃げたりしませんよ。……で、テストとやらはなんなんですか？」

「アレだ」

九朗は四方の壁をさした。

鮎子の視線が九朗の指先を追う。

（――なるほどね。絵か）

「壁に、付箋の貼ってある作品が四つあるだろう。その四つの作品の中から、一番金銭的価値の高いものを一つだけ選ぶ。シンプルなテストだ」

鮎子はうなずいた。

確かにやりかたはシンプルだが、それイコール簡単というわけでもない。

「時間は十五分もあればいいだろう」

「えっ、十五分!?　それはちょっと短すぎると思うんですけど」

「だったら二十分――わかった、三十分だ。そのあいだ、おれたちはリビングにいる。三十分経ったら戻ってくるから、せいぜい鑑定に励んでくれ」

いいながら、九朗が鮎子にむかって片手をさし出す。

鮎子は首をかしげながら、その手を握った。

「なんでおれがきみと握手せねばならんのだ。――そうじゃない、携帯電話だ！」

「携帯？」

「カンニング防止だ。ビデオ電話で専門家にでも相談されたら意味がないからな」

（ああ、そういうこと。本当にこの人、抜け目がないな）

なにかと憎たらしい青年だが、職業人として有能であるのはたしかなようである。

鮎子は素直にポケットから出した携帯電話を九朗に預けた。

「それじゃ、テストのあいだは、ぼくが暾を預かろうか。さあ、暾、おいで」

教授が両手を差し出したが、暾は鮎子の胸にしっかと抱きついて、離れない。

「イーヤー！」

「暾」

「大丈夫ですよ、伊織さん、わたしがお世話しますから。いまは暾さん、ご機嫌がいいので、三十分くらいなら、いい子にしていてくれると思います」

どうせ、専門の鑑定士のように、ルーペを使ったりなんだりと特別なスキルがあるわけでもないのだ。壁に飾られた絵なら、手の届かない暾が悪さをすることもないだろう。

「それじゃ、始めよう。最後に何か質問はあるか？」

「そうですねえ。……ちょっとくらいはヒントをもらえませんか？」

「ヒントになるかは知らんが、四つの作品は、全部、伊織さんが選んだものだ」

いいながら、九朗が背後の教授をふり返る。

「いおりんが？」

「少しでも正解に近づけるようにと、きみの得意分野からセレクトしたらしい」

「わたしの得意分野……そうなんですか。それは助かります。それから？」

「作品は一番安いものが三万円前後、一番高いものは七ケタの値段になる」

「へえー。最低でも百万円以上ってことですね。それから？」

「絵はみな、シェイクスピア作品をモチーフにしたものだ。伊織さんが趣味で購入したり、大学の講義で使用したりしたものだそうだ」

「ふんふん、それから？」

「それだけだ！　どこまでヒントのおねだりするつもりだ、ずうずうしいやつだな！」

気の短い九朗が癇癪(かんしゃく)を起こす。

「時は金なりだ。グズグズしていないでさっさと始めろ！」

「短気は損気ともいいますよー。そうカリカリしないでくださいよ」

がんばって、鮎子、と教授がいった。

「賢いきみなら必ず正解にたどりつくはずだよ」

「ありがとうございます、伊織さん、がんばりますね」

「九朗、みごと正解した暁(あかつき)には、鮎子をぼくの正式な婚約者として推薦してくれるね？」

九朗が肩をすくめる。

「そういう約束ですからね」

「西東鮎子という女性のすばらしさを父にもきちんと伝えると約束してほしいね。ちなみに、彼女のサイトウは、メジャーな斎藤(さいとう)さんのほうの斎藤ではなく、東西南北、ウエスト・イーストの西東だから、覚えておいてくれ」

「ウエスト・イースト……？　へえ、西東(サイトウ)はそういう字を書くんですか」

九朗がちょっと興味をひかれたように鮎子をみつめる。

「それじゃ、ぼくたちは退場しよう。落ち着いて、ぼくの言葉を思い出しながら推理すれば大丈夫だよ。幸運を祈っている、鮎子(スイートフィッシュ)。Break a leg（がんばって）！」

最後になめらかなイギリス英語でエールを送り、教授は九朗と部屋を出ていった。

付箋のついた絵は東西南北四つの壁にそれぞれ一つずつかけられている。

四つの絵の鑑定に集中できるようにという配慮だろうか、元々飾られていたそれら以外の絵は、すべて壁から外され、部屋の一隅にまとめられていた。

「よいしょっと。……ちょっと、ここで遊んでいてくださいね、暾さん」

「あっぷう」

暾を床におろし、とりあえずよく見てみよう、と鮎子は絵に近づいた。

四つの絵は大きさも種類もバラバラである。一番大きなものが一メートル以上、一番小さなものは五十センチほどになる。わかりやすいよう、鮎子は大きい順から一、二、三、

四、と頭の中で番号をふり、その番号順に絵を見ていくことにした。
一番目の絵は、南の壁にかけられている油彩画だった。

ほの暗い森を思わせる緑と川。絵は、その川に半身を浸し、長い髪を藻のようにからませ、恍惚とも茫漠ともいえぬ表情を浮かべている、若い女性の姿を描いたものだった。

彼女の身体を包む、ややくすんだ色のドレスのまわりには、色とりどりの花々が柩に入れられる献花のように浮かんでいる。偶然だが、ちょうど、絵画のそばに置かれたアロマディフューザーから出る蒸気が、空調の風で絵の下部あたりに流れ、水に浮かんだ女が幽玄な霧の中にいるかのような、ドラマチックな効果をもたらしていた。

（これは知ってるわ。ミレー……じゃなかった、ミレイの〝オフィーリア〟だよね。〝ハムレット〟に出てくる悲劇のヒロイン、オフィーリアを描いた有名な一枚だ）

一般教養に毛が生えた程度の絵画の知識しかない鮎子でも、すぐに思い出せたほどだ。シェイクスピア作品をモチーフにした絵画の中でも、一、二を争う有名なものだろう。

当然、それだけの金銭的価値を有しているということにもなるはずだが――

（うーん、たぶん、これはないよねえ……。いくら教授がお金持ちでも、本物の〝オフィーリア〟なら教科書に載るクラスの絵だろうから、そのへんの個人宅にポンと飾られているようなシロモノじゃないし、とすると、これはただの複製なわけで、美術品としての価値は全然ないはず。つまり選択肢からは除外されることに……ん？　まてよ）

付箋の貼ってある四つの作品の中から、一番金銭的価値の高いものを選ぶ――九朗の言葉がふと思い出された。

そう、彼はあくまで「作品」といい、「絵」とはいわなかったのだ。ひょっとして「作品」とは絵だけでなく、「額縁」をも含めたものを指しているのでは？

あわてて見てみると、額縁は、細密な植物の彫刻がほどこされた、美事なものだった。

また、この絵は他の三つよりも頭抜けて大きく、額縁もそれに比例した大きさになっており、それだけで単純に、価格も高くなるだろうと考えられるのである。

ストレートに考えれば、これが正解になるのだろうか？　鮎子は頭をひねったが、考えたところで答えが出るわけでもない。とりあえず評価は保留ということにして、二番目の絵の鑑賞に移ることにした。

二番目の絵も油彩画である。

こちらは七、八十センチの縦長の絵で、たっぷりと袖の長い、豪奢な金糸の刺繍の入った青と緑の中世風ドレスを着た女性の絵だった。

儚げな処女を描いた〝オフィーリア〟とちがい、こちらは堂々たる貫禄の成熟した女性の全身像が描かれている。女性は波打つ黒髪を長くおろし、異様な表情で目をみひらき、何かを乞うように両手を前に差し出している。

（これは〝マクベス〟……かなあ？　マクベス夫人の有名なシーンに見えるけど）

シェイクスピアの四大悲劇の一つ、〝マクベス〟。夫のマクベス将軍とともに謀殺した先王の亡霊に悩まされ、かつて王の血によって汚した両手をみつめて「血が落ちない」と精神錯乱に陥（おちい）っていくマクベス夫人にぴったりの絵だった。

細部にわたって写実的だった先ほどの〝オフィーリア〟と比べると、こちらは筆のタッチがもう少しラフなせいか、現代風な印象を受けた。

（現代的に思えるのは、モデルの女性の表情のせいもある気がする。眉の太い、意志の強そうな、知的な美人……どことなく、東洋的な顔立ちに見えるのは気のせいかな）

個人的には好きな絵だが、値段をつけろといわれたら、さっぱりわからないというのが正直なところである。額縁はシンプルな銀のフレームで、特に目につく装飾はない。

そして、三番目。

この絵から、ぐっとサイズが小さくなり、趣（おもむき）も変わる。

大きな花を手にしたふたりの少女の水彩画だった。

古い絵本の挿絵を思わせる絵は、絵画というよりもイラストレーションである。可愛らしい少女たちの身長に比して、手にしたピンクの花が異様に大きく、また、ひらひらしたメルヘンチックな衣装が花とまったく同じデザインであることから、少女たちはこの花の妖精か、あるいは、花そのものを擬人化したものなのだろうと察せられた。

（モチーフにしている作品は〝恋の骨折り損〟か……）

と、すぐにわかったのは、鮎子がシェイクスピア作品全般に通じているからではまったくなく、画面上部に、

「Love's Labour's Lost」

とズバリ、タイトルそのものが記されているからだった。

先の〝ハムレット〟と〝マクベス〟は鮎子もストーリーを知っていたが、こちらの物語は「Love's(恋の) Labour's(労力の) Lost(損害)」という直訳からかろうじて〝恋の骨折り損〟というタイトルを思い出せたぐらいで、その内容はわからなかった。

特筆すべきは額縁で、絵よりも大きいくらいなのだった。ガラスカバーのついた額縁はオークらしい飴色の素材で、手彫りだろう、中世の稀覯本を思わせるアルファベットの飾り文字に、野ばらと蔦が絡んだデザインが一面に彫り込まれている。

最後、四番目の絵も水彩画だった。

片手に王笏のようなものをもち、ふんわりと裾の広がった長いマントを羽織った巻き毛の女性が、鑑賞者に背中をむける形で描かれていた。

後ろには、ドレス姿の少女と子どもたちが従っており、ある子どもの背中には蝶のような羽根が生え、ある者の耳はとがり、ある者の鼻は異様に長く、とんがっている。

（小人や妖精たちを率いる神秘的な美女――わかった、これ、〝夏の夜の夢〟だわ。この女性はたぶん、妖精の女王のティターニアだ。子どもむけのミュージカルを観たことがあるもの。夏至の夜に妖精の森でくりひろげられる、ねじれた恋のドタバタ喜劇）

同じ水彩画でも〝恋の骨折り損〟の軽やかな明るさと比べると、こちらの絵はずっと線が細く、色調も古い写真のように抑えめだった。西向きの窓から入る日射しが、レースカーテンを通して、ノスタルジックなタッチの妖精画を柔らかく照らしている。

（あ、絵にサインが入ってる。やった、これは大きなヒントだわ。Arthur Rackham――アーサー・ラッカム。誰だっけ、聞いたことがある……えーと、あ、そうだ、〝アリス〟の挿絵を描いた人だ！）

〝不思議の国のアリス〟や〝ピーターパン〟の挿絵で有名な十九世紀の画家である。

額縁はアクリルカバーのついたメタリック製。額縁に関してだけなら、これが四つの中で一番価格が低いだろう。価値のある絵なら、額もやはり相応のものを用いるのが普通ではないだろうか。だとするとこれは除外されるだろうか？

（だけど……そう、教授はわたしの得意分野をセレクトした、といっていたんだよね）

童話の挿絵画家として有名なラッカムの絵は、子どもの保育を生業とする鮎子のまさしく得意分野といえるだろう。

実際、画面にはあどけない妖精の子どもたちが描かれている……。

鮎子は腕組みをして部屋の中央に戻り、頭の中を整理した。

一番目の〝オフィーリア〟は一番大きく、一番有名で、一番額装もゴージャスだ。もっとも目をひく作品ではあるものの、これはわかりやすいひっかけではないだろうか？

二番目の〝マクベス〟は油彩画らしい迫力があり、個人的には好みの絵である。年代的にそう古くはなさそうなこと、額縁もシンプルな点が金銭的評価にどう影響するか。

三番目の〝恋の骨折り損〟はイラストレーションだが、有名な作品の原画であれば高い値がつくはずだ。額も大きく、手のこんだデザインである。

四番目の〝夏の夜の夢〟は、三番目同様、おそらく本の挿絵として描かれたものだろう。大量に出回った印刷物であれば価値は低いだろうが、原画、もしくは初版なら、一世紀以上前の作品であるはずだし、有名な作家だけに高値がついてもふしぎはない。

うーんと目をつぶり、頭を回転させ、以上の情報から鮎子が辿りついた結論は、

（わかんないわ）

であった。

どれが正解といわれてもうなずけるし、その逆もしかりだ。アンティーク家具の知識は多少あっても、美術品の真贋を見分けるスキルまではない。もういっそ、「ど・れ・に・し・よ・う・か・な」で適当に決めてやろうか、と鮎子がやや投げやりになっていると、

「やいやいやいっ！」

足元で、暾が海老のように身体を反らせて暴れ始めた。

「暾さん。どうしましたか」

「ちゃーいっ」

暾は不満を身体全体で表すかのように、見えない何かをさかんにキックしている。

どうやら、ひとり遊びに飽きた、そろそろかまえ、という要求のようだ。

時計を見ると、約束の三十分まであと十分ほどだった。残り時間いっぱいに集中して考えても、明確な結論は出そうにない。となると、最後はカンで決めるほかなさそうだ。発想の切り替えがてら、暾の相手をしながら考えてもいいかもしれない、と鮎子は考えた。

お昼寝を終えた暾の体力はフルチャージ、顔色はつやつやして、元気いっぱいである。

「そうですよね、暾さん、退屈でしたよね。じゃ、ちょっと一緒に遊びましょうか」

「あーいーっ」

「いいお返事ですねー」

その場に座ると、鮎子は暾の小さな両手をとった。

「それじゃ、まずはお歌と体操をしましょうか」

音楽にあわせたベビーマッサージは鮎子の得意な手技の一つである。

鮎子は「どんぐりころころ」を歌いながら、リズムに合わせて手のひらで足の裏をタッチする遊びを始めた。手足を刺激され、身体をさすられたり、ゆっくり折り曲げられたり、伸ばされたりして、暾が足をバタバタさせてうれしがる。

歌い終わると、今度は右手でチョキを作ってひっくり返し、とことこと指人形のように動かして暾の身体をやさしくくすぐった。

「さあ、お手々さんがいきますよー」

「くく、くく」

「まいごのくまさん、やまのぼりー。あんよにのぼって、こちょこちょこちょっ」

「うくくくっ」

「はちみつなめてひとやすみー。おなかにすわって、こちょこちょっ」

「けけけっ」

「かいぐりかいぐり、とっとのめー。おーつむてんてん、ひざぽんぽん。いない、いない、ばあっ。ピー・カー・ブー！」

「くくくっ。けけっ、けけけけけっ！」

（よく笑う、本当に可愛い赤ちゃんだわ。なぜだか笑い声が悪魔みたいなのが気になるけど）

鮎子は上機嫌の噋を抱きあげ、絵に近づいた。

「ほら、噋さん、見てください。どれもすてきな絵でしょう」

「あーいー？」

「叔父さまの選んだシェイクスピアの絵なんです。オフィーリアとマクベス夫人と妖精たちとティターニア。どれが一番価値の高いものか、噋さんにわかりますかねえ」

鮎子は噋に四つの絵を順番に見せていった。

〝夏の夜の夢〟を見た噋は、完全な無反応だった。ぽかんと口をあけたまま、うんともすんともいわない。〝恋の骨折り損〟では可愛いげっぷをし、〝マクベス〟では腕の中で元気よく海老ぞりを披露してくれ、〝オフィーリア〟ではけほんけほんと咳きこんだ。

（まあ、そりゃそうよね。赤ちゃんの第六感に期待してみたけど、わかるわけないか）

「あれ、大丈夫ですか、噋さん。どうしました？」

けほっ、けほっ、と噋が咳をしながら、いやいやをする。

どうやら、そばで作動しているアロマディフューザーの水蒸気を吸い込んだようだ。

鮎子はあわててディフューザーのスイッチを切り、窓を開けて空気を入れ替えた。

暾の咳はすぐに止まり、鮎子は胸をなでおろした。

(うかつだったわ。暾さんがいるのにアロマディフューザーをつけたままにしていたなんて……あれ？　でも、さっき、暾さんをお昼寝させたときにスイッチを切っておいたはずだけど、なんでまた作動していたんだろう……知らずに九朗さんがつけたのかな？)

初めてこの部屋に入ったときから、鮎子はアロマディフューザーを使用していることが気になっていた。この部屋のディフューザーは電気コードを使用している。ハイハイを始めた暾がコードをひっぱったり、コンセントをいじって火傷を負ったり、高い位置にあるディフューザーが落下して、ケガをする危険などがあるからである。

また、大人には心地のいいアロマも、種類や濃度によっては、乳幼児の健康に害をもたらすものがある。実際、鮎子の以前の勤め先では、ペットの猫がアロマの影響で衰弱したケースがあった。鮎子は先ほど、教授にもそのことを話し、了承を得て、ディフューザーのスイッチを切ったのである。

(急ごしらえの子ども部屋だから、と教授はいっていたけど、そうなのよね……確かに、この部屋は、保育者の視点から見ると、まだあちこち改善する余地があるみたい)

アロマディフューザーしかり、テーブル上にセットされた茶器類しかりである。ここには瞬時に湯の沸く電気ケトルがある。経済的で便利な器具だが、幼児のいる部屋で使用するにはかなり危険なシロモノだった。この種のケトルは構造がシンプルなぶん、通常の電気ポットにはたいがい備わっているロック機能がついていないのである。

　もしも意見を許されるなら、窓まわりにも工夫を、と鮎子は教授に勧めたいところだった。この部屋は西向きの窓なので、午後の西日が強い。室温の調整と日焼け防止のため、窓ガラスに紫外線防止シートを貼ったほうがいいだろう。加えて、夜泣きが始まった暾の睡眠リズムを整えるためには、現状よりも遮光性の高いカーテンに替え、起床、就寝の時間を計画的にコントロールしたほうがいいかもしれない……。

（うーん、こういうことなら、いくらでも正解を見つけられるんだけどなー。やっぱりわたしの得意分野は保育や家事であって、美術品の鑑定なんかじゃないんだし）

　四つの絵は鮎子の得意分野からのセレクト、というのはどういう意味だったのだろう、と鮎子は考えた。

　それに、教授はそう、別れ際にちょっと気になるセリフをいったのだ。

『ぼくの言葉を思い出しながら推理すれば大丈夫だよ』

（ぼくの言葉ってなんのことだろう。教授はあのとき何を話していたっけ？　わたしの珍しい苗字について、九朗さんに説明していたことしか思い出せないけど……）

　西東の苗字はメジャーな斎藤ではなく東西南北の西東だという説明。

　それから、島津教授のあの笑顔――なめらかなイギリス英語のアクセント――そう、教授は最後に英語で、鮎子に励ましの言葉をかけたのだ……。

『幸運を祈っている、鮎子（スイートフィッシュ）。Break a leg（がんばって）！』

ふいに、鮎子は頭の中で何かが閃くのを感じた。

光の点のようなものが脳裏に浮かび、めまぐるしい勢いでつながり、一つの像をなす。

四つの絵。五人の女。仲間外れは一つだけ……。

急に黙りこんで動かなくなった鮎子を腕の中の暾がふしぎそうに見あげ、ぺちぺちと腕を叩いた。が、鮎子はまだ自分の思考に没頭していた。

髪をぐいっ！　とひっぱられ、鮎子はその痛みにようやく我に返った。

「あーいー！」

「どうしましょ、暾さん」

鮎子は大きな目をぱちくりさせた。

「アハーン？」

「わたし、正解がわかっちゃったみたいです」

3

——約束の時間ぴったりに九朗と教授が部屋に入ってきたとき、鮎子は暾と一緒に床に寝転がり、きゃっきゃと声をあげて、ふたり遊びに夢中になっていた。

「さあ、海に落ちるぞーお、大波がくるぞーお、サメさんに食べられるぞー、シャー！」

「けけけ、けけけけけっ！」

「……いったい何をしているんだ？」

「あ、九朗さん。伊織さん。お疲れさまです」

暾をお腹に乗せて左右にスイングしていた鮎子は、起きあがった。

「いやー、〝嵐の海で海賊に襲われる王子さまごっこ〟をしてたんですよ。暾さんが王子さまで、わたしが嵐の海とサメと海賊の一人三役だったので、もう大忙しで……あ、もう時間になっていたんですね」

「暾さん相手に遊んでいたとは、ずいぶん余裕だな」

「ええ、時間が余っていたもので。それに、わたしの本業はあくまでベビーシッターですからね。お預かりしている子どもさんのお世話に手は抜けませんから」

鮎子は暾を抱いて立ちあがった。

「きみの評価はベビーシッターとしては満点のようだな。が、島津伊織のフィアンセとしてはどうか」

「それを判断するためのテストなんでしょ？」

「そうだ。――答えは決まったか？」

「決まりましたよ」

鮎子は壁の絵の一つに歩み寄り、足を止めた。

九朗が低い声でいう。

「……きみが選んだ作品はそれか」

「そうです。――〝恋の骨折り損〟。一番、価格が高い作品はこれでしょう？」

花の衣装をまとうふたりの妖精のイラストレーションを示し、鮎子はいった。

九朗が隣に立つ教授を無言で見る。

教授はにっこりし、パンパンと手を叩いた。

「おめでとう、正解だ。鮎子の勝ちだね、九朗」

「やった!!」

鮎子が暾を頭上にかかげ、グルグル回ると、暾はきゃっきゃっとよろこんだ。

ハグをする鮎子と教授を見ながら、

「どうしてわかったんだ？」

九朗が苦い顔でつぶやく。

「きみはこの絵の作者を知っていたのか？」

「え？　まったく知りませんよ」

「知らない……!?」

「ええ、全然。だって、サインもないですし。これって、誰の絵なんですか？」

「ウォルター・クレインだよ」

といったのは教授である。

「クレイン。……はあ、聞いたことないですね。有名な人なんですか？」

「クレインはヴィクトリア朝に活躍したイギリスの画家でね。絵本の基礎を築いた人物として評価が高いんだ。この絵は晩年に出版された〝シェイクスピアの花園〟という絵本の中の一作品で、状態のいい初期の版なので、価格が高い。もっとも、これに七ケタの値がついているのは、クレインの絵のためだけではないのだけれどね」

「ということは、やっぱり、額縁にも価値があったんですか？」

「ああ、さすがだね。気づいていたとは。見てごらん、額の後ろに銘があるだろう？」

教授が壁から絵を外し、木製の額の後ろの一部を鮎子に見せる。

「……サインみたいのがありますけど。なんて彫ってあるんですか、コレ？」

「モリス商会。十九世紀のイギリスにあった工房だ。この額はモリス商会の創始者、ウイリアム・モリス自ら（みずか）がデザインし、一部を制作したともいわれているんだよ」

「ウイリアム・モリスって、えっ、あのモリス、ですか？」

「そう。この壁紙のデザイナーのね」

鮎子は驚き、絵の飾られている壁の模様（パターン）をみつめた。

ウイリアム・モリス。

十九世紀イギリスの芸術家で、モダンデザインの父とも呼ばれている人物だ。

産業革命によって生み出された大量生産の工業製品を批判し、古来からの職人共同体（ギルド）による手工業への回帰を促（うなが）した「アーツ・アンド・クラフツ運動」の牽引（けんいん）者として有名。

詩人や翻訳（ほんやく）家としても活躍したが、デザイナーとしては工芸品、陶磁器、ガラス製品などを幅広く手掛け、特に〝いちご泥棒〟などで知られるテキスタイル・デザインは現代でも高い人気がある――というウンチクが鮎子の頭の中を走った。

「ウォルター・クレインはモリスの友人でね、社会主義運動家で、手工芸を重んじたアーツ・アンド・クラフツ運動に共鳴し、活動を共にしている」

絵を壁に戻しながら、教授はいった。

「この額もその縁からクレインの手に渡ったといわれているんだよ。価格的には、絵よりも額縁のほうが五、六倍は高い。絵は印刷だが、額縁のほうは一点ものだからね」

「へえー、そうなんですか……いわれてみれば、すごく凝ってる彫刻だし、手彫りらしい迫力があるし、いかにも高そうな気がしますねえ」

額縁をまじまじとながめ、鮎子はうなずいた。

「絵の作者にも、額縁の作者にも気づかないくせに、なぜこれが正解とわかったんだ？」

九朗は納得がいかないようすである。

「えー、細かいことはいいじゃないですか、ともかく正解を当てたんですから。数学のテストみたいに過程の式が必要なわけじゃないでしょ？」

「理屈がわからないともやもやするんだ！」

（こりゃ、手品を素直に楽しめないタイプの人間だな、九朗さんは）

「ま、いいですけどね、説明くらいしても。……最初は消去法で選んでいったんです」

「消去法？」

「まずは、あれですね」

　鮎子はふり返り、ミレイの大作、〝オフィーリア〟を指さした。

「有名な作品なので、複製というのはさすがにわかりましたけど、額縁が立派なので値段が測れなかったんですよね。でも、アレに気づいて、あ、これは絶対ちがうな、と」

「アレとは？」

「アロマディフューザーです」

　作動をとめているディフューザーを鮎子は目で示した。

「アロマディフューザーは、精油を水で薄めて水蒸気として噴出しますよね。最近は水蒸気を出さない種類のものもありますけど、これは水を使うタイプです。湿気って、絵画には大敵じゃないですか？　この〝オフィーリア〟にはカバーもついていませんから、こんな近くで精油まじりの水蒸気を噴出させたら、絵には相当ダメージがあると思ったんです。この絵や額縁に価値があるなら、間違ってもそばにディフューザーを置いたりしないだろうと思ったので、まず、これは候補から外しました」

　次に鮎子は妖精たちと女王を描いた〝夏の夜の夢〟を指した。

「二番目に消したのは、これです。この絵は西の壁、こんなふうに窓と窓のあいだに飾られていますよね。上部にはアンティークのステンドグラスを入れたはめ殺しの窓があり、カーテンも遮光性の高いものではありません。つまり、強い西日が絵画を傷める可能性があると思ったんです。湿気と同様、紫外線も絵画にはＮＧでしょう。窓の周辺は温度変化も激しいので、これも絵を飾るにはよい条件ではない。高価な絵ならこの場所には飾らないでしょう。そう考えて、バツをつけました」

「このアーサー・ラッカムの絵は教材用でね」

　教授がいった。

「講義でイギリスの妖精画の系譜について説明するのに使ったものなんだ。絵は最近の印刷で、フレームもごく安価なものだから、絵画というよりはインテリア雑貨として飾っていた。……アーサー・ラッカムは絵本の挿絵画家として有名だから、そこに鮎子がひっかからなければいいが、と心配していたのだけれど……杞憂だったようだね」

「わたしの得意分野からのセレクト、という言葉ですね。あれは、わたしに家事全般やアンティーク家具の手入れの知識があることをいっていたんでしょう？　そうそう、わたしが切っておいたディフューザーのスイッチをもう一度入れたのも伊織さんですよね？」

　教授は微笑で鮎子の言葉を肯定した。

　水蒸気を出すアロマディフューザーは、手入れを怠ると、周囲の家具、カーテン、壁紙などに大量のカビを発生させる恐れがあるため、設置場所には注意が必要なのだった。

　同じく紫外線の入る窓付近は、結露などの問題もあるため、服や退色しやすい宝飾品などを長時間置くことは厳禁とされている。

　紫外線や湿度の影響を受けるデリケートな品、という点では宝石も絵画も同じである。貴重品を扱う際の注意事項として、家政婦の仕事もしていた鮎子にとっては常識的な知識であり、それは確かに「得意分野」の範疇であるといえるだろう。教授は鮎子の素人鑑定眼などではなく、そうした職業経験に期待していたにちがいない。

「それじゃ、残りの二つの絵は？」

九朗がいった。

「クレインの絵は北側、〝マクベス〟は東側の壁でどちらも窓からは遠い位置にある」

「あ、この絵、やっぱりマクベス夫人だったんですね」

「どちらも絵の周りにディフューザーや加湿器などの機器はない。条件としては一緒だ。それでなぜきみは〝マクベス〟でなく、クレインの絵のほうを選んだんだ？」

「それは……」

「それは？」

「カンですね」

鮎子があっさりいうと、

「カン？」

と九朗の眉が大きくあがった。

「ここまでそれなりに論理的に進めてきて、最後はそんな雑な方法で決めたのか!?」

「そうですよー。だってこれ以上、候補を絞る材料が見つからなかったんですもん。二択となったら、もうカンで選ぶしかなくないですか？　あとは、まあ、昔話に倣(なら)ったり？　舌切りスズメ的な？　ほら、大きいつづらと小さいつづらがあったら小さいほうを選ぶべきっていうのが、こういうシチュエーションのセオリーでしょ？」

鮎子はへらへら笑っていたが、目を吊(つ)りあげた九朗の顔を見て、

「ますます納得がいかないって顔ですね、九朗さん。でも、まあ、結果的には当たってたわけで、わたしの選択が大正解ってことですからね。要するに、人生も恋愛も理屈じゃないんですよ。そもそも、わたしがいおりんと出会えたのもこの職場を選んだら何か新しいことが始まる気がする、という女のカンが働いたおかげなわけでして……」

「ムリヤリ話を伊織さんにからめなくていい」

九朗は憤然といった。

「……クソッ！　どうにも合点(がてん)がいかないが、正解は正解だ。約束は守る！」

「ありがとうございます。今後はわたしたちに協力してくれるんですよね」

「ああ、きみをフィアンセと認めることにやぶさかではないとはいいきれないが、結果を厳粛(げんしゅく)に受け止めて前向きに対応していく考えではいる」

「政治家の答弁みたいですね」

「御前――伊織さんのお父上にも、最大限に好意的な解釈をして報告しよう」

「よかった」

鮎子はにっこりした。

「やれやれ、重責を果たせてほっとしましたよ。……あ、そうだ、九朗さん、今後、わたしのことはお義姉(ねえ)さんと呼ばなくてもいいですからね」

九朗が目をむいた。

「なんでおれがきみを義姉さんと呼ばなくちゃならないんだ!?」

「えー、だって九朗さんは伊織さんの乳兄弟で、つまりは弟みたいなものなんでしょう？　伊織さんの弟なら、その妻になるわたしにとっても義弟になるじゃないですか。だから、わたしと九朗さんは義理の姉と義理の弟。あ、それとも、やっぱり鮎子義姉さんと呼んでもらおうかな？　そのほうが身内感が出て、より親しみが増しますものねえ」

「ふざけるな！」

九朗は顔を真っ赤にした。

「おれはニセ婚約者劇の茶番にしばらくつきあう約束をしただけで、きみと身内になんぞなった覚えはない！」

「九朗さんの今後の呼び名はクロさんでいいですか？　それともくーちゃんかな？」

「どっちも呼ぶな!!」

九朗は荒々しい足音をたててドアへむかい、教授をふり返った。

「……おれは帰らせていただきます、伊織さん。これ以上、こんなふざけた話につきあっていられませんから！」

「駅まで送ろうか？」

「けっこうです。税務関係の書類は速やかに返送してくださいね。釣書と写真は回収して先方に返しておきますから。学長への焼酎も早めに渡しておいてくださいよ！」

憤りながらもきっちり仕事は忘れない、まじめな青年である。

リビングにあった荷物を抱え、玄関へむかう九朗を鮎子と教授が見送りに立つ。

「……伊織さん、約束ですから協力はしますが、御前は鋭いですからね、どこまでごまかせるかわかりませんよ」

「まあ、なんとかなるだろう」

「たまには帰省してください。御前も態度こそ強気ですが、内心は伊織さんが本家へ寄りつかないことを淋しく思われているんです。なんといっても伊織さんは、御前が一番可愛がっていらした末子なんですから。……今回は急な上京だったので、暾さんへのお土産を用意できませんでした。近いうちに、また、来ます」

そういって、九朗は鮎子に投げるように携帯電話を渡すと、勢いよくドアを閉めた。

「あーいー」

静けさを取り戻した玄関に、暾ののんびりした声が響く。

「来た時同様、また、せっかちに去っていきましたねえ」

鮎子はふーっと息を吐いた。

「頑固なお父さまに加えて、ああ口うるさい乳兄弟までいるとは、教授も苦労しますね」

「九朗だけにね」

ふたりは顔を見あわせて、くすっと笑った。

「――それにしても、みごとな応酬でしたね、西東さん。あの理屈屋の九朗があんなふうにいい負かされたのは初めてじゃないかな」

「くーちゃん呼びには本気で怒っていましたね。でも、九朗さんにはボロが出ないうちに早く帰ってほしかったんです。……だって、わたしがテストに正解したのには、実は裏があるなんてバレたら、まためちゃくちゃ揉(も)めるでしょうからね」

鮎子の言葉に、教授はいたずらっぽい笑みを浮かべた。

「やはり、ぼくのヒントに気づいていたんですね」

「もちろん！　あのアシストがなければ正解を当てるのはムリでしたよ」

「それはよかった。あの九朗に気づかれないよう不正(チート)を企(たくら)むのはなかなかたいへんで……試験前にせっせとカンニングペーパーを作る学生のきもちが初めてわかりましたよ」

ふたりは話しながら子ども部屋に戻った。

鮎子は壁にかかった四つの絵をあらためて見回し、教授をふり返る。

「……で、どこからどこまでが教授の企みだったんですか」

「企み、というと人聞きが悪い。とっさの機転と工夫といってほしいですね」

「そもそも鑑定品を絵にすると決めたのも教授だったんですか？」

「ええ。あなたを確実に勝たせるためにはどんなテストを選ぶべきか、急いで考えたんですよ。ヒントを先に思いつき、それにあてはめるのに都合がいいのは何かと考えたら、絵だったんです。やはり東西南北に配して不自然でないものといったら、絵だろうと」

鮎子はうなずいた。

「確かに、壺(つぼ)だの宝石だのでは難しいですよね。それにしても、わたしの西東鮎子という名前をヒントにしようなんてよく思いついたなあ、と感心しましたよ」

「気づいてくれたかどうか、ハラハラしながらリビングでまっていたんですよ」

「『ぼくの言葉を思い出しながら推理をすれば大丈夫』といった別れ際のあのセリフですね」

鮎子は絵の一つに近づいた。

「苗字の漢字を説明しながら、教授はわたしにヒントをくれていたんですよね。西東は英語でウエストとイースト。鮎子はスイートフィッシュ。つまり、英語の頭文字だけを見ると、西(W)・東(E)・南(S)。東西南北の方角のうち、三つがわたしの名前の中にある。となると仲間外れは一つだけ——北側の壁に何がかかっているかを見ると、この絵でした」

ウォルター・クレインの〝恋の骨折り損〟へ視線をむける。

「もともとこの絵は南側の壁にかかっていたんです」

教授はいった。

「それを北側に移動させる口実として、四つの絵以外のすべてを壁から外したんです。絵が多すぎると鑑定に集中しにくいだろう、といってね。絵を外す作業を九朗に手伝わせながら、スキを見てクレインの絵と〝マクベス〟の絵を別の壁に移したんですよ」

「そうだったんですか。……美術品としての価値はわかりませんけれど、この〝マクベス〟の絵もすてきですよね。鬼気迫る迫力があって、わたしは好きです」

「ありがとう。この絵のモデルは、姉の巴なんです」

鮎子は目をみひらいた。

どこか東洋的な顔立ちのマクベス夫人と見えたのは、気のせいではなかったようだ。

「イギリスに住む友人の画家が描いたものです。モデルになったのはだいぶ前のことですが、姉の死後、遺された暾のためにと作品を譲ってくれたんです」

「そうだったんですか。……暾さん、ほら、見てください。これはお母さまなのですって。きれいな方ですねえ」

鮎子は腕に抱いた暾にしみじみ語りかけたが、悲劇の影に覆われた陰鬱な女性の絵は赤ん坊にはぴんとこなかったらしく、暾は、ふんっ、と謎の海老ぞりを見せた。

「東西南北のしかけだけじゃなく、〝恋の骨折り損〟のタイトルへのひっかけとか、九朗さんにバレないよう、教授は二重三重のヒントをくれていたんですよね」

「ああ、そちらにも気づいていましたか」

「はい。教授が最後にいった『Break a leg』という励ましの言葉。——幸運を祈る、って意味の慣用句ですけど、直訳すれば『足の骨を折れ』ですものね。そこから〝恋の骨折り損〟を連想するのは難しくなかったです。九朗さんにバレたらまた面倒なことになると思ったので、最後はカンで決めたんだと適当にごまかしましたけど」

「Break a leg」＝〝恋の骨折り損〟という直球の誘導で正解が閃いたのと同時、鮎子は教授が示唆した東西南北のヒントにも気がついた。

が、どちらも九朗に気づかれれば不正行為だと糾弾されかねなかったので、アロマディフューザーや西日の件を、いわばアリバイのように説明したわけである。

「もしもこちらに気づかなかった場合はこちら、それにも気づかなかったらこちら……と、あの短いあいだによくもこうアレコレ画策できましたね」

「西東さんの洞察力を信用していなかったわけではないのですが、万が一のことを考えると、念のために、つい、あれもこれもと予防線を張ってしまい……。そう、ぼくは少々過保護なのかもしれませんね。暾を養育するにあたって、この点は少々自戒が必要かもしれません」

教授は暾のやわらかな髪をなでた。

「でも、うまくいったんですから、ま、結果オーライですよ」

「そうですね。All's Well that Ends Well」

「〝終わりよければすべてよし〟ですね」

「そう。シェイクスピアの戯曲のタイトルでもあります」

「わたしたち、なかなかうまくいきそうじゃありません？　ニセ婚約者としての息もピッタリでしたし。ま、婚約者よりは共犯者のほうがよりしっくりきますけど」

「ベビーシッター兼ニセ婚約者兼共犯者となると西東さんは大忙しですね」

「それなら教授だって、養父兼教授兼ニセ婚約者兼共犯者ですよ」

「ぼくは大丈夫ですよ。なにせ――」

「そんな役目も人類史上初めてではないし、たぶん最後でもないから？」

先回りした鮎子の言葉に、教授は目をみひらいて鮎子をみつめたが、

「さすがに初めてかな?」

と笑った。

島津伊織教授の紳士然とした仮面の下の柔らかな素顔が、このとき、初めて、ちらと見えたような気がした。

「今後もよろしく、共犯者さん」

「こちらこそ」

と教授の手を握りかけて、

「あ、大事な仲間を忘れていました」

鮎子は腕に抱いた暾の手をとった。

大人ふたりの大きな手が、もみじのような手をやさしく包みこむ。

「それでは、おじいさまからの刺客第一弾をみごとに撃退したことをお祝いして。これからもこの調子で、チームワークよくがんばりましょうっ」

鮎子の呼びかけに、

「あーいーっ」

暾の元気な声が続いた。

第三章　乳母猫と花園の住人たち

1

ピアノの音で目が覚めた。

払暁(ふつぎょう)のさざ波のようにひそやかな音色がどこかから流れてくる。

モーツァルトの協奏曲(コンチェルト)だ、とまどろみの中で、鮎子(あゆこ)はぼんやり考えた。

（ピアノ協奏曲……これは二十番だっけ……ちがう、二十一番……二十三番？　あー、だめだ……眠い……頭がぜんぜん働かない……）

保育士業務に必須だったので、鮎子もソナチネ程度のピアノは弾ける。シッターに転職したのちは、勤め先の主人のひとりが生粋(きっすい)のクラシック・ファンだったため、古今の名盤を耳にする機会に恵まれ、一般教養程度の知識は得られるようになった。

危なげないオーケストラの演奏に耳をかたむけながら、鮎子は羽毛布団(デュベ)を鼻先までひっぱりあげた。ふわふわの羽毛布団は驚くほど軽く、上等なリネンのシーツはさらさらと肌に心地いい。ひんやり乾いた秋の朝の空気。耳には軽やかなコンチェルト。

（ああ、いいきもち……なんて優雅な朝だろう）

「ギャ――――ッ！」

静けさをぶち破る野性的な叫び声に、鮎子はがばっと飛び起きた。

（寝坊した!?）

反射的にベッドテーブルの上を見ると、デジタル時計は六時二十分をさしていた。起床予定よりも十分早い。

ほっとして息を吐き、ようやく覚醒した目で室内を見る。

（あれ……ここ、どこだっけ）

――一瞬、混乱するのは、以前の居候部屋の記憶がまだ残っているからだ。

鮎子がこの一年、起居していたのは、所属している〈人材派遣会社・寿〉の事務所兼自宅の二階だった。隣接するビルに遮られて日当たりの悪い、古い畳敷きの六畳間。

しかし、今、鮎子がいるのは天井の高い、窓の大きい、シックなゲストルームである。モスグリーンの地に銀の蔦模様が描かれた壁紙。アンティークの家具。壁の一面は造り付けのクローゼットになっており、奥にはユニットバスへと続くドアがある。

（そうだった……もう、品川のあの家は出たんだった）

ウーン、とのびをしてベッドをおり、鮎子は隣のベビー・ベッドをのぞきこんだ。

上掛けを蹴っ飛ばしてジタバタしていた暾が、鮎子に両手をのばしてくる。

「やいやいやいっ！」

「おはようございます、暾さん」

鮎子は暾を抱きあげた。

「ゆうべはいい子でしたねー。夜中に一度しか起きなかったなんて、すごいじゃないですか。時差ボケも解消できてきたのかな？　この調子で、毎晩眠れるといいですねえ」

カーテンをあけると、昇ったばかりの日の光がたちまち室内を満たしていく。

鳥のさえずりの他に聞こえるものはほとんどない、閑静な住宅街の朝である。

「いい天気ですね。今日はどこへお散歩にいこうかな。……さ、暾さん、おむつを替えて、お着替えをして、ほかほかタオルでお顔を拭いてから、朝ごはんにしましょうね」

ぷくぷくした暾の頬をやさしく指でつつき、鮎子はおむつ台へむかった。

——鮎子が正式にこの家で暮らし始めてから、十日になる。

それまでも社長宅での居候生活だったため、他人の家での暮らしに戸惑いはなく、焼け出された格好だったので荷物も少なかった。正式な雇用契約を結んだその日、鮎子は島津教授から私室として与えられたこの部屋へ、すんなりとおさまったのだった。

スムーズにことが運んだのは、教授側の姿勢も大きかったといえる。

もともと、大番頭だの乳兄弟だのに囲まれて育った教授は、家族以外の人間と暮らすことに慣れているらしく、鮎子との新しい生活を驚くほど自然に受け入れた。この家には家政婦のキクさんも頻繁に出入りをしているので、教授からすれば鮎子の存在は、新たな使用人がもうひとり増えたという、ただそれだけの認識なのだろう。

おむつの処理を終えた鮎子は付属のバスルームで手を洗い、洗顔と化粧をすませた。

若さにあぐらをかいて、スキンケアはごくシンプル、メイクも最低限しかしない主義である。黒のタートルネックと動きやすいアンクルパンツに着替え、髪を結び、日焼け止めの下地クリームを塗って、眉を描く。トータル二十分。これで身支度は完了である。

「はい、暾さん。おまたせしました。お顔を拭きますよ」

きゃっきゃっと笑って逃げ回る暾をつかまえ、お湯で濡らしたタオルで丁寧(ていねい)に顔を拭くと、着替えをさせた。

いずれは子ども部屋で眠らせるつもりだが、夜間の授乳や夜泣きに対応しやすいよう、しばらくのあいだは同室就寝でようすを見ようと、教授との話しあいで決めている。

「――キクさん、おはようございます」

秋らしいチェック柄のオーバーオールを着せた暾を抱いてリビング・ダイニングへ入ると、鮎子はキクさんのいるキッチンへと顔を出した。

あたりには野菜の煮えるいい匂いと、軽やかなコンチェルトの旋律(せんりつ)が流れている。

「まあ、おはようございます、鮎子さん。今日も早起きですねえ」

「キクさんこそ早いですよー。今朝も始発のバスできたんですか？」

「ええ、始発は座ってこられますしね。どうせ、年寄りは早くに目が覚めますから。……坊ちゃん、よく眠れましたか？　あらあら、可愛(かわい)いお口からよだれが。鮎子さん、今朝は野菜スープを作っているので、よかったら、これ、坊ちゃんの朝ごはんにも使ってくださいな。まだお塩も入れていませんから、塩分も問題ないと思いますよ」

「わあ、ありがとうございます。助かります！」

リビングのバウンサーに暾を座らせ、鮎子はキッチンに戻ってエプロンをつけた。

ストウブ鍋の重い蓋をあける。湯気とともに、香味野菜のいい香りが鼻を刺激した。

――お粥を炊き、じゃがいもとにんじんをすりつぶしたものを添えれば朝食にいいだろう。金色のスープの中の具を見ながら、鮎子は頭の中で素早く暾の献立を立てた。

「毎回、こんなにちっちゃな量のお粥を炊くのもたいへんですねえ」

鮎子のとり出した小さな琺瑯の片手鍋を見て、キクさんが目を細める。

「冷凍したお粥やベビーフードだと、暾さん、全然食べてくれないんですよね。炊き立てだとやっぱり美味しいのか、よく食べてくれるので」

「そういえば、うちの子たちも食の細い性質でしたけれど、炊き立てのごはんだけはよく食べていましたねえ。もっとも、もう五十年近くも前の話ですけれど」

「キクさんのお料理で育ったお子さんは幸せですね。でも、舌が肥えてたいへんかも？」

「さあ、どうでしょうね。きんぴらだの、すまし汁だの、魚の煮つけだのより、お友だちのおうちみたいに、カレーやハンバーガーやピザが食べたい、なんて、よくいわれましたけれど。でも、なんだかんだで、結局三人とも、料理の道に進みましたからねえ」

カエルの子はなんとやら、かしら、とおっとりと笑う。

――この家での勤務初日。

歓迎会を兼ねた夕食の席、ふるまわれたキクさんの料理に、鮎子は驚いたものである。

海老のしんじょ入りのすまし汁の上品な出汁のひきよう。炊き合わせの野菜の飾り切りの確かな技術。歯のあいだで溶けるように軽い天ぷらの揚げかた。大胆な器のセンス。

これは家庭料理の範疇じゃない、と思ったのは正しく、キクさんは以前、日本橋で夫とともに割烹料理店を営んでいたその道のプロなのであった。

「三十年ほど懸命に働いて、夫が死んだ後は子どもたちに店を任せて、あとはひとり暮らしのマンションでのんびり楽隠居……と思っていたんですけれどねえ。そうなると時間も身体もてあましてしまって。このままじゃボケてしまう、と思って、地域の民生委員をひきうけたり、児童福祉のボランティアに参加するようにしたんですよ」

そのボランティアの一つが縁で、教授の伯母であるこの部屋のオーナー夫人と知り合い、料理と家事の腕を見込まれ、家政婦の仕事をするようになったのだという。

若い頃、高級料亭に長く勤めていたキクさんは着物や骨董品の扱いに慣れており、料理はもとより、着つけや髪結いもセミプロ級、大人数を招いてのパーティーなども難なくさばいてくれるので、社交家の夫人としてはまさしく求めていた人材だったらしい。

「それじゃ、雇い主が教授に替わったときには、かなり戸惑ったんじゃないですか？」

「そうですね、最初はいくらか勝手がちがいましたけれど、でも、まあ、すぐに慣れましたよ。先生とは以前から面識があって、人となりも存じあげていましたし。先生は日本の男性には珍しく、ご自分で身の回りのことはたいていなさる手のかからない方ですし。ここだけの話、お料理なんかは、前の奥さまより、よほどお上手になさいますしね」

スープをかき回しながら、キクさんは笑った。

「ただ、今はとにかくお仕事がお忙しくて、家にいらっしゃる時間が少ないので、先生の手の回らない部分をわたしがお手伝いしている感じですかね。旦那（だんな）さまのコレクションの書画類や、奥さまの着物など、季節ごとに虫干し、陰干し（かげぼし）をする手間がありますから。……あとの仕事は、そう、先生のワイシャツをそろえておくことくらいかしら」

「ワイシャツ？」

「先生は糊（のり）のききすぎたシャツがお嫌いで。クリーニング店に出すと、どうしても仕上がりが硬くなりすぎるので、シャツだけはわたしが仕上げているんですよ。お仕事柄、毎日必要なものですし、アイロンがけにはそれなりに時間がかかりますでしょう」

なるほど、とハンドブレンダーで茹（ゆ）でにんじんをつぶしながら、鮎子は教授の一分の隙（すき）もないスーツ姿を思い浮かべた。

――この十日間、同じ屋根の下で暮らしているが、鮎子は教授が襟（えり）のない服を着ているところを見たことがなかった。

大学へはプレスのきいた三つ揃（ぞろ）いの英国製スーツ。

家の中では上質なコットンシャツに薄手のニットやセーターなどを羽織り、ウールやフランネルのスラックスを合わせる、というきわめてトラッドなスタイル。

休日も、教授は学会、出張、観劇、その他の用事で出かけることが多いが、たいがいがスーツ、せいぜい背広をジャケットに替える程度で、保守的な一線は決して崩さない。

二十四時間島津教授、という感じで、オンとオフのギャップがほぼないのである。

「先生は万事に鷹揚な方ですけれど、お洋服やお靴など、身につけるものにはこだわりをもっていらっしゃるので、その点だけは気をつけていますね」

「そういえば、教授の靴、いつも顔が映るくらいぴかぴかに磨いてありますもんね」

「ええ。ことにスーツとシャツへのこだわりは強くていらっしゃって。襟と袖はピシッと糊をきかせていないと落ち着かないとおっしゃるんです。『首元と手首は枷をはめられたように硬く、肩から胸へは抱擁されるように柔らかく』というのが、先生のワイシャツの仕上げへのリクエストなんですよ」

「ははあ……さすがに英文学の教授、いちいち表現が詩的ですねえ。手枷だの、抱擁だの、若干いかがわしいというか、ＳＭチックな感じがしないでもないですけど」

　鮎子は遠慮のない感想を述べた。

「あの通り、先生は穏やかでやさしい紳士でいらっしゃいますから、お世話するご主人としては申し分のない方ですよ。……ただ、まあ、人間、誰しも欠点はございますから」

　キクさんの顔に面白がるような笑みが浮かんだ。

「アレだけは、完璧な先生の唯一の弱点と申しますか。ほほ、いわゆる、玉に瑕、といえる部分かもしれませんねえ」

（玉に瑕？　アレってなんのことだろ。教授、ああ見えて意外に酒癖でも悪いのかな？）

　尋ねようとしたとき、電話が鳴った。キクさんがキッチン入り口の壁付き電話をとる。

なにせ広い家なので、電話はどの部屋でもとれるようになっているのだ。

「――はい。あら、おはようございます。いつもご苦労さまです。はい、はい、あら……まあ、そうですか。ええ、ええ……そうですね、それじゃ、あちらも困りますねえ」

しばらく話してから、受話器を戻す。

「どうしたんですか?」

「管理人室からでした。今日は電気点検があるんですけれど、電気室の鍵が見つからなくて、業者さんが立ち往生しているんですって。今の時間は新人の管理人さんなので、不慣れなんでしょうね。スペアの鍵があるので、ちょっと渡してきますから」

エプロンを外しながら説明する。

教授はこのマンションのオーナー代理なので、そうした雑務やトラブルへの対応もこなさなければならない。が、実際は仕事で不在がちなので、この家の諸事全般に通じているベテランのキクさんが「代理の代理」をつとめているようだった。

「すぐ戻りますよ。料理もコーヒーの準備も終わっていますから。……ああ、でも、もう先生をお起こしする時間ですねえ。あまり遅れないよう、急いでいってこないと」

「それなら、わたしが代わりに教授を起こしてきましょうか?」

火を止め、鍵を出し、とにわかにバタバタし始めたキクさんを見て、鮎子はいった。

「まあ……でも」

「ちょうどこちらも準備が終わったとこですから。お粥は少し冷めてからでないと噉さんに食べさせられないので、まっているあいだに、教授を起こしてきちゃいますよ」

鮎子はバウンサーのベルトを外し、暾を抱きあげた。

「たまには、暾さんの可愛い笑顔で起こされたら、教授もうれしいんじゃないかしら」

「そうですか、それは、まあ……それじゃ……すみませんね、ご苦労をおかけしますけれど、鮎子さん、よろしくお願いします。わたしも、すぐに戻りますからね」

早足で玄関へむかうキクさんを見送り、鮎子は暾をつれて教授の寝室へ向かった。

キングサイズのベッドを置いた寝室はオーナー夫妻のものなので、不在の今も空けたままにしてあり、教授はサブの寝室を使っている。

「――おはようございます、教授。そろそろお時間ですけど、お目覚めですか？」

ノックをするが、返事はなかった。

「失礼します」

断り、ドアをあけると、遮光カーテンを閉め切った室内は夜のように暗かった。

部屋の端に、白っぽい寝具に覆われたダブルサイズのベッドが見える。

とりあえずカーテンをあけよう、とドアを半分あけたままにし、廊下の灯りを頼りにそろそろと部屋を進んでいった鮎子は、いきなりつるんとした何かを踏んづけ、

「ひゃあっ!?」

悲鳴とともに、思いきり床に尻もちをついた。

「やいやいやいっ！」

「ご、ごめんなさい、暾さん、つまずいちゃって……び、びっくりしましたね」

はずみで放り出されかけた暾が、鮎子の腕の中で抗議の声をあげる。

何を踏んだのかと思って拾いあげると、乾電池だった。

そばには裏の蓋の開いた目覚まし時計が転がっている。どうやら、アラームを切りそこなったはずみか何かで、サイドテーブルから落ちたようだ。

なぜ目覚まし時計を使わず、わざわざキクさんに起こさせるのか、鮎子はふしぎに思っていたのだが、どうやら教授は目覚ましだけでは起きられないタイプのようである。

立ちあがり、カーテンをあけると、澄んだ朝の陽ざしがさっと室内に射しこむ。

十二畳ほどの寝室は白と茶でインテリアを統一したホテルライクな部屋だった。

大きな枕に顔を埋め、教授は眠っている。

——意外とひとりの場所では大胆だったりして、裸で寝ていたりしたらどうしよう、などと勝手な心配をしていたが、それはまったく的外れな懸念で、教授は紳士らしく、上質そうな白のパジャマをきちんと身につけて眠っていた。

上掛けを抱きしめ、くせのある前髪をやや乱し、かすかな寝息をたてながら安らかに
——といえば聞こえはいいが、普通は枕元でこうもドタバタやられ、カーテンを全開にされた明るい部屋でそうそう安らかに眠れるものではない。繊細そうに見えてあんがい神経の太い人なのだろうか、と鮎子は端整な教授の寝顔を無遠慮にながめながら思った。

「教授、おはようございます。朝ですよ」

無言。

「起きてください、教授。もう七時を過ぎています」

声を大きくしてみたものの、効果は右に同じである。閉じた瞼(まぶた)はピクリともしない。

（ふーむ、なるほど。これはなかなか手ごわそうだわ）

「さァ、暾さん、出番ですよ」

「アハーン？」

「そのチャーミングな笑顔で、お寝坊な叔父さまをお起こしするのです」

ベッドに暾をおろすと、まだお座りのできない暾はふかふかの寝具の上でコロン、と転がった。ハイハイで上掛けの盛りあがりをよじのぼり、叔父の顔へとたどりつく。

「ちゃいっ、ちゃいっ」

面白がってぺちぺち頬を叩くが、教授はなおも目覚めなかった。

髪をひっぱられても、耳にかじりつかれても、顔やら耳やら舐(な)め回されても、わずかに声をあげるだけ、冬眠中ですか？　と聞きたくなるほどの眠りっぷりである。

「オッオ～、アイヨ～、オッオ～、アイヨ～」

謎の声をあげながら、ご機嫌な暾が教授の顔の上で寝っ転がる。

おむつでこんもり膨らんだお尻をぴったり鼻に密着させられ、さすがに苦しくなったのか、「ん……」と首をひねって逃れ、教授はようやくうっすら目を開いた。

「……暾……？」

「あーいー」

教授が身体をひねって姿勢を変えると、はずみで暾がずるずるっと教授の上から滑り落ち、そのままベッドの端からも落ちそうになったので、鮎子はあわてて手をのばした。と、いきなり上掛けごと、たくましい腕が鮎子の首に巻きつくようにのびてきた。

「!?」

「おはよう……暾……」

「お、おはようございます。って、ちがいます、教授。あの、暾さんはこっちですよ」

腕をふりほどこうとしながら、鮎子は急いでいった。

「それは暾さんじゃなくてわたしの頭ですからっ」

「いい子だね……よしよし……大丈夫だ……泣かないで、暾……」

「だから、暾さんじゃないですってば。教授、背中をトントンしないでください！」

「ねんねだよ……暾、いい子だ……ねんね……きみは……本当……に……スーッ」

(また寝た！)

「教授、起きてください、苦しいですっ。あっ、だめです、暾さん、落ちますよっ」

寝ぼけた教授に首を押さえられ、腕には暴れる暾を抱え、必死にこの状況から逃れようとしていた鮎子だったが、とうとうバランスを崩し、ベッドから落下した。

とっさに暾を床へ逃がした鮎子の上へ、意識を手放した教授の身体が落ちてくる。

小柄な鮎子の上に大柄な教授。傍(はた)から見れば喜劇だが、当人にとっては悲劇である。

（お、重い〜〜！）

「起きてください、教授！　プロフェッサー！　伊織さん！　いおりんったら!!」

しびれを切らした鮎子は身体をひねり、教授の高い鼻をぎゅっ！　とつまみあげた。

「Wake up, sir, please!!」

形のいい眉がわずかにひそめられ、ゆっくりと瞼がもちあげられる。

目があった。うつろにさ迷っていた目の焦点がだんだんと結ばれ、

「――西東……さん……？」

状況がいま一つつかめないのか、教授はぱちぱちとまばたきをした。

「これは、夢ですか？」

「現実です！」

「ふむ……これは奇怪ですね。いつも通りベッドで眠っていたはずのぼくがどうして西東さんと一緒になって床の上に転がっているのでしょう」

「それは話すと長くなるのでとりあえずわたしの上からおりてもらえませんかね!?」

「ああ、これは、たいへん失礼を」

急いで鮎子の上からおりた教授の足元へ、暾がハイハイで寄ってきた。

「あーいー」

「暾。そうか……きみは西東さんと一緒に、ぼくを起こしにきてくれたのか……」

えっちらおっちら膝にのぼった暾は、ふいに教授を見あげ、にっこりした。

世界がいっぺんでカラフルになる、ハッピーの爆弾のような笑顔である。

「――おはよう、暾」

夢の続きでも見るように目を細めてみつめていた教授は、暾を胸に抱きあげた。

「今日もきみの一日が、満ち足りて幸福なものでありますように」

「きゃっ、きゃっ、きゃっ」

――窓いっぱいに射しこむ朝日の中、笑顔で抱きあう愛らしい甥と美しい叔父。ファミリーむけ雑誌の表紙にでもありそうな、実に絵になるふたりである。

感心しながらふたりを見ていた鮎子だったが、暾の巻き毛に顔を埋めた教授が、前のめりの姿勢のまま身動きしなくなっているのに気づき、あわてて手をのばした。

スキあらば二度寝の世界へ舞い戻ろうとする。油断もスキもない！

「だめですよ、教授、起きてくださいったら！」

「ええ……わかっています……はい、そうですね……」

「教授！」

「ええ、新編纂の英辞書の〝cute〟の項には暾の写真を貼りました……ええ、もちろん問題はありません……なにせ〝cute(可愛い)〟のすべてが暾にあるのですから、ふふ……」

「どんな夢を見てるんですか。もうっ、起きてくださいったら！」

――鮎子に耳元で怒鳴られまくり、ゆさぶられまくり、教授がようやく人並みに覚醒したのは、それからたっぷり五分以上経ってからのことであった。

2

「──キクさんのいっていた意味がやっとわかりましたよ。教授の唯一の欠点って、つまりはあの寝起きの悪さのことだったんですね……」

　鮎子はしみじみつぶやいた。

「確かにアレは玉に瑕ですよ、聞けば、今年に入ってもう目覚まし時計を三回も修理に出したっていうじゃないですか？　アラームが鳴っても、無意識にブン投げて壊しちゃうとか。ふだんの紳士然とした教授からは、およそ想像のつかない蛮行(ばんこう)ですよ」

「すみませんね、鮎子さん。やっぱりわたしがいけばよかったですねえ」

　キクさんは恐縮しきっている。

「わりあいスムーズに起きてくださる時もあるんですけれどねえ。昨日はひどく夜更かしでもなさったんじゃないかしら。そういうときには大音量で音楽をお流しするやら、お顔に保冷剤をあてるやら、お起こしするのがたいへんなんですよ」

　穏当な方法では、いったん目を覚ましてもまた寝てしまうのだ、とキクさんはいう。

「夜更かしするたびに目覚まし時計を破壊していたら、遅刻続きで、社会的に死にますよね。家に起こしてくれる誰かがいないと、教授は生活できないいんじゃないいんですか？」

「そうですねえ。これまではモーニングコールを頼むやらして、なんとかしのいでいらしたようですけれど。でも、そんな先生が坊ちゃんをこの家に迎えられてからは、一週間のあいだ、夜間の授乳や夜泣きやらに、おひとりで対応なさっていたんですからねえ」

教授の席のグラスにオレンジジュースを注ぎながら、キクさんはいった。

「いま、鮎子さんがしているように、ご自分の寝室にベビー・ベッドを入れられて、坊ちゃんが泣いたらすぐ対処できるよう、おむつやミルク道具をスタンバイされて……慣れない育児への緊張感からか、少しでも泣き声が聞こえると飛び起きていたそうですよ」

「あの起きない教授が、ですか」

「ええ。坊ちゃんの夜泣きが続いて、先生も寝不足続きで、あのころは、それはもうひどいやつれようでいらっしゃいましたもの。鮎子さんがきてくれて、坊ちゃんのお世話を全面的に任せられるようになって、先生もその緊張感から解放されて、ようやく熟睡できるようになったんでしょうねえ。冬眠さながらの眠りっぷりというのも、わたしにいわせれば、先生の鮎子さんへの信頼の証(あかし)だと思いますよ」

「そうですか？　まあ……えへへ、それならいいんですけど」

そんなふうにもちあげられると、悪い気はしない。

実際、鮎子から見ても、教授の顔色は日に日によくなっている。

そして、それは暾(あさひ)も同じであった。天気のいい日は必ず外へ連れ出し、散歩や遊びで新しい刺激を与え、屋内でも一日たっぷり遊びにつきあうようにしたせいか、離乳食とミルクの摂取量がぐんと増えた。腹持ちがよくなったせいだろう、昼も夜も睡眠時間が伸び、教授を悩ませていた暾の夜泣きは、ここ数日でおおいに改善されつつある。

「――おはようございます」

教授がリビング・ダイニングへ入ってきた。

プレスのきいたシャツに、ボトムとそろいのベスト。こっくりとした茶系のツイード生地にグレンチェック柄の上下で、合わせているのは落ち着いた臙脂（えんじ）のネクタイである。

顔にはきれいに剃刀（かみそり）をあて、ゆるいくせ毛の髪も整えられており、血色もすこぶるいい。先ほどまでの寝とぼけぶりはどこへやら、ふだん通りの〝完璧な島津教授〟であった。

「先ほどは失礼しました、西東さん」

暾に離乳食後のミルクを飲ませているところへ、教授が近づいてくる。

「面倒をかけました。みっともないところを見せてしまいましたね」

「お気になさらず。こちらこそ、断りもなく寝室に入ってしまってすみませんでした」

「いえ、キクさんに頼まれたのでしょう？　そもそも、いい歳（とし）をしてなかなかひとりで起きられないぼくがすべての原因なので」

それは確かにその通りである。

「僭越（せんえつ）ですけど、教授は覚醒方法を再考されたほうがいいんじゃないですか？　タイマーで膨らむ枕を使用するとか、時間がきたらマットがパックリ二つに折れるベッドにするとか。普通の時計の目覚まし機能じゃ、教授の熟睡っぷりに歯が立たないと思います」

「そうですね、考えておきましょう」

ナプキンを開きながら、教授はくすくす笑っている。

「ぼくは眠りが深く、睡眠中は地震があっても気づかないもので。確かに、昔から起床の問題では、周囲の人間に苦労をかけてきましたね」

「そうでしょうね」

「キクさんしかり、死んだ母しかり。実家にいたころは芥川の兄弟たちが、二、三人がかりでぼくを起こしにきましたし。そうそう、イギリス留学時代のルームメイトだったイアンにはよく愚痴られたものです。『朝、イオリを起こすより毒殺されたデンマーク王の亡霊を墓場の下から目覚めさせるほうが簡単だ』『普通の男は夜のベッドで獣になるが、イオリは朝のベッドで獣になる』などと。ふふ、今となっては懐かしい思い出ですね」

「いいかたは文学的でかっこいいですが、それ、寝起きが最悪だってことですよね……」

――留学生時代のルームメイトだったイアンは、教授から時々愛車を借りる条件で、毎朝、彼を起こす義務を負っていたという。

冬眠中のクマのような教授を毎朝定時に起床させるのはそうとうな苦労だったろう、と会ったこともないイアンに鮎子は心から同情した。

「それにしても、いくら寝ぼけていたとはいえ、暾と間違えて西東さんを抱きしめてしまうとは失態でした。ふー、反省しなくては。こんな失敗は恩師のカーナヴォン教授にヘンリー四世とヘンリー五世の名前をまちがえて質問してしまったとき以来ですよ」

「そうですか。例えがハイブロウすぎて反省度合いがいまいちピンときませんけど……」

「またあのようなことになっては申し訳ないので、親切はありがたいのですが、次からはやはり、ぼくを起こす仕事はキクさんに任せてもらえると助かります」

　鮎子はうなずいた。

　おたがいの平和のためにもそのほうが無難である。

「──ところで、先生、今日は講義のほかに、何かご用事でもおありなんですか」

　湯気をたてるスープを出しながら、キクさんがいった。

「そのスーツはまだ新しいお出かけ用でございましょ。ネクタイも新調したばかりのものですし、シャツにもお気に入りのカフスボタンをつけていらっしゃいますし」

　教授のワードローブを管理しているだけに、さすがに見るところが細かい。

「今日はいかにも英文学者らしく見えるようにコーディネートしたつもりなんです。どうですか、それらしく見えますか？」

「ええ、それはもう立派な学者先生でございますよ」

「今日はオープンカレッジの一環で、パネルディスカッションがあるんです。参加するパネラーは身ぎれいにしてくるよう、学長からお達しがありまして」

「ディスカッションといいますと、文学論議か何かなさいますの？」

「いいえ、今回は、教育機関による育児支援がテーマのイベントなんです。在学中に子どもを授かった学生や、子持ちの院生、大学職員などに対して、首都圏の女子大学では現状、どの程度のケアやフォローをしているかを話しあう、という趣旨のものでして」

出産、育児によって、女性の就学の機会や研究生活、職場のキャリアが閉ざされがちな現状を報告し、問題点の改善にむけて討論する、というものであるらしい。

「女子大学ならではのイベントでございますね。でも……あの、それに、先生が？」

「ええ、暾のことを聞いた学長から、参加してくれないか、と。ぼくの場合、まだ語るほどの経験談もありませんが、子育て初心者としての視点もほしいそうなので。もともとが社会学科によるダイバーシティ促進のための企画なので、シングルファーザーの参加にも意味があるといわれたんです。大学職員の中には同じ立場の男性もいるでしょうし」

（ふーん……文琳館ではそんな企画もあるんだ。男性の育児参加とか、ダイバーシティとか、確かに、旬の社会問題だもんね）

暾の哺乳瓶を片づけながら、鮎子はふたりの会話を興味深く聞いた。

「――そうだ、よかったら西東さんもきてくれませんか」

教授がいった。

「え？　わたしが、ですか？　その、パネルディスカッションへ？」

「そちらへは参加してもしなくてもいいのですが、暾をつれて一度、大学へきてもらえないかと思いまして。地震、その他の緊急事態の際にまごつかないよう、研究室までのルートを確認しておいてもらいたいのと、以前から学長が暾に会いたがっているんです。今日は子連れの参加者が多いはずですから、キャンパスへも入りやすいと思いますし」

「はあ」

「パネルディスカッションは三時半からです。今日は午前中に、育児支援センターでベビーマッサージ教室に二回目の参加をするんでしたね。午後の予定が特にないようなら、散歩代わりに出てきませんか？　今は正門前の桜並木の紅葉がきれいですし」

鮎子はびっくりした。

「教授はわたしたちのスケジュールを把握しているんですか？」

「ええ、もちろん。提出してくれている保育ノートは毎日必ず読むことにしていますからね。ベビー教室などに関するメールも、すべて読ませてもらっていますよ」

ゼロ歳児の場合、保育ノートに排泄や授乳の間隔、頻度、朝晩の体温などを記録し、保護者へ毎回提出するのが会社の決まりになっている。

それ以外に、自由に記せるメモ欄へ、鮎子はその日のできごとや明日の予定などを書き、就寝前に書斎の机に置いておくことにしていた。

教授の帰宅時間はまちまちで、翌朝まで顔をあわせないこともままあるので、メモ欄に書ききれないこみいった相談事や報告などは、別途メールで送るようにもしている。

夜更かしの原因も仕事だろうと考えて鮎子は疑わなかったのだが、あんがい、鮎子の書いた保育ノートやメールの提案書を、熟読、精査していたのかもしれない。

「坊ちゃんを見たら、先生がたも、思わず目尻をさげずにいられないでしょうねえ」

キクさんがいった。

「住み込みとはいえ、鮎子さんがお休みの日もありますし、坊ちゃんの急病やら何やらでこの先、先生が急きょ休まれる日もあるでしょうから、そのあたりの事情を説明する意味でも、坊ちゃんをつれて、一度ご挨拶にいっておくのはいいかもしれませんね」

それは確かにそうかもしれない、と鮎子は思った。既婚を通りこし、いきなり子持ちになった教授の現状を理解してもらうには、実際の暾を見てもらうのが一番早道だろう。

職場の人間が味方になってくれるほど、働く親にとって心強いことはないのだ。

「どうでしょうか、西東さん、こられますか？」

教授の問いに、鮎子はうなずいた。

「では、午後にお邪魔します」


午後、育児支援センターでのベビーマッサージ教室に参加したあと、鮎子はバスで文琳館女子大学へむかった。

教授は車で通勤しているが、大学までは、バスでも二十分ほどと便利な距離にある。

車内は空いており、ミルクを飲み終えた暾は、ベビーカーの中ですやすや眠っていた。

運転手にベビーカー——例のゴージャスな〝乳母車〟ではなく、買い替えたばかりの軽量な日本製——をおろすのを手伝ってもらい、鮎子は大学の正門前におり立った。

（ここが文琳館か。さすがに名門大学。都心に近いキャンパスなのに広々しているなー）

石畳の歩道をベビーカーを押して進みながら、まぶしい秋陽の中、鮎子はサングラス越しに興味深く周囲をながめた。

関東随一の名門女子大学、文琳館は大正初期の創立である。

蔦の絡まった石造りの建物と近代的な意匠の建物とが混在しているキャンパスは映画やドラマのロケなどにもたびたび使われているそうだ。

カトリック系の大学のため、キャンパス内の並木越しに教会の尖塔(せんとう)がのぞき、軽装の学生たちに交じって、修道服姿のシスターたちが連れ立って歩いているのが趣(おもむき)深い。

（さて、どうしよう。先に教授の研究室へいったほうがいいのかな。でも、午後も一コマ講義が入っているっていっていたから、その前に押しかけてバタバタしちゃ悪いよね）

キャンパス内を散歩しようと思い、早めにきたが、肝心の暾はまだお昼寝中である。

周囲を見ると、桜の木の下のベンチの一つが空いていた。

少し休憩しよう、と鮎子はベビーカーをベンチに横付けして、幌(ほろ)をおろした。紅茶の入った自分用の水筒をとり出し、ふうふう冷ましながら飲み、ほっ、と息を吐く。

そばでは桜並木の紅葉を携帯電話で撮影している人がいた。

鮎子もサングラスを外して紅葉をながめた。道を埋めるモザイク模様にも似た落葉、赤とオレンジの並木のグラデーション。西日に映えて、絵になる風景である。

（そうだ、教授に、ＬＩＮＥ(ライン)しておこう。桜並木を写して、今このあたりにいる、と伝えればわかりやすいよね。何時ごろ研究室へいけばいいかも聞けばいいし）

ついでに暾も一緒に写せばよろこぶはずだ。鮎子は水筒のカップを置いて、立ちあがった。きれいな紅葉とベビーカーの中の赤ん坊、という構図を撮ろうと、あちこち動き回る

が、なかなかうまくいかない。立ったり座ったり悪戦苦闘していると、

「こんにちは」

ふいに背後から声がかかり、鮎子はふり返った。

桜並木を撮影していた中高年の女性が立っている。

ショートボブの上品なグレイヘア。形よく結んだエルメスのスカーフ。真珠のピアス。

五十代半ばと思しき女性は、にこにこしながら鮎子に近づいてくる。

「あ、こんにちは」

「よかったら赤ちゃんと一緒のところを撮りましょうか？　自撮りは難しいでしょう」

「あ、ありがとうございます。でも、わたしは映らなくても大丈夫なので」

「そうですか？　でも、せっかくのきれいな紅葉ですから」

「はあ、それはそうなんですけど」

「さ、遠慮せずに、どうぞ、どうぞ」

柔らかなものいいに先導される形で、鮎子は相手に携帯電話を渡した。

ポーズをとり、返されたものを見ると、ベビーカーに寄り添う鮎子のバックに、色鮮やかな並木の紅葉がきれいに収まっている。

「わ、すごくいい感じ。ありがとうございました。撮影、お上手ですね」

「ふふ、どうも。写真が趣味なんですよ」

「ああ、道理で。……あの、お礼というほどでもないですけど、よかったら、一緒に熱い

紅茶をいかがですか？　ちょうど休憩していたところだったんです。手作りの美味しいブラウニーもありますから。っていっても、わたしが作ったわけではないですけど」

「あら、うれしいお誘い。日陰に長く立っていて、ちょっと冷えてきたところだったから」

ベンチの隣へ女性が坐る。鮎子は水筒についているプラスチックのカップへ湯気のたつ紅茶をそそぎ、相手へ渡した。

「――美味しい紅茶。これはティーバッグではなく、きちんと茶葉から淹れたものね」

鮎子はにっこりした。

キクさんが用意してくれた、紅茶専門店のダージリンである。

ブラウニーも甘いもの好きな教授のためにキクさんが常備している手作りだった。

「もしかして、今日のパネルディスカッションへいらした方かしら」

ベビーカーへ視線をむけ、女性はいった。

「今日のディスカッションに関心があるなら、院生の方？　教員にしてはお若いような」

「あ、いいえ、わたしはベビーシッターなんです。パネルディスカッションに参加する先生に、こちらの赤ちゃんのお世話を頼まれていて」

「ああ、そうなのね。ごめんなさい、早とちりをしました。今日のパネルディスカッションはわたしが企画したものだったから、つい、参加者が気になってしまって」

「あ、そうなんですか」

と、いうことはこの女性も文琳館の教員のようだ。

企画を起こしたというと、島津と同じ教授クラスだろうか？　理知的なものいいといい、背筋の伸びた若々しい立ち姿といい、いかにも大学の先生らしくはあった。

「お若く見えるけれど、ベビーシッターは長くされているの？」

小さく割ったブラウニーを口に運びながら、女性はいった。

「不躾にごめんなさいね。職業柄、保育に携わる方に関心があるものだから、つい」

「いえ、かまいませんよ。そうですね、アルバイト自体は十代からしていましたけど、本職にしたのは三年前です。短大を卒業したあと、保育士をしたり、家政婦兼ベビーシッターをやったりして経験を積んだあと、今の派遣会社に入ったので」

「ああ、保育士資格をもっていらっしゃるのね。文琳館にも保育園はあるんですよ」

「大学内にですか」

「ええ、併設の短大の敷地内に。院生や職員の他に、近隣のご家庭からの子どもも引き受けているんです。今年で四十五年めになる古い園なんだけれど」

「四十五年!?」

鮎子は驚いて声をあげた。

「そう。作られたのは第二次ベビーブームの後ぐらいね。ベビーブームといっても、若い人にはピンとこないかもしれないけれど、この日本にもね、路上にあふれるほどたくさんの子どもがいた時代がかつてあったんですよ。文琳館は女子大だから、女性職員や教員が昔から多くて、でも、彼女たちの子どもの預け先がなかなか見つからなくて……それで、大学内に小さな保育ルームが作られたんですって。それが、はじまりね」

「四十五年前から大学内に保育所を作るって、かなり早いとりくみですね」

「それは、まあね。この国では、女子大学というのは、いつでも社会問題の最前線にいるわけですから」

ふふ、と紅茶を飲みながら女性は笑った。

「戦前から一貫して男性中心の社会モデルで、それ以外のことは、二の次、三の次と隅に追いやって、経済先行の政策をとり続けてきた国ですもの。でも、追いやったからといって、その問題が消えてなくなるわけではないものね。たとえば女性なら、子育ての問題、介護の問題、就業の問題、賃金格差の問題……女子大学の教員は、可愛い賢い教え子たちが卒業したとたん、男社会の矛盾や不条理や理不尽さにひっぱたかれて、痛めつけられて、泣いて倒れるのを嫌というほど見せられてきたの。だから、目の前の問題を一つでも改善するために、行動しないわけにはいかなかったんですよ」

女性の口調は終始、穏やかだが、凜として、揺るぎない芯のようなものを感じさせた。

「あなたも、たぶん、お仕事柄、いろいろな矛盾に突き当たってきたんじゃないかしら。保育士不足や待遇の悪さなどは、長年隅に追いやられてきた問題のいい例だものね。女性や子どもをとりまく環境に、保育のプロとして、思うところはないですか」

「うーん……そうですねえ……」

鮎子は熱い紅茶を慎重にすすった。少し考えてから、

「わたし、今日、ここにくるのにバスを使ったんです」

　口を開いた。

「バスは空いていて、赤ちゃんは眠っていて、運転手さんも、他のお客さんも親切で、ベビーカーの上げ下ろしを手伝ってくれて、今日はラッキーだなあってきもちよく大学に入ってきたんですけど……逆にいえば、そうじゃないときのほうが多いんですよね」

「ベビーカーが重くて困っていても、知らんぷりされてしまうとか？」

「うーん、知らんぷりならまだマシで、『ベビーカーなんてデカイもん乗せるな』『邪魔だから畳めよ』とハッキリいわれることもありますし、そこまでいかなくても、無言の圧というか、歓迎されていない空気を痛いほど感じさせられることがしばしばで。かといって、ベビーカーなしでは出かけられませんしね。そういう状況で、重い荷物を下ろしてもって、六キロ、七キロのベビーカーも畳んでもって、子どもを抱いて、バスや電車の揺れや混雑に耐えろ、ってなったら、もう体幹鍛えたマッチョなアスリートしか子育てなんてできないじゃないですか。余裕のない、やるせない社会だなあと思ったりはします」

　鮎子はベンチに置いた大きなバッグを見た。

　中には、抱っこ紐（ひも）、おむつとお尻拭きと着替えのセット、除菌用アルコール、哺乳瓶その他のミルク道具、暾のお気に入りのおもちゃなどが入っている。

　ゼロ歳児をもつ保護者としては平均的な量の荷物だろう。それをベビーカーの下部に入れて移動するため、そう簡単にベビーカーを畳むわけにはいかないのだ。

「赤ちゃん連れでバスや電車を使うと緊張する、って母親あるあるだと思うんです。で、その緊張感は『見知らぬ相手からいきなり攻撃されるかもしれない』恐怖からきているわけで……電車やバスを使うだけで恐怖させられる社会、って、はっきりいって絶望的じゃないですか。それに加えて、産んだらキャリアが閉ざされるとか、働きながら家事も育児も実質ひとりでやらなきゃいけなくなるとかになったら、そりゃ、女性たちもリスクを考えて産まなくなるよね、少子化も当然だよね、と、シッターの立場からも思います」

女性はうなずいた。

「知らない男性にベビーカーを蹴られるとか、理不尽に怒鳴りつけられるとか、子連れの女性や妊婦さんへの嫌がらせは、ニュースでもよく見聞きするものね」

「そうなんです。思うに、ベビー業界も早急に子連れのママさんを守る防犯グッズを作るべきですよ。子育て界隈、ほんわかしたイメージですけど、実際はけっこう物騒な、ヒヤリハット事例集みたいな世界なんですから」

「なるほどね」

「たとえば、ヤバい相手が絡んできたときに煙幕を張って逃げられるようにする煙玉付き抱っこ紐とか。しゃべるとドスのきいた広島弁に変換されるボイスチェンジャーとか。背後に3Dホログラムのおすもうさんが阿吽像みたいに左右に浮き出る機能搭載ベビーカーとか。おすもうさんふたりを従えて歩く、タニマチの女社長みたいな母親だったら、さすがに卑怯なクレーマーも、ビビッて狙わないと思いますし」

女性は噴き出した。

「面白い発想をするのねえ、あなた」

「だって、仕事柄、理不尽なクレームや嫌がらせで泣かされるママたちを何人も見てきましたから、本当に悔しいんですよ！　まあ、わたしは仕事なので、トラブル回避のためにこういう黒系の服を着て、サングラスをかけて、きびきび歩いたり、クレーマーが近寄りにくい雰囲気を作っているので、あまり嫌がらせも受けませんけど。いわゆるママらしいたたずまいでいるだけで、とたんにターゲットにされる確率があがるんですよね」

これまで見聞きしてきた理不尽な被害の数々を思い出し、鮎子は顔をしかめた。

「公共心、道徳心の低さね。弱さを表明すると、守られるのではなくて、攻撃される」

女性はいった。

「社会のモラルが低下したせいだ、なんていう人もいるけれど……でも、ねえ、わたしにいわせれば、昔から、そんなものでしたよ。この国のモラルなんてね。いいえ、昔のほうが今よりもずっとひどかった」

「そうなんですか？」

「ええ。――さっき、あなたに、第二次ベビーブームのことをいったでしょう？」

「はい」

「あのころは子どもが路上にあふれていた――なんて、ついノスタルジックな、牧歌的な表現をしてしまったけれど、それはまあ、過去を美化しがちな年寄りの見方でね。実際、その当時の母親たちの苦労はたいへんなものだったと思いますよ」

　女性はきれいに描いた眉をひそめた。

「今のように二十四時間営業のコンビニも、ネット通販も、ルンバも、電子レンジも、食洗機も、乾燥機もない時代に、膨大な家事と雑事をこなしながら、子どもたちを育てなくてはいけなかったし、よき妻たれ、よき母たれ、という社会的規範の強さ、抑圧の重さに反比例して、主婦の社会的地位は低かったし……。これだけ少子化が問題視されて、子どもを増やせと国をあげて躍起になっている時代でさえ、妊娠したらマタニティー・ハラスメントを受けるとか、産んでも保育園に入れられないとか、子連れの外出で嫌がらせに遭うとか、母親たちへの冷遇が改まらないんですものね。まして、今よりはるかに男尊女卑の傾向が強かった昭和の時代に、放っておいても女性たちがバンバン子どもを産んでくれる状況だったら……母親たちの訴えや意見がどれほど軽視され、彼女たちの苦労が無視され、ないことにされたことか、想像できるでしょう」

　鮎子はうなずいた。

　アルバイト時代から、ワンオペ育児の過酷さやキャリアと子育ての両立に悪戦苦闘する母親たちを多く見てきただけに、相手の語る内容が遠い時代の昔話とは思われない。

「少子化の原因の一つは女性の社会進出にあるといわれているけれど、それは女性が経済的に自立できるようになって、結婚や出産を選択する自由をようやく獲得したからだともいえるのよね。逆にいえば、それ以前、望まない結婚や出産を強いられ、自分の人生を自分で選べなかった女性たちが、いったいどれほどいたことか」

「そうですよね……だいたい、少子化って産まない女性のことばかりいいますけど、男性は何してるんだ、って話ですよね。ひとりじゃ子どもは作れないんですし」

「その通りね。社会システムを作る国のトップも、企業のトップも、この国では圧倒的に男性が占めているのだから」

「男性側が意識や行動を変えなきゃどうにもならないですよね。ホント、少子化なんて、地震なんかとはちがって予測できるものなのに、ここまでガンガン子どもが減るあいだに国のエライひとたちって何してたんだろ。集団で気絶でもしてたのかな？」

女性は声をあげて笑った。

「わたしが保育士を辞めた原因は給与の低さでしたし、保育士不足も、少子化問題も、お金で解決できる部分が大きいと思うんですけど、『そのためのお金をください』『公的援助を手厚くしてください』って意見には、頑なにそっぽをむきますよね。『女の意見を素直に聞くくらいなら国ごと滅びたほうがマシだ』とか思っている感じ。そういうはた迷惑な滅びの美学は、オジサン、オジイサンたちだけで仲良く実践して、全員消滅してくれればいいですよねー」

女性はひとしきり笑っている。

冷め始めた紅茶を一口飲み、

「ああ、おかしい。本当に楽しい方ね、あなた」

目尻に浮かんだ涙を拭いながら、鮎子をみつめた。

「ギャーッ」

幌をおろしたベビーカーから元気な声が聞こえた。

「あ、お目覚めですか？　暾さん」

鮎子は立ちあがった。

おむつかな、と思ったが、お尻を触った限りでその気配はなく、抱きあげると、暾はすぐに大人しくなった。起きたぞ！　という単なる宣言だったようである。

「赤ちゃんのお顔を見せてもらってもいいかしら」

女性は鮎子の腕の中をのぞきこんだ。

「まあ、なんて可愛い……天使のようね」

「そうでしょう？　悪魔のようでもあるんですけどね」

「けけけけけっ」

暾の笑顔に、女性は目尻をさげた。

「そろそろいかなくては。熱い紅茶と、美味しいお菓子と、有意義な会話をありがとう」

女性は小さく頭をさげた。

「またお話しさせてもらいたいわ。お名前をうかがってもかまわないかしら」

「西東鮎子と申します。西東はいわゆるメジャーな斎藤さんのサイトウではなく、東西南北、東奔西走、猫が西向きゃ尾は東、の西東です」

「東南西北(トンナンシャーペイ)の西東さんということね」

　女性はふふっと笑った。

「わたしは多聞百合子(たもんゆりこ)です。また文琳館にくることがあったら、ぜひ声をかけてくださいね。社会学科の多聞といえば、研究室もわかると思うから」

（なるほど。社会学科の先生なんだ）

　そういえば、今日のパネルディスカッションは社会学科の企画だと、教授がいっていたことを鮎子は思い出した。

「それでは、また」

「はい。さようなら」

　女性は立ち去った。

　ふとベンチを見ると、女性の飲んだカップが置かれている。

　飲み口をきれいに拭った空のカップの中には、色鮮やかな銀紙に包まれたウイスキーボンボンが三つ入っていた。お礼の意味だろう。さりげないやりかたが粋(いき)だった。

（――さて、暾さんも起きたし、そろそろ教授のところへいかないと）

　携帯電話を見ると、はたして教授からの返信が入っていた。

　講義を終えて、学友会館(がくゆうかいかん)という建物にある教職員用食堂にいる、もしもこられるようなら、こちらへきてほしい、とある。

「よし。それじゃ、暾さん、叔父さんのところへいきましょうか」

ベンチの上を手早く片づけ、ベビーカーへ噋を戻す。ウイスキーボンボンをポケットに入れかけ、鮎子はふと思い立って銀紙をはがし、一つを口に放りこんだ。

濃厚なチョコレートにウイスキーが溶けあって、びっくりするほど美味しかった。

3

（〝学友会館〟。ここだ）

玄関脇にある青銅のプレートに刻まれている名前を確認し、鮎子はうなずいた。

教職員用食堂、という言葉から、鮎子はごく一般的な、四角い校舎の一画にある学食のたぐいを想像していたのだが――

（こりゃ、だいぶようすがちがうわ）

まず、会館そのものがやたらと豪華である。

糸杉の並木の奥に建つ建物は、荘重な年代物のネオ・ルネッサンス様式。

アイビーの絡まる外壁はギリシャ神殿を思わせる白で、柱廊式玄関にはドーリア式の太い柱が二本そびえたち、正面上部の三角破風(ペディメント)には白亜(はくあ)の女神と天使たちの細密な石像が彫られている。ベビーカーを押し、後付けされたらしいスロープをのぼっていった鮎子は、緋色の絨毯(じゅうたん)が敷かれた建物内に足を踏み入れ、目をぱちくりさせた。

――明治時代の貴族の館にでも迷い込んだのかと思った。

飴色に輝くウォールナットの柱は、からみあう革紐模様が特徴のジャコビアン様式。ホールの中央から上部へつながる大階段の手すりにも同じ装飾がほどこされている。左右の長窓には幾何学模様のステンドグラスが七色の光を床に落とし、壁の縁飾りには漆喰彫刻がレースのようにたなびき、吹き抜けの天井は星型をちりばめたイスラム風の寄せ木細工――と職人技の宝庫ともいえる、室内装飾のオンパレードであった。

(これが学食って、ちょっと、冗談でしょ……本当にここで教授たちはたぬきうどんとか、カツカレーとか、牛丼とか、半ライスつきラーメン餃子定食とか食べてるわけ!?)

「――いらっしゃいませ」

ふり返ると、黒のお仕着せを着た執事然とした男性がいつのまにか笑顔で立っている。

「西東さまでいらっしゃいますか?」

「え? は、はい、そうです」

「島津先生からおうかがいしております。先生は二階でおまちでいらっしゃいますので、どうぞ、こちらへ。ご案内いたします」

「二階で……」

「はい。申し訳ありませんが、当会館にはエレベーターがございませんので、ベビーカーは、こちらでお預かりさせていただいてよろしいですか」

「あ、はい、お願いします」

鮎子は急いで大型バッグをとり出し、暾のシートベルトを外した。男性は畳んだベビーカーを奥にあるクロークらしき場所へ運ぶと、すぐに戻ってきた。

「お帰りの際に、こちらの番号札をお出しください。お荷物はおもちいたしましょう」

鮎子のバッグをもち、先に立って大階段をのぼっていく。

「あのう、ここって、教職員用の食堂だと聞いてきたんですけど……」

両手で暾を抱き、かすかにきしむ木の階段をのぼりながら、鮎子はいった。

「はい。二階が大学職員専用のレストランとなっております」

「一階はなんなのですか？」

「宴会場とレストランでございます。主に、当大学の先生がたの受賞、受勲(じゅくん)のお祝いの式場としてや、外国からのお客さまを招いてのパーティー、学会、研究発表会後の懇親会、大学内の教会で結婚式をあげた後の宴会場としてご利用いただいております」

（なるほど、バンケットルームとレストランなんだ）

昨今の私立大学はマンションやホテルの経営にまで手を出しているところもあるというから、大学内の会館を宴会事業に活用するというのもアリなのかもしれない。

「二階には図書室と、ビリヤード、カードゲーム、麻雀(マージャン)などを楽しめる遊戯(ゆうぎ)室もございます。そちらは当館の会員のみのご使用となりますが。――食堂は、こちらになります」

青猫軒(あおねこけん)、と看板のある部屋へ鮎子を導き、アーチ形の入り口近くの長テーブルに荷物を置くと、男性は一礼して立ち去った。

一階同様、食堂内部も雰囲気のあるレトロな造りである。

「西東さん」

入り口近くのテーブルについていた教授が鮎子に気づき、立ちあがった。

叔父の顔を見た暾が「あーいー！」とうれしがって足をジタバタさせる。

「やあ、よくきたね、暾。わざわざありがとう、西東さん」

暾を抱きとり、教授は鮎子へ笑顔をむけた。

「お疲れさまでした。場所はすぐにわかりましたか？」

「はい。建物があんまり立派で驚きましたけど」

「ああ、ここは、明治時代の旧伯爵邸を移築したものなんですよ。もともとは学舎として利用されていた建物で、学長室などもここにあったそうですが。ここのランチは二時までなので、この時間だと、飲み物しか頼めないのですが……お腹は空いていますか？」

「大丈夫です。お昼は支援センターですませてきたので」

ではこちらへ、と教授は元いたテーブルに鮎子をつれていった。

長窓から陽光が射しこみ、食堂内は明るかった。レトロな雰囲気の食堂は奥に細長い造りで、七、八人がけの木製の長テーブルが並んでいる。ランチはブッフェ形式らしく、壁に沿った長テーブルの上の什器を従業員たちが片づけ始めていた。

「まだ時間がありますので、あちらのドリンクコーナーにある飲み物を自由にどうぞ」

「フリードリンク制なんですね」

「ええ、ブッフェ自体が無料なんです」

「え？　ランチがまるっきりタダなんですか？」

鮎子は驚き、シルバーの什器の並んでいる長テーブルをふり返った。

ホテルなどのブッフェ同様、オードブル、サラダ、スープ、パン、パスタ、カレー、肉や魚のメインディッシュ、デザート……と品数もかなり揃っているように見える。

「正確には、青猫会という教職員組織に入って、年会費を払えば、ですね。外部からきている非常勤講師の先生などは、一回五百円と有料になっています」

「あ、そうなんですか。でも、五百円でこのすてきな食堂で、美味しいブッフェを食べられるなら、格安ですよね。さすがに名門文琳館、お金持ちですねえ」

教授によると、いまはブッフェ形式に変わったが、昭和のころは正当なレストランスタイルだったため、昼から給仕を受けて、優雅なコース料理を楽しんでいた教員も多いそうである。当時は教員も文琳館出身の上流階級の者が多かったそうだ。

「教員の無料ランチはそうした古き良き時代の名残ですね。……もっとも、この特権を、この先どこまで維持できるかは怪しいものですが」

「そうなんですか？」

「あちこちでコスト削減が叫ばれていますからね。文琳館は、リスク投資その他の資産運用がうまくいっていて、経営状態は安定していますし、寄付金額も女子大学の中ではトップクラスなのですが、それでも、やはり、少子化の影響による減収は免(まぬか)れません」

（ははあ……ここでも少子化の問題が出てくるのね）

「無料ランチの撤廃くらいならどうということもありませんが、これがメインの研究費の話になると、研究者にとっては死活問題ですからね。コスト削減の影響は深刻です」

「その通り」

と急に頭の上からバリトンが響いた。

「なにせ国からの補助金、助成金が、毎年ジリジリと削られるいっぽうですもんねえ」

続いて、笑いまじりの女性の声。

ふり返ると、びっくりするほど大柄な男性と、対照的に小柄な女性が並んでいた。

（わあ、大きい男の人……それに、筋肉もすごい。プロスポーツの選手みたい）

男性の身長は島津教授よりやや低いくらいだが、横幅がまるでちがった。スーツの上からも、首の太さや胸板の厚さが見てとれるほどで、顔も眉のきりりとした強面である。

そのたくましい腕に、可愛い赤ん坊がちょこんと抱かれている。

暾と同じくらいの歳だろうか。ひよこのようにふわふわの薄毛と、まん丸の頬をした男の子である。歯固め用らしいカメのおもちゃをかじりながら、にこにこと愛想がいい。

「――むう……？」

教授の膝の上にいる暾が男の子の存在に気づき、相手を凝視する。

「薬師丸先生」

「遅れてごめんなさい、島津先生。急な来客があったものだから」

女性が笑顔でいった。

「おかげでランチを食べそこねちゃったわ〜。登壇中にお腹が鳴らなきゃいいんだけど。……あら、こちらが噂（うわさ）の甥御さん？　ま、可愛い。叔父さまに負けないハンサムね」

「ええ、紹介します。甥の暾、六カ月です。こちらは乳母（ナニー）の西東鮎子さん。若いですが、優秀な方で、暾の世話をお願いしています」

「はじめまして、西東です。よろしくお願いします」

教授とともに立ちあがり、鮎子は頭をさげた。

「西東さん、こちらが今日のディスカッションに参加するパネラーの薬師丸先生ズです」

（ズ？）

「こちらが、国文学科の准（じゅん）教授、薬師丸尊（たける）先生。お隣が、建築学科の教授、薬師丸さくら先生です」

「ああ、ご夫婦なんですね」

「もともと、どちらも薬師丸なのよ」

と薬師丸教授がいった。

「薬師丸と薬師丸が結婚して、薬師丸夫妻になったというわけ。さらにややこしい話だけど、うちは夫婦別姓支持なので、おたがい姓を変えたつもりはないのね」

なので、複数形で薬師丸先生ズ、ということになるらしい。

「薬師丸さんって、すごく珍しい苗字ですよね。そのおふたりが出会って結婚するなんて、奇跡的な確率というか、運命的ですよねえ。ロマンチック〜」

「ふふ、タネを明かせば、わたしたち、中学の同級生なのよ。薬師丸は地元にわりとある苗字で、夫とは、遠い親戚みたいなものなのね。ついでにいえば、島津先生とも同郷の九州人よ。西東さんは東京の人なの？　東北？　ああ、なるほどね、どうりできれいな肌をしていると思ったわ～。お国はどちら？　うちも青森と新潟には親類がいるのよ」

気さくで饒舌（じょうぜつ）な妻の隣で、夫は腕に抱いた男の子を慣れた手つきであやしている。

——筋骨隆々（りゅうりゅう）とした寡黙（かもく）な夫が文学部の准教授で、夫よりゆうに三十センチも小さい社交的な妻が建築学の教授。

なかなか面白いバランスの夫婦だ、と鮎子は思った。

「だあーだっ。んーんんんんっ」

父親に抱かれた男の子が急にグズリ出した。

薬師丸准教授はひょいと息子を頭上に抱えあげ、可愛いお尻に鼻を近づけると、「してるな」と眉をあげた。

「おむつを替えてこよう。ついでに授乳もすませておいたほうがいいんじゃないかな？」

「そうね。ディスカッション中に泣きだしたら面倒ですものね。たしか、今日はキッズルームの用意があったはずじゃなかった？」

「キッズルームはこの左隣の部屋です。保育士が待機しているそうですよ」

食堂の入り口を指し、教授がいった。子連れの参加者が子どもを預けられるよう、ここに臨時のキッズルームが設置されたのだそうだ。

「じゃ、そちらで片づけてきましょうか。あまり時間がないものね」

「あ、教授。暾さんもそろそろミルクとおむつの時間なので、わたしもいってきます」

鮎子は立ちあがった。

「それじゃ、西東さん、ご一緒しましょうよ。尊先生、荷物をお願いね」

妻の指示に、夫の准教授はうなずき、赤ん坊を抱いたまま、自分のものと鮎子の大きなバッグの二つを軽々肩にかけると、スタスタ先を歩いていった。


「――あ、こんにちは、薬師丸先生」

「キッズルーム」と貼り紙のされた部屋に入ると、クッションマットを敷いた一角に、三、四人の子どもがいて、アップリケつきのエプロンをした女性たちが相手をしていた。

「こんにちは、先生。おむつ替えと授乳にきたんですけど、いいですか」

「ハイ。それなら、あちらでどうぞ」

部屋の奥に立てられたパーテーションをさす。

「――いまのは大学の保育園の先生よ。今日は臨時でこっちの手伝いにきているのね」

パーテーションの内側に置かれたソファに腰をおろし、薬師丸教授がいった。

「大学の保育園にはうちも子どもを預けているの。広いし、きれいだし、保育料も良心的で、いい園よ。おかげで保活に走り回らなくてよくて、助かったわ～」

「こちらの息子さんを預けているんですか?」

鮎子は持参したお湯と哺乳瓶で粉ミルクの用意をしながら、薬師丸准教授がおむつ台へ寝かせている赤ん坊へと視線をむけた。

「あの子と、二年前に卒園した長男もね。普段は十八時まで預けているんだけど、今日は、子連れでの就業の困難さを可視化するために、あえて子ども連れで登壇してもらいたい、と学長からいわれていたから、あの子を早引けさせて、引きとってきたの。あの子は次男のさつきよ。五月生まれなの。ふふ、わかりやすいでしょ」

「じゃ、四月生まれの暾さんのほうが、一月ぶんお兄さんですね」

「じゃあ同じ学年なのね。それにしても暾くんのくるくる巻き毛、ヒヤシンスみたいで可愛いわね〜」

「さつきくんのふわふわ髪も、新生児みが残っててたまらないですよー」

妻たちが子褒めのおしゃべりをワイワイ楽しんでいるあいだに、背後の薬師丸准教授はテキパキおむつの処理をし、高い高い、やべろべろばあ、で息子の機嫌をとり結ぶと、

「じゃ、さくら先生、あとは、よろしくお願いします」

すっかりにこにこ顔に戻ったさつきを妻に渡した。

「あ、授乳が終わったら、さくら先生も水分をとってくださいよ。ただでさえ、今日はディスカッションで喉を使うんですから」

「そうね。温かいものが飲みたいから、ハーブティーでももってくればよかったな。食堂にはノンカフェインのホットドリンクがないのよね〜」

「そう思って、作ってきたカモミールティーです」

とサイドテーブルに小型サイズの水筒を置く。

授乳期間中なので、薬師丸教授はカフェインの摂取を控えているのだろう。

「ありがとう。さすがは尊先生ね。気が利くわ～」

「じゃ、私は先に食堂に戻っていますから、あとはよろしくお願いします」

薬師丸准教授は部屋を出ていった。

鮎子は感心した。

手際の良さ、あやしかたの巧みさ、妻への気配り。何より、すべてを当たり前にこなす姿勢がいい。薬師丸准教授は家でも妻を助けるよき夫であり、よき父親なのだろう。

「やさしくて、紳士的で、とってもすてきなご夫君(ふくん)ですね」

「あら」とマタニティーワンピースの前を開け、さつきに授乳をさせながら、薬師丸教授は微笑(ほほえ)んだ。

「西東さん、お若いのに、ご夫君なんて、丁寧な言葉遣いをするのね」

「あ、すみません、古めかしかったですか」

「いいえ、配慮してくれてありがとう。そう、うちはおたがいを『主人』や『旦那(だんな)』、『家内』『嫁』とは呼んでいないから、そう呼ばれるたびに、もやっとするのよね」

夫婦別姓を支持していて、育児も公平に負担している、というところから、そうした意識の高い夫婦なのだろう、と思った鮎子の推察はまちがっていなかったようだ。

「若いけれど聡明な乳母(ナニー)さんね。島津先生があなたを選んだのも納得だわ。……最初は、あの三冠王がこんなに若いシッターさんを雇うなんて、とっても意外だったけど」

「三冠王？」

「ふふ、大学での島津先生のあだ名よ。……講義は人気ナンバーワン。実家はご両親とも西と東の名門で資産力ナンバーワン。ルックスはいうことなしのナンバーワン、で三冠王。当然、年ごろの学生たちが甘い蜜(みつ)に群がる子熊たちのように殺到するわけだけど、先生のほうはその種のトラブルにすっかり辟易(へきえき)している。で、島津先生はプライベートでも、三十歳未満の女性とは、いっさいおつきあいをしないという、もっぱらの噂」

（ははあ……そういえば、乳兄弟の九朗(くろう)さんも前にそんなことをいっていたっけ）

ほどよく冷ましたミルクの哺乳瓶を暾にくわえさせながら、鮎子は思い出した。

「島津先生と一つ屋根の下で暮らしている、なんてバレたら、大騒ぎになるから、黙っておいたほうがいいわよ～。ここにはイオリストと呼ばれるコアなファンがいるからね」

「イオリスト？」

「島津先生の私設ファンクラブってとこね。いおりんマニアだから、イオリスト。先生のいくところ、どこにでも出没するみたいだから、今日のディスカッションにもきていると思うわよ。先生にとっては迷惑な話でしょうけど、まあ、学生たちが騒ぐのも仕方ないわよねえ。インテリで、紳士で、お金持ちで、ハンサムで……ふふ、あんな、漫画に出てくるようなパーフェクトな独身貴族、めったにいるものじゃないものね～」

「ばっぷ！」

おとなしくお乳を飲んでいたさつきが急に顔をあげた。

「島津先生ばかり褒めまくっているから、怒ったのかしら」

薬師丸教授はくすくす笑い、さつきの背中を軽く叩いて、げっぷを促した。

「よしよし。あなたのパパも三冠王に負けない、いい男ですよ〜。顔はマル暴の刑事みたいにいかついけど、中身はやさしいキウイハズバンドだものね」

「キウイハズバンドって、たしか、ニュージーランドの既婚男性を指した言葉ですよね」

ニュージーランドの国鳥、キウイはオスがメスに代わって卵を温め、雛にかえし、その後も積極的に子育てをするという習性がある。

そこから、育児や家事に熱心な男性をキウイハズバンドと呼ぶのだ。

「尊先生は高校時代からニュージーランドにラグビー留学していたのよ」

「ラグビーですか！　どうりでたくましいと思いました」

「彼は落語と芭蕉をこよなく愛する寡黙なラガーマン、という変わり種なの。わたしはもともと研究バカで、結婚願望のない人間だったんだけど、彼の誠実さと粘り強い求婚に負けたのね。相手が彼じゃなければ、子どもを産むこともまずなかったと思うわ」

「理想的なご夫君なんですね」

「最高の夫ね。人間としても、学者としても、尊敬できる男性よ」

薬師丸教授はさらりといった。

「まじめで、誠実で。料理もできるし、子どもの相手も得意だし……なにせこの国じゃ、せいぜいがゴミ出し、風呂掃除、保育園の送迎を手伝うくらいがいいとこで、家事、育児を妻と同等にこなす夫なんて、めったにいるものじゃないでしょ？　妻のいいとこどりじゃない、本物のイクメンなんて、そうめんの束の中のピンクの麺くらい希少よね～」

的確なたとえに、鮎子は笑ってしまった。

「島津先生も、尊先生も、女子大の先生だからそういう意識が高いのかな、と思ったんですけど、お話を聞くと、それより、海外生活の経験の影響のほうが大きそうですね」

「うーん、そうね、確かに女子大はそのあたり、共学校よりは敏感だとは思うけど……一概にはいえないかも。歴史のある女子大ほど、いわゆる、良妻賢母、をモットーにして創立したところが多いしね。文琳館だって、一昔前まではそんな感じだったもの」

「そうなんですか」

「西の芦屋女子学院、東の文琳館女子、っていわれてね。わたしが学部生のころの話だけど、関東の男子大学生にとっては、お嬢さまで名高い文琳館女子の彼女をもつのが最高のステイタスだったのよ。女子のほうでも在学中にいい所のお坊ちゃんをつかまえて婚約までもっていくのが、一番の勝ち組扱いだったし……。もちろん、当時から、わたしみたいに、そういう価値観に否定的な学生もそれなりにいたけれどね」

「先生も文琳館出身なんですか。では、いわゆるお嬢さまなんですね」

薬師丸教授は笑って首をふった。

「わたしは完全に無印よ。両親とも公務員だったし、大学に入るまでずっと公立だったから、せいぜいが中流というところね。わたしの同級生には、箔付き、ド付きの子なんかもいたからねー、そのクラスでないと、文琳館ではお嬢さまとはいわれないのよ」

「無印？　箔付き？　……ド付き？」

聞き慣れない言葉に、鮎子は戸惑った。

無印、は自分のような一般家庭出身の学生のことだ、と薬師丸教授は説明する。

箔付き、というのは、大使や外交官の娘など、ハイソサエティの帰国子女のこと。

ド付き、は旧華族の家系や、外国の貴族などが身内にいる人間をいうらしい。

フランス貴族の名前には、称号の〝ド〟がつく。

そこから、貴族、皇族との姻戚関係がある学生はド付きと呼ばれていたのだそうだ。

「学内セレブリティとでもいうのかしらね。あの当時、無印の学生から見ると、箔付き、ド付きの人たちは、雲の上の存在だったわ。なにせ、帰りにお茶しない？　っていわれて、ついていったら、ホテルのティールームで、ひとり四千円からするアフタヌーンティーを注文された、とか、旅行を計画したら、飛行機はビジネスクラスでホテルは三ツ星でないとムリ、と拒否された、なんて話が普通だったんだから」

「それは……確かに、普通の学生はつきあえませんね」

「でも、前学長の任期後半に、そういう風潮が、がらっと変わったのよね」

薬師丸教授はいった。

「大学が目指すべきは、実のないブランド力よりも競争力、という方針の元、いわゆる外様、外部大学出身の講師や教授をバンバン入れるようになって、単位取得の基準もそれまでよりぐっと厳しくしたのね。同時に、奨学金制度を充実させて、無印でも成績優秀な学生を援助したり、院へ進む学生を奨励したり、新学部を設立して話題を集めたり……そのおかげで、いまの文琳館はかなりリベラルな校風になってきているし、以前より偏差値もあがって、優秀な学生や研究者を世に送り出せるようになっているわね」

鮎子はうなずいた。

おそらく、薬師丸教授もその恩恵を受けたひとりなのだろう。

「前学長の改革は英断だった。この時代、昔ながらのお嬢さまブランドを守るだけじゃ、生き残れないもの。実際、路線変更しなかった芦屋女子学院は志願者数も偏差値も右肩さがりになっているし……前学長は五年前に亡くなって、いまの学長はその姪御さんなんだけど、いまのところ、現学長も伯母さまの路線を踏襲しているわね」

「学長って世襲制なんですか」

「文琳館は珍しくそうね。昔ながらの一族経営に、批判もかなりあるんだけれど」

「へえ……名門女子大学、というときらびやかな花園ってイメージでしたけど、裏側に回ってみると、いろいろな事情があるんですねえ」

保護者たちが話に花を咲かせているあいだ、ミルクと母乳でお腹のくちくなったふたりの赤ん坊はそれぞれの膝の上で大人しくしていた。

とはいえ、各自のようすはかなりちがっている。

おもちゃをしゃぶり、終始にこにこしているさつきに対して、暾は鮎子にしっかりつかまり、薄い眉をひそめて、チラチラとさつきを見るなど、警戒心をあらわにしていた。

「あいあいあいあーっ。んまんまんまんまんまんまんまんまんまーっ！」

「……ハーン？」

「やいやいやいやー。えいえいえいえいえーっ。アハハ。アハハ。アハハハッ」

「……フーン？」

テンション高めのさつきに対し、暾は妙にクールで斜にかまえた態度である。

「んま、んま」

シリコン製のカメさんをしゃぶるのに飽きたらしいさつきがポイとそれを放り、母親の膝の上にひっくり返ると、自分の片足をつかんで口に入れ始めた。

薬師丸教授が笑って息子の頬をつつく。

「またお気に入りの遊びが始まったわ。さつきくん、自分の足、おいしいの？」

「わあ、柔らかい。ひとり遊びが上手ですね、さつきさんは。可愛いポーズですねー」

「ハイ、さつきくん、丸まったカメさんポーズで、ゴローン」

「きゃっ、きゃっ、きゃっ」

大人ふたりにかまわれて上機嫌のさつきを、暾は眉間にしわを寄せたハードボイルドな表情でみつめていたが、

「あーいっ！」

唐突にちっちゃなこぶしを握り締め、それを自分の口に入れ始めた。

足を舐めていたさつきが、暾の動きに気づき、「オッ？」と興味深そうに相手を見る。

「えへへへ」

これは面白そうだ、と思ったらしい。にこにこしながら暾をマネしてさつきもこぶしを口に入れ始め、たちまち口のまわりがよだれだらけになった。

「あうあうあーっ！」

「えへ、えへ」

「あうあうあうあーっ！」

「えへへへ」

「あうあうあーっ！　あうあ、げほっ、げほっ！　オエーッ」

欲張って口の奥までこぶしを入れすぎたらしい、暾は派手にえづきだすと、

「ビエエエ――ッ！」

顔を真っ赤にし、背中をのけぞらして泣き始めた。さつきは隣できょとんとしている。

「暾さん、そんなにはりあわなくてもいいんですよ」

立ちあがって、よしよし、と暾をあやしながら、鮎子は笑った。

保育園児で、兄もいるさつきに対して、ひとりっ子の暾は、赤ん坊が一緒の空間にいることにまだあまり慣れていないようである。不安なきもちと負けん気な性格が一緒に顔を

出し、児童館などでもおかしなテンションになることがままあるのであった。

「さて、そろそろ戻りましょうか。男性陣がまちくたびれているわね」

よだれまみれになった息子の手足を拭き、靴下を履かせ直すと、薬師丸教授がいった。

「西東さんもこの後のパネルディスカッションには参加するの？」

「うーん、そうですね……」

学長たちに暾を会わせるのが主な目的だったし、暾がグズるだろうことを考えて、そのあいだはどこかで時間をつぶそうと思っていたのだが、先ほどの多聞教授との会話などもあって、鮎子じしん、ディスカッションへ興味がわいてきた。

「赤ちゃん連れで参加しても大丈夫なんでしょうか？」

「もちろんよ。今日はそういうイベントなんですもの。あんまり暾くんがグズるようなら出てしまえばいいんだしね。誰でも参加可能だし、出入りも自由よ」

「じゃ、ちょっと拝見させていただきます」

——実のところ、教壇に立つ、島津教授の新鮮な姿も見てみたかったのだ。

4

パネルディスカッションの会場は、学友会館裏手の校舎にある二階の講堂だった。

会場に入った鮎子は、退出しやすいよう、後方の席に座った。

泣き疲れが出たのか、抱っこ紐に入った暾は再びうとうとし始めている。

開始にはまだ時間があり、席は三分の一ほどしか埋まっていなかったが、前方の席にはバッグや上着などが置かれ、すでに席とりがされていた。なかなかの盛況である。

「――あー、やっぱり、前のほうの席、もう埋まっちゃってるよー」

ワイワイとおしゃべりしながら、若い女性たちが鮎子の横を通り過ぎた。

大学の校章がデザインされたクリアファイルをもっている。文琳館の学生だろう。

「もー、だから早めにいこうっていったのに」

「仕方ないっしょ。まあ、いいって、ここからでも見えるじゃない」

「そうだねー。いおりん、今日のスーツはどんなのかな？　楽しみだー」

（いおりん？）

聞こえてきた声に、鮎子は耳敏く反応した。

「先週のいおりんのブルーグレイのスーツはよかったよねー」

「あー、わかる。うちもめっちゃ好き、あれ。あれにすみれ色のタイを合わせちゃういおりんのセンス、まじで神。最高」

「いおりんって手足長くて肩幅もあるから、正統派の英国スーツが本当に似合うよねー」

（なるほど、これが薬師丸先生のいっていた、例のイオリストたちか……）

好奇心を刺激され、鮎子は斜め前の席に座った学生たちをまじまじとみつめた。

横並びに座った学生のうち、中央のひとりが、ハーッ、と大きなため息をつく。

「あー、軽薄ないおりん呼び、マジでやめてほしいんですけど。そういう新規の感覚、受け入れがたいわー。呼ぶなら『伊織サマ』としかるべき敬称をつけてほしいよね」

「出た。古参の謎ルール。いいじゃんねえ、それくらい」

「そうだよー。いおりん呼び、可愛いじゃん。それよりさ、いおりんの服っていつも格好いいけど、あれってやっぱり全部オーダーメードなのかなー？」

「え。そこから聞いちゃうの？　マジで？　当たり前でしょ。スーツだけじゃなくて、教授はシャツも靴も全部特注品に決まってるし」

「っていうか、オーダーメードじゃないから。伊織サマのはビスポークだから」

「ビスポーク？」

「Be-spoke。職人がお客の注文に応じて一から仕立てる高級服や靴のこと。オーダーメードは和製英語でしょ。伊織サマのスーツはロンドンのサヴィル・ロウの老舗で仕立てられている本物のビスポークなんだからね！　ついでにいっておくとサヴィル・ロウはメイフェアにある有名なファッションストリートで背広の語源になったところだから。紳士服の聖地って呼ばれていて、イギリスの王族なんかも顧客だから」

よく知っているな、と鮎子は学生が語るウンチクに感心した。

熱心なイオリストは、ファンというよりもオタクに近いものがある。

「上から下までビスポークできめて、熱い紅茶をすすりながらワーズワースの詩集を読む——なんて、あほな英国紳士のコスプレみたいだけど、島津教授はちがうんだよねえ」

「そうそう、あくまで自然でさりげなくて、万事に気負いがないっていうか」

「それでいて、自分のルックスや人気にはてんで無頓着だもんね。いまだ独身ってだけでも奇跡なのに、いおりん、恋人の噂もないいんでしょ?」

「ふふふ。いいのよ、それで。伊織サマは伊織サマであるというだけですでに完璧な存在であり、生命体として完成されているのだから、いまさら伴侶や恋人などという不完全な他者を必要とはしないのよ」

　ほとんど神格化されている島津教授である。

「でもさー、いまさらだけど、いおりんがなんでこんなパネルディスカッションにパネラーとして呼ばれてんの? これって、子育てに関する企画なんでしょ?」

「噂では、伊織サマ、最近、兄弟だか親戚だかのお子さんを養子に迎えたんだって」

「えーっ、養子?」

「パパになったってこと!? いおりん、独身なのに、なんで!?」

「そんなことまでわかんないよ。だから、たぶん、今日はパネラーとしてそのへんの事情も話してくれるんでしょ。それを期待して、みんな、聞きにきてるんじゃない」

　すでに席とりがされている前方の席を指していう。

　学長の指名でパネラーに選ばれた、と今朝教授がいっていたことを鮎子は思い出した。まださほど子育て経験のない教授を呼んだのは、彼の学生人気をあてこんでのことだったのだろうか。いわば人寄せパンダだが、いずれ学生たちが直面するであろうジェンダー問題へ意識をむかせるためならそれもかまうまい、と判断したのかもしれない。薬師丸教授いわく革新派だったという前学長の姪らしく、現学長もなかなかのやり手のようだ。

　開始時間まで十分を切り、講堂はだんだんと埋まりつつあった。

　遠慮されたのか、敬遠されたのか、赤ん坊連れの鮎子の左右は空いたままだったが、

「――すみません、お隣、よろしいですか？」

　声をかけられ、見ると、母娘らしいふたりが中央通路に立っている。

「あ、もちろん、どうぞ。途中で赤ちゃんが泣いたり、うるさいかもしれませんが」

「もちろん、かまいません。ありがとうございます」

　頭をさげると、つやのある巻き髪が上等なウールコートの肩を音もなくすべった。
　五、六歳くらいに見える娘の背中をやさしく押し、鮎子の隣に座らせると、女性はコートを脱ぎ、通路側の席に腰をおろした。
（きれいなお母さんだなー。娘さんも可愛いし、服もすてき）

　女性は三十代前半だろう、すらりと長身の、申しぶんのないプロポーションで、華やかな顔立ちによく似合うグッチのミニドレスを上品に着こなしている。

　隣に座る女の子はビーズのついたベレー帽をちょこんとかぶり、赤ずきんちゃんのように鮮やかな赤のケープコートを着ていた。ややくたびれた黒猫のぬいぐるみを大事そうに抱いているのが微笑ましい。大きなバンビ・アイが母親そっくりの美少女である。

「わあ……赤ちゃんだー」

女の子は大きな目をきらきらさせ、眠っている暾の顔をのぞきこんだ。

鮎子と目があうと、にっこりする。

「茉莉香ちゃん、赤ちゃん、眠らせておいてちょうだいね」

母親がやさしくいった。

「ごめんなさいね、人見知りしない子で。こちらのほうがうるさくしてしまうわ」

「いいえ、ちっとも。よく寝ているので、これくらいの声では起きませんよ。お名前、茉莉香さん、というんですか。すてきですね」

「茉莉香はジャスミンっていみだよ。〝アラジン〟のプリンセスといっしょなんだよ」

茉莉香と呼ばれる女の子はいった。

「この赤ちゃんは、おなまえ、なんていうの?」

「暾さんですよ」

「あさひさんかー。あさひさん、なんさい? 茉莉香ちゃんは五さいだよ」

「暾さんはまだ六カ月です。六カ月ってわかりますか? 春の四月に生まれて、夏と秋で大きくなって、もうすぐ初めてのクリスマス」

茉莉香はこっくりうなずいた。

「あさひさん、かみのけ、ふわふわのくるくるだねえ」

「手も足も、まだこんなにちっちゃいんですよ」

「かわいいねえ」

「可愛いでしょう」

「白菜みたいだね」

（白菜!?）

思いもよらない感想に、鮎子は耳を疑った。

「九州のおばあちゃんが、やおやさんで買うおつけものの白菜がこれくらいだったよ」

「あ、ああ、サイズ的な話ね……た、確かに、大きさは同じくらいかもしれないかな」

「白さもまけてないしね……」

茉莉香はひとり、うなずいている。

子どもの発想は、いつも大人の斜め上をいく。

「この子はイングリッシュ。えいごをしゃべる猫ちゃんだよ」

と腕に抱いた猫のぬいぐるみを自慢そうに見せてくれる。

「ママがロンドンでかってくれたの。ほんものの猫ちゃんのかわりにね、って」

「可愛い子ですね」

「茉莉香ちゃんは、猫ちゃんがすきで、ママは、ワンちゃんがすきなんだよ。九州のおばあちゃんのおうちには、ワンちゃんが二匹いるんだよ。でも、パパはあんまり動物がすきじゃないいんだって。動物はなき声がうるさいし、毛がぬけるからイヤなんだって。でも、パパだってよっぱらうとうるさいし、いっぱい毛もぬけるけどねえ」

無邪気な茉莉香の言葉に、鮎子は思わず笑ってしまった。

「あっ、きた、きたよ！」

笑顔になったイオリストの一団の視線を追って、鮎子もふりむいた。

薬師丸夫妻と見知らぬ数人の男女にまじり、島津教授の長身があった。

鮎子に気づき、集団の最後についていた教授が微笑み、軽く手をふる。

「えっ、何、いまのいおりんスマイル。誰よ？」

イオリストたちのけげんそうな声に、鮎子はあわてて身を縮こませた。

——と、茉莉香の母親が立ちあがった。

ちょうどその横を通り過ぎようとしていた教授が、おや、と足をとめ、相手を見る。

その顔から笑みが消え、

「きみは……」

戸惑ったような表情が浮かんだ。

「瞳子（とうこ）さん」

（え？）

鮎子は驚いて茉莉香の母親を見た。

（教授の知り合いなの？）

「おひさしぶりです」と、茉莉香の母親は丁寧に頭をさげた。

「五年ぶりぐらいでしょうか。ずいぶんご無沙汰（ぶさた）してしまいました」

「驚いたな……どうして、瞳子さんがここに？」

「ふふ……それはもちろん、伊織さんのために」

「伊織さん……!?」

と周囲のイオリストたちが色めき立つが、彼女はいっこうに気にしないようすで、

「茉莉香ちゃん、ちょっとのあいだ、お姉さんのほうをむいていてちょうだいね」

そういって、茉莉香の首をクイ、と鮎子のほうへむけると、

「伊織さん——お会いしたかった」

いきなり教授に抱きついたものだからたいへんである。

「キャ————ッ!!」

会場のあちこちから甲高い悲鳴があがり、その声に驚いた一般の客たちも何事かと教授と彼女へ視線をむける。講堂の中は混乱と興奮と困惑の空気に包まれた。

(な、何これ……どういうこと?)

鮎子はあっけにとられて目の前の光景を見ていたが、

「おねえさん、茉莉香ちゃん、まだ後ろむいちゃいけないのかな?」

茉莉香がそういってふりむきかけたので、その首をあわてて自分のほうへ戻した。

そこへ、

「——瞳子さん!!」

後方から声が聞こえ、見ると、ひとりの女性がヒールの音も高らかに近づいてくる。

「あなたったら、いったいなにをやっているの?　こんな所で弥勒の家の名を汚すような

ことをしないでいただきたいわっ」

女性は茉莉香の母親よりもゆうに一回りは上だろう。グレーのスーツを着た品のいいでたちで、ベリーショートがよく似合っている。が、その表情はひどくけわしかった。

ようやく教授から離れた茉莉香の母親は、駆け寄ってきた相手を見て、にっこりした。

「あら、お義姉さん」

「お義姉さん、じゃありません。あなた、何を考えているの、瞳子さん。こんな人前で、まして、夫も子どももある身で男性に抱きつくなんて、非常識にもほどがあるでしょ！」

「大げさですわ、お義姉さん。初恋の人と再会のハグをしていただけですのに」

「初恋の人……!?」

さらりとしたその発言に、周囲がいっそう色めき立った。

「初恋ですって？　こちらは大学の教授でしょう」

「大学教授で、わたしの初恋の人でもあるんですの。英文学科の島津伊織教授です」

「あらそうなの。で、弥勒の家での家族会議が終わったとたん、ウン十年も前の初恋の人に、急に思いたって会いにきたというわけね？」

と女性はまなじりをいっそう吊りあげる。

「いっておきますけど、あなたの考えくらい、とっくにお見通しですからね、瞳子さん」

「なんのことでしょう」

「こちらの教授に泣きついて、例のモノを先に見つけようっていう魂胆でしょうけれど、そうは問屋がおろしませんといっているのよ」

「そういうお義姉さんこそ、三十年も前に卒業なさった母校になんのご用ですの？」

「三十年じゃないわ！　二十五年よ！」

「まあ、ごめんなさい。平成生まれには、昭和の年数はなんだか数え方が難しくて……」

にこにこと相手の敵意を受け流しながら、けっこうな毒を吐く茉莉香の母親である。

「あなたのそういうところ、本当に腹立つわ〜。ちょっと若いと思っていい気になって」

「十六歳の年齢差はちょっとじゃないと思いますけれど」

「干支で数えればたったの一回り半でしょ」

「オリンピックが夏冬あわせて八回は開けますね。……わたしがオギャーと生まれた年に、お義姉さんはもう文琳館の構内でゲバ棒ふり回して学生運動やっていたんですものねえ。あらためて考えるとすさまじいジェネレーションギャップを感じますわ」

「ゲバ棒なんてふり回してないわよ！　学生運動って、それ、団塊世代の話でしょ！　第一、文琳館ではその時代でも、ノンポリ学生ばかりで大学闘争なんてしていませんから！　文琳館のOGのくせに、母校の歴史も知らないの？　あなた、本当に非常識な人ね！」

なにやら始まった女同士のバトルを、教授は困惑しきった顔でみつめている。

「――茉莉香さん、あの方はどなたですか？」

鮎子はひそひそと茉莉香に尋ねた。

「市子伯母さまだよ」

ぬいぐるみのイングリッシュと遊びながら、茉莉香がのんびり答える。

「伯母さまは、パパのお兄さんの、一伯父さんのおくさんだよ」

「どうして伯母さまはお母さまとケンカをしているんでしょう」

「なかよしだからかな？　おとなは、ケンカするほどなかがいい、っていうのでしょ」

（うーん、とてもそういうふうには見えないけれど……）

火花を散らしているふたりを見て、鮎子は首をかしげる。

「ずいぶんにぎやかですね。ディスカッションの開始時間が早まったのかしら？」

教授の後ろから声がした。

「と、思ったら、なんだかようすがちがうような。また島津先生を巡ってのトラブルですか？　まあまあ、島津先生はいつでも女性たちに囲まれていて、華やかなことね」

「学長。いえ、これは、なんといいますか……」

（学長？）

興味をひかれ、首をのばしてその人を見た鮎子は、あっ、と小さく声をあげた。

（あの人は……！）

鮎子の視線に気づき、教授の後ろに立っていた女性が微笑んで、手をふった。

「あら、またお会いできたわね、西東さん」

そこに立っていたのは、先ほど桜並木で会った、多聞教授だった。

第四章　教授、乳母猫の手を借りる

1

「——まあ、そんなことがあったんですか」

鮎子の話を聞いて、キクさんが目を丸くする。

「先生を巻きこんでの女性ふたりのケンカですか。それはたいへんでしたねえ」

鮎子はうなずいた。

「そのハプニングで、会場も、すっかりヘンな空気になっちゃったんですよ」

「それで、その後はどうなったんですか？」

「学長と事務方の人が入って、女性ふたりをとりあえず退室させて、その後、普通にディスカッションは行われたんですけど……三十分くらいで暾さんが起きて、グズリだしたので、わたしも途中で退席することにして、会場外で教授をまつことになったんです」

が、閉会後、教授は例のトラブルの件で学長に呼び出されてしまい、そこから長い話しあいが始まってしまった。夕方のバスの混雑に遭っては面倒なので、学長への挨拶はまた日を改めることにし、鮎子は暾を連れて、早めに帰宅したのだった。

「せっかく大学までいって学長への挨拶に出向いたのに、それはご苦労さまでしたね」

「ええ。でも、まあ、実は学長とは、そうと知らずに挨拶をすませていたんですけどね」

きょとんとするキクさんに、鮎子は桜並木の下でのできごとを話した。

(それにしても、まさかあの多聞教授が学長だったなんてねえ……あのとき、いろいろ好き勝手にしゃべっちゃった気がするけど、大丈夫かなあ?)

――あの後、薬師丸教授に聞いたところによると、多聞百合子学長はもともと、文琳館のOGであり、ジェンダー問題の研究者でもあったという。

前学長であった伯母の後を襲い、五年前に学長に就任するまで、社会学科の教授として教鞭をとっており、現在も研究室はそのまま存続しているそうである。

「それにしても、結局、その女性たちのもめごとというのは、なんだったんでしょ」

「それが、いまだによくわからないんですよねー。一昨日の夜の教授の帰宅も遅かったので、お話を聞く機会もなく、そのままになってしまっているので」

「ああ、昨日の土曜日から、鮎子さんはお休みでしたものね。ゆうべは、先生のお宅には帰らなかったんですか?」

「帰っていないんです。昨日は火事で入院していた派遣会社の副社長が退院したので、シッター仲間たちと快気祝いにいって、そのまま、朝までみんなで遊んじゃったので」

「徹夜で遊んで、そのままここへ? ホホ、やっぱり若い人は元気ですねえ。まあ、鮎子さんは毎日、坊ちゃんのお世話をがんばっていますし、息抜きも必要ですものね」

キクさんは台所へ入ると、ミトンをはめた手で土鍋を運んできた。

「――さ、おまたせしました。息子からいい鯛が届けられたんですけど、ひとりではもてあましていたんですよ。鮎子さんがくるというので鯛めしにしてみました。あとは、手羽先のスモークと、さつまいもと柿のサラダと……たんと食べていってくださいね」

「うわー、美味しそう！　鯛と三つ葉と新米の香り～。見ているだけでお腹が鳴るー」

日曜日の午後。

鮎子は隣町にあるキクさんのマンションにいた。

近いので、今度、ご飯でも食べにきてくださいな、という以前からのお誘いに遠慮なく乗り、鮎子はこの休日の二日目、さっそくお邪魔することにしたのである。

鮎子の現在の勤務シフトは、基本的に週休一・五日。

教授の研究室が休みの日曜日を定休にし、土曜日を隔週の休みにしていた。

もっとも、学会や出張やその他もろもろ、教授は週末にイレギュラーな予定が入ることも多いらしいので、そのあたりはフレキシブルに対応するつもりではいた。

「――それにしても、気になりますねえ。その女性たちとのもめごとがなんなのか」

食後のほうじ茶を淹れながら、キクさんがいった。

ふたりぶんの食事をお腹につめこんだ鮎子は、お礼代わりに洗い物をしながら、

「三角関係、とか、色恋沙汰、みたいな色っぽい雰囲気ではなかったんですよね。というか、最後には、教授を無視した形で、女性ふたりがバトルしていただけだったので」

「その、瞳子さん、でしたっけ？　きれいなママさんは先生が初恋の人、といっていたんですよね。文琳館のOGだというのなら、先生の元教え子だったんですかしら」

「うーん、でも年齢的にはちょっと合わないような……。それに、初恋が大学時代、って、ちょっと遅い気がしません？　それに、瞳子さん、伊織さん、って呼び方も、教員と教え子の関係にしては、親しすぎる気がするんですよね」

「ああ、それは確かにそうですね。だとしたら、昔からのお知り合いなんでしょうか。わたしは先生のご実家のほうのご交友については、あまり知りませんけれど」

その言葉で、鮎子の頭にひとりの人物の顔が浮かんだ。

（そうだ。九朗さんならそのへんのこと、知ってるんじゃないかな？）

島津教授の乳兄弟のひとり、芥川九朗。

同じ家で育った身内同然の青年であり、いまも島津家に関する仕事をしているらしいので、教授の昔の知り合いなども把握しているのではないだろうか。

「――鮎子さん、今日はこの後、どこかへ出かけますか？」

キクさんは食器棚からお重やプラスチックの密閉容器をとり出しながら、いった。

「いえ、今日はもう早めに帰るつもりですけど」

「それなら、料理をお重に詰めますから、先生にもっていってくださいね。お夕飯用に……坊ちゃんのお世話をしながらでは、食事の用意もままならないでしょうから」

「わかりました」

「週末の二日間、先生がまるまるお休みをとれるなんて、珍しいこと。坊ちゃんもひさしぶりに叔父さまにゆっくり遊んでもらえて、うれしいでしょうね」

「そうですねー。おふたりで、楽しい休日を過ごしているといいんですけど」

キクさんは重箱に料理を詰め終えると、プラスチックの小分け容器に残りの料理を入れ始めた。同じマンションのひとり暮らしの知人にお裾分けをもっていくという。

ちょっと届けてきます、とキクさんは出ていき、鮎子は留守番を任された。

淹れ直した熱いお茶をすすり、それから鮎子はふと思いたち、携帯電話をとり出した。

忙しい相手だからつかまらないかと思ったが、意外にも、コール三回で応答があった。

「……もしもし？」

警戒心をあらわにした低い声が応える。

「あ、くーちゃんですか？　お久しぶりです。こちら、鮎子義姉さんですけど」

ブツッ！　と速攻で電話が切れた。

鮎子は携帯電話をみつめて首をかしげ、リダイヤルする。

今度のコールは七回と長かった。

「――なんなんだ！　ふざけた用ならいますぐ切るぞ!!」

「まだ何もいっていないじゃないですか」

鮎子は苦笑した。

「相変わらず、怒りっぽいですね、九朗さんは」

「きみが怒らせているんだ。次にくーちゃん呼びをしたら着信拒否にするからな」

「可愛いのに。あ、もちろん九朗さんがクロさん呼びのほうが好きならそうしますけど」

「とっとと用件をいえ！」

「いま、お話ししても大丈夫ですか？」

「大丈夫じゃない、といいたいところだが、残念ながら昼休み中なんだ」

「それはグッドタイミング」

わたしたち相性がいいですね、といいたくなったが、これ以上からかったら本気で着信拒否をされそうなので、鮎子は自重した。

「なんの用だ。伊織さんたちに何かあったのか」

「噂さんも伊織さんも元気ですよ。九朗さんにちょっとお聞きしたいことがありまして」

「聞きたいこと？」

「九朗さん、弥勒瞳子さん、って知っていますか？　伊織さんの知り合いの女性なんですけど。三十歳くらいの目の大きな美人さんで、茉莉香さんっていう五歳の娘さんがいて、文琳館のOGらしいんですけど……」

「弥勒瞳子……ああ——扇町瞳子さんのことか」

「扇町？」

「旧姓だ。結婚して弥勒瞳子になった。扇町家は島津家の隣県の旧家で、伊織さんの叔母上……御前の一番下の妹さんの嫁ぎ先でもある。だから、扇町瞳子さんは伊織さんにはいとこにあたるな。彼女は越境入学で巴さんと同じ高校に進学して、三年間、下宿代わりに島津の家に暮らしていたんだ。その時期、おれは県外の学校、伊織さんはイギリスにいたから帰省の際くらいにしか会うことはなかったが……扇町瞳子さんがどうかしたのか？」

さすがに島津家のことには精通している。九朗はすらすらと説明してくれた。

「実は、先日こんなことがありまして……九朗さんなら、何か知っているんじゃないかなと思って、お電話したんです」

鮎子は文琳館でのできごとをかいつまんで話した。

「フーン……そいつは、いわゆるお家騒動だろう」

「お家騒動？　また時代劇みたいなワードが出てきましたね」

「珍しくもない。資産のある家にはよくある話だ。……扇町瞳子さんは大学時代に知り合った弥勒英二という男と結婚した。きみは、弥勒家を知っているか？」

「知りません」

「五葉グループはどうだ」

「五葉グループ……あ、五葉ホームズっていうハウスメーカーならＣＭで知っていますけど、そこと関係ありますか？」

「関連企業だ。弥勒家はもともと京都に本家があり、そこから分家して東京に出たのが、東弥勒家だ。戦後、商業地の売買で資産を増やし、ビル、ホテル、外食事業、ハウスメーカー等に進出した。先代の会長の時代には、宮家から降嫁された妻をもらうほどの威勢だったが、彼が亡くなった後、急速に事業が傾いた。その後に起こったバブル崩壊、リーマンショック、震災、二度の消費税増税……跡を継いだ現会長はそれらのピンチをうまく乗り切ってきたとはいえず、ホテル事業と外食事業からは完全撤退、いまではグループ全体でかなり事業規模を縮小している。その中で、唯一、堅調な売り上げを出しているのが、きみがさっきあげた五葉ホームズ、ハウスメーカー事業だ」

「詳しいんですね。弥勒家は島津の一族ではないんでしょう？」

「直接の姻戚関係はなくとも、経済界の人脈は必ずどこかでつながっているからな。政界関連のものもある。把握しておかないと、何がトラブルの元になるかわからない」

なるほど、さすがに有能な島津家の家臣だ、と鮎子は納得した。

「えーと、それで、お家騒動というのは？」

「現在の五葉グループ最高責任者の弥勒常春（つねはる）氏には持病があって、数年前から入退院をくり返している。そろそろ本格的に引退の意志を固めているらしい、という噂（うわさ）が少し前から流れているんだ。常春氏には息子がふたりいて、長男がグループの主力事業になっている五葉ホームズの社長、弥勒一（はじめ）。次男が同じく五葉ホームズの取締役、弥勒英二だ」

「あ、そのひとが瞳子さんの夫なんですね」

「大学で彼女とバトルをしていたというのは、長男一の妻、兄嫁の弥勒市子（いちこ）だろう」

鮎子はうなずいた。

確かに、茉莉香も「伯母さまはパパのお兄さんのおくさん」といっていた。

「兄嫁の名前までよく知っていますね、九朗さん」

「経済誌で何度か名前を見たからな。弥勒市子はアメリカの大学院卒、外資系の保険会社を経て、某有名シンクタンクに所属していた金融工学のプロだったはずだ」

「えー、すごいエリートですね。確かに頭のよさそうな女性ではありましたけど」

「彼女は五葉ホームズの関連会社の取締役でもあったはずだ。夫よりかなり年上で、バリバリのキャリア女性だな。同じ文琳館OGでも、大学卒業後、すぐに家庭に入った義妹の瞳子さんとは対照的な経歴といえる。それぞれの夫も正反対の性格らしいし」

九朗によると、市子の夫である長男の弥勒一は工学部出身、五葉ホームズに入社後は、新種の建材、工法技術の開発に携わっていた技術畑の人間であるという。

いっぽう、次男の英二は大手広告代理店の出身という経歴を生かし、五葉ホームズ入社後は、テレビCM、雑誌広告、フェアやキャンペーンなどの広報戦略を担ってきた。

注文住宅にもっかのところ関心も関係もない鮎子でも、五葉ホームズのCMはすぐに思い出せるほどである。英二は若手女優を効果的に使ったCMキャンペーンを自ら手がけて大きな成功をおさめ、業界でも急激にシェアを伸ばした実績があるらしい。

技術畑出身の堅実な長男と、表舞台で飛び回るのを得意とする社交的な次男。

グループのトップである父親の引退後、その後を継ぐのは、順当に考えれば長男の一だが、次男の英二は豊富な人脈を生かしてグループ内に強固な派閥を築きあげており、幹部の中でも彼を後継者に推す声が少なくないという。

「実の父子とはいえ、相性もあるだろうし、次男には実績もある。必ずしも長男に後継者指名がかかるとは限らないだろう。なにより、弥勒の家には大刀自（おおとじ）がいるからな」

「おおとじ？　……ってなんですか？」

「年配の女性への尊称だが、この場合は、常春氏の母親――さっきいった、宮家から嫁いできた先代会長の妻のことだ。元烏丸（からすま）の宮（みや）家のお姫様（ひいさま）で周子刀自（かねことじ）といったか。すでに九十近い年齢で、実際の経営には携わっていないんだが、なんというか……この人が、巫女（みこ）的な存在として、弥勒家では長く重きをなしているらしい」

（巫女的？）

これはあくまで噂の範疇（はんちゅう）だが……と前置きした後で、九朗は説明してくれた。

宮家出身の周子刀自というのは、恐ろしくカンのいい女性で、相対した人物の能力や、取引企業の先行きの良し悪しやらを、予言的に見抜く力をもっていたという。

先代の会長は、会社の人事や土地の売買計画などについて妻に相談することが多かったのだが、その助言がことごとく的を射ていたらしい。

もともとは弥勒グループとしていた社名を、周子刀自のお印（しるし）（紋章）であった五葉の松からとって五葉グループと改名した直後、手がけた大規模都市開発が大当たりをして、五葉グループは資産を倍々に増やし、その後も右肩上がりに業績を伸ばしていった。

そうした経緯から、周子刀自は弥勒家で生き神様的な扱いをされているそうである。

「おれにいわせれば眉唾（まゆつば）物だがな。宮家出身、というだけでやたらと古代めいたイメージをもつ連中が、いくつかの偶然をおおげさに受けとめ、ありがたがっただけだろう」

「でも、生粋のド付き女性には、確かにそういう神秘的なイメージがありますよねー」

「どつき……？　誰が誰をどついたっていうんだ？」

「あ、いえ、すみません。こっちの話です。……でも、そういうなんか卑弥呼みたいな人がいても、五葉グループの業績は落ちているんですよね？」

「先代会長の死後、周子刀自も体調を崩すことが多くなり、事業のいっさいを長男にまかせて鎌倉の別宅へひっこんだんだ。噂では、同居していた嫁との不仲が本当の原因らしかったが……会社の業績が落ち込み始めたのはその後だから、大刀自のご不興を買った現会長夫妻にバチがあたったというか、運に見放されたのだ、ということになっている」

母親と妻との板挟みになっていたトップの常春氏が引退の意志を固めた、ということで、古株の幹部たちは縁起をかつぎ、今度の後継者選びには、周子刀自の決定を仰ぐ可能性が高いのではないか、というのが九朗の推測だった。

堅実な長男と、その補佐役でもある聡明なキャリア嫁。

有能で社交的な次男と、女優ばりに美しい専業主婦の嫁。

未来を見る目をもっているらしい祖母の大刀自は、はたしてどちらの孫を選ぶのか――

（……ってそれはわかったけど、それが教授にどう関わってくるのかさっぱりわからないんですけど～。うーん、なんでバトル中の嫁ふたりが揃って文琳館にきたんだろう？）

「――客がきた。仕事に戻るから、そろそろ切るぞ」

九朗がいった。

「あ、はい。貴重な休み時間にどうもありがとうございました」

「おれも弥勒家の騒動と伊織さんのつながりは気になるから、また何かあったら連絡してくれ。それと、本格的に寒くなってきたから、くれぐれも体調管理には気をつけろ」

「ありがとうございます。九朗さんって意外とやさしいんですね」

「きみじゃなく、暾さんと伊織さんの話だ」

あっさりいった。

「きみが真冬の水風呂につけてもピンピンしている健康体だというのはわかっている。暾さんもそうだが、伊織さんの体調管理をしっかりやってくれ。見た目ほど若くないのに、伊織さんはわりと平気でムリをするからな。それと、昔から喉(のど)が弱い。風邪のひき始めには生姜(しょうが)がよく効くが、生姜湯は嫌いだ。手作りのジンジャーエールは好きだから、キクさんに伝えてくれ。レモネードでもいいが、作るなら砂糖ではなく蜂蜜(はちみつ)を使って……」

（そういえば、ここにも面倒くさいイオリストがひとりいたな……）

大学にいる教授のファンがオタク的だとすると、こちらは乳兄弟というより田舎(いなか)のオフクロ的な世話焼きぶりである。

礼をいい、電話を切った鮎子は、さっそくいま聞いた単語を検索してみた。

「弥勒周子」「五葉グループ」「五葉ホームズ」などと打ち、出てくる記事をアトランダムに読んでいたが、気がつくと、いつのまにやら芸能ニュースに辿(たど)りついていた。

五葉ホームズのＣＭシリーズで人気の出た若手女優の三年前のゴシップ記事だった。

相手の男性は一般人らしく、何気なく検索してみると、

「弥勒英二」

という名前が出てきたので、鮎子は驚いた。

（えっ、このひと、茉莉香さんのパパじゃん！　子持ちの既婚者なのに女優と不倫？）

記事によれば、弥勒英二と女優は、都内のレストランでふたりきりで食事をしたあと、深夜までバーで酒を飲んだ帰り、腕組みをして歩いている姿を撮られたらしい。

とはいえ、ホテルやマンションに入ったわけではなく、注目の若手女優のライトなゴシップという感じで、決定的な不倫スキャンダルのたぐいではなかったようだ。

女優はその後、医療ものの連続ドラマで主演をはたし、シリーズ化されるなどヒットを飛ばしているので、キャリアに瑕がつくほどの艶聞ではなかったのだろう。

（でも、妻子ある身で若い女優と深夜までの酒飲みデートって……芸能界的にはどうだか知らないけど、これ、妻的には、完全にアウトでしょ）

ネットの画像で見ても、弥勒英二という男性はなかなか魅力的な男性だった。高身長で甘い顔立ち、装いも流行を押さえてスタイリッシュ。若い女優と並んで立っても見劣りしない見栄えの良さ。大手広告代理店出身、というのもうなずける派手やかさである。

彼と妻の瞳子が小さな茉莉香をはさんで歩いているさまを想像すると、それこそ広告にあるような、絵に描いたように美しいファミリー像になるのだが……。

（頭にくるな～。あんなにきれいな奥さんと可愛い娘さんがいるくせに、若い女に手を出すってどういうこと？　しかも、写真を撮られたのは三年前じゃん。茉莉香さんがまだ二歳かそこらのときだよ！　二歳児って可愛いさかりだけど、活発に動き回るし、いたずらしまくるし、お昼寝時間はどんどん減っていってお母さんは休息もなかなかとれないし、たいへんな時期なのに。そんなときに、夫は若い女優と夜遊びですか～!?）

　無邪気な茉莉香の笑顔が頭に浮かんできて、鮎子はだんだん腹が立ってきた。

（しかも記事をよく読むと『お相手の弥勒氏は、去年、演技派女優のMとの仲が噂されたこともあるイケメン御曹司で……』とか書いてあるじゃん。バッチリ前科もあるんじゃん！　ツーアウトだよ！　ううー、弥勒英二め……ママの味方の乳母（ナニー）として許せん。いつまでも独身気分でいるチャラ夫（お）め……おまえなんて、いまでも抜けているという毛がさらにいっぱい抜ければいい……そして来世はカマキリのオスになれ……）

　鮎子が会ったこともない弥勒英二を相手にカッカしていると、着信音が鳴った。

　着信名を見ると、教授である。

「もしもし？」

「――西東（さいとう）さん」

　心なしか、疲れたような教授の声が返ってきた。

「こんにちは、教授。どうしたんですか？」

「お休みのところをすみません。いまは……外ですか？」

「いえ、キクさんのおうちにお邪魔しているところです。前から誘ってもらっていたので遊びにきちゃいました。めっちゃ美味しいお昼をごちそうになったんですよ〜」

「キクさんの家に？　そうでしたか……」

鮎子は眉をよせた。

「どうしました？　なんだか元気がないようですけど」

「いいえ、ぼくは元気です。どうもありがとう。ところで西東さんはお元気ですか？」

「なんかへたくそな英文和訳みたいですね。……元気ですよ。何かご用ですか？」

「実は……たいへん申し訳ないのですが、もしもこれから都合がつくようでしたら、短時間でもいいので、暾の世話をお願いできないかと思い、お電話したんです」

「えっ。いまから、ですか」

「すみません、今朝になって急な来客の予定が入ってしまいまして。相手は三時ごろ家に来るはずなのですが、その……」

と非常にいいにくそうに言葉をつなぐ。

「暾が昨夜から、かなり、その……元気ハツラツといいますか、イキイキしているといいますか、相当はっちゃけた感じになっていまして……どうも、来客中、暾を見ながら話をする状態になれそうにないのです。なんとかやりくりしようと思ったのですが、現実的に来客の時間も迫っているので、西東さんの助けを借りられたらと。……もちろん、すでに予定が入っているようでしたら、遠慮なく断っていただいてかまいません」

「教授……」

教授の背後から聞こえる暾の奇声を聞きながら、鮎子はため息をついた。

「わかっていらっしゃいますか？　今日はわたしの休日なんですよ？」

「ええ……せっかくの休みの日に申し訳ありません」

「そういう意味ではありません。休日にこういったイレギュラーな出勤要請をする意味をわかっているんですか、とお聞きしているんです」

「というと」

「うちの会社は当日依頼の休日出勤は日給二割増しの契約なんですよ。しかも、いまはもう午後一時すぎ！　つまり、実質、半日の労働時間で三割増しの日給がもらえるってことじゃないですか！　こんなに美味しいオファーをわたしが断ると思いますか!?」

電話の向こうの教授が一瞬、沈黙する。

「それはつまり……ＯＫということですか？」

「そうですよ！　この時間ならバスも本数あるので、三十分くらいで帰れると思います」

「ありがとうございます」

教授は、ほっとため息をついた。

「本当に助かりました。感謝します、西東さん」

「いえいえ、それでは、のちほど。会社にはわたしのほうから連絡しておきますね」

電話を切ると、鮎子は続けて上司の専務の番号にかけた。

労災その他の関係で、会社を通さない出勤やシフト変更は原則的に禁じられているため、こういった場合、必ず連絡を入れる決まりになっているのである。

許可は問題なくおりた。鮎子は電話を切り、よし、と大きく伸びをした。

（気分転換もできたし、お腹もたっぷり満たされたし。さあ、働くぞー！　雨ニモ負ケズ火事ニモ負ケナイ、丈夫な身体をもっててよかった！）

2

三十分後。

キクさんに渡されたお重を片手に、鮎子は教授宅に到着した。

玄関に出てきた教授を見ると、その顔には隠しきれない疲れがにじみ出ている。

「急な頼みで、本当にすみません、西東さん」

「いえ、いえ。どうせ早めに帰るつもりでいましたから。……暾さん、いい子にしていましたか？　手を洗ってきたら抱っこしますからね」

「あーいー」

教授に抱かれた暾は、よく似合うセーラーカラーの服を着てにこにこしている。

自室に入って上着と荷物を置き、手を洗い、うがい、消毒をすませた鮎子は、リビング・ダイニングへ入って、目をぱちくりさせた。

（ははあ、なるほど……これは確かにお客さんを迎えられないわ……）

「乱痴気(らんちき)パーティーが行われた会場の翌朝みたいになっていますね」

「ええ、西東さんが帰ってくる前にもう少しなんとかしようと試みたのですが……」

「フーム、この部屋の荒れようから推測するに……おそらく、昨日の夜の時点で、すでに教授は昼間の暾さんのお世話だけで、くたくたに疲れ果てており、部屋の片づけに着手する気力もないまま、入浴、寝かしつけの時間に突入。フラフラしながら寝室に入り、なんとか暾さんを眠りにつかせたものの、自分もそのまま二度と立ち上がれず、気絶するように一緒に寝落ちした……という感じじゃないですか」

　リビング・ダイニングじゅうにまんべんなく散乱したぬいぐるみ、おもちゃ、絵本、メリー、洋服、ちぎり捨てられたティッシュペーパー、おむつ、ウエットティッシュ、半分ほども床に落ちているテーブルクロス、その周りにべったり付着した元は食べ物らしき謎の半固形物……などを見渡しながら、鮎子はいった。

「今朝は気をとり直し、がんばってお粥(かゆ)を作ったものの、暾さんはあっさり拒否。代わりにベビーフード、バナナ、納豆などを出したところ、すべてをぐちゃぐちゃに混ぜて遊ばれたあげく、おもむろに暾さんがその調合物の中へ頭からイン。あわててシャワーを浴びさせ、着替えをさせ、ちょっと一息、と思ったところで、暾さんがテーブルクロスをひっぱり、ゲロみたいな離乳食の残骸(ざんがい)があたり一面に飛び散る惨事に。絶句する教授を前にご機嫌な暾さんはゲロの海へ再びのダイブ。教授の悲鳴。暾さんの笑い声。すべての希望が潰えた絶望の朝、そしてわたしの携帯電話が鳴らされた……という感じですかね」

「ホームズばりの名推理ですね。……隠れて見ていたのかと思うくらい、その通りです」

教授は暾を抱いたまま、ぬいぐるみの散らかるソファに力なく腰をおろした。

「――一日、フルで世話をするのは久々だったので、ヘルプなしでの育児の過酷さを忘れていました……。キクさんや西東さんの存在がいかに偉大なものだったか、あらためて思い知らされました。いつもみなさん本当にありがとうございます……」

「教授もお疲れさまでした」

鮎子はカオスな食卓まわりを片づけ、離乳食で汚れた床を拭き、ごみを捨て、おもちゃをまとめ、暾の衣類をランドリーボックスに放りこみ……とテキパキ仕事をしていった。

暾を膝に置き、疲れ切った教授はぼんやりとそれを見ている。

おそらく朝も暾の泣き声で叩き起こされ、整容の余裕もなかったのだろう。ラフにおろした前髪には寝ぐせがつき、シャツの胸元には離乳食のシミが点々とついている。

教授の完璧な紳士ぶりを崇拝しているイオリストたちがこの姿を見たらなんというだろうか……とちらりと考えたものの、あのコアなファンたちであれば、失望するどころかいつもとのギャップの激しさにいっそう悶えるにちがいない、と思い直した。

最速で掃除と片づけを終えると、鮎子はソファの上で暴れている暾を抱きあげた。

「おまたせしました。さあ、遊びましょうね、暾さん」

「あーいっ。あーいーっ！」

鮎子に抱かれてはしゃいでいる暾を見あげ、教授は何やらしょんぼりしている。

「どうしたんですか、教授？」

「いえ……ぼくももう少し育児スキルをあげなくてはいけないな、と反省しているところです。毎回、こうして西東さんに助けてもらうわけにはいかないですからね」

「うーん、まあ、でも、教授は一般のパパたちとちがって、いまの立場になるのに短い準備期間しかなかったですしね。暾さんも手のかかる時期ですから、仕方ないですよ」

「ええ……頭ではそうわかっているのですが、現実に、泣いている暾を目の前にすると、彼を泣き止ませる手立てももたない自分の無力さに打ちひしがれてしまうのです」

鮎子はうなずいた。

鮎子にも失敗だらけの新米時代はあったので、そのきもちはよくわかる。

「せめて遊び相手になろうと公園にいっても、ベビーカーを押して延々と公園を周回するだけなので、結局、自分の散歩にしかなりませんでしたし……家で遊ぼうと思っても、ティッシュペーパーを延々ちぎり続けたり、スキを見てビデオデッキにバナナをねじ込もうとする暾を相手に何をしたらいいのかわからず……久々の休日なので、暾を楽しませてあげたいと思ったのですが、何一つ思い通りにいきませんでした。ぼくの育児スキルが低すぎるせいですね。昨夜はお風呂でも暴れましたし……夜中は四度も泣いて起きましたし……はりきって作ったお粥は焦げましたし……イギリスはＥＵから離脱しますし……」

（思考が混乱している。だいぶ疲れているみたいだなー）

　育児で壁にぶつかることはままあるが、特に親たちを悲観的にさせる原因は、実際のところ、子どもの行動そのものよりも、肉体的な疲労の場合がほとんどである。
　二、三時間ごとに起こされるコマ切れ睡眠、ワンオペ育児。教授も昨夜の寝不足が原因で、ネガティブ思考にひきずられてしまっているのだろう。
「教授の理想とはほど遠いかもしれませんけど、部屋も、教授もボロボロでも、暾さんはこうして元気で、清潔な服を着て、楽しそうに笑っているじゃないですか？」

　鮎子は教授を励ました。

「それだけで、もう大正解の百点ですよ」

「西東さん」

「教授はちゃんとするべきことをなさっていますよ。ご自分の責任にむきあって、お子さんの安全と健康を守っているんですから。力不足と思われる点は、少しずつ改善していけばいいだけのことですもん。ねえ、暾さん。伊織叔父さまはがんばっていますよね？」

　鮎子は腕の中でにこにこしている暾へ目をやる。

「育児に近道（ショートカット）はありません。でも、疲れたときには誰かに運転を変わってもらったり、荷物を減らしたり、道を知っている人に、よりよいいきかたをナビゲートしてもらうことはできるでしょう？　わたしやキクさんの役目って、それなんです。だから、今日のＳＯＳもそうですけど、しんどいときには、わたしたちを頼っていただいていいんですよ」

　教授はじっと鮎子の顔をみつめていたが、

「ありがとうございます」

うなずいた。

「そういってもらえて、少し、きもちが楽になりました」

「あせらず、ゆっくりいきましょう。何もかも、すぐにうまくできっこないんですから」

「そうですね。育児に近道はない……確かにそうかもしれません。プロの言葉には、やはり説得力がありますね」

「そうでしょう。わたし、お給料をくれる雇用主が相手だと、この手のいいことといってる風の言葉はいくらでも思いつくんですよ」

「びっくりするくらい本音を隠しませんね……」

「ま、それは冗談ですけど、いまは休日だけの育児でも、お世話したぶんだけ確実に経験値はあがりますから、絶対にこの先、育児は楽になっていきますよ。プロとして、それは断言しておきます。なんといっても、育児は習うより慣れろ、ですからね」

「ええ……そうですね」

教授の微笑み（ほほえ）を見て、鮎子はにっこりした。

「さ、元気が出たようでしたら、いまのうちに少し休むなり、着替えをするなりしてくださいね。約束は三時でしたっけ。お客さまというのはお仕事関係の方ですか？」

「仕事関係であり、プライベート関係であり。半々、というところですね」

「半々？」

「西東さんも先日、文琳館で会っている人です。弥勒瞳子さんという女性なのですが」

鮎子は目をみひらいた。


約束の三時を五分過ぎ、弥勒瞳子は娘の茉莉香を連れて教授宅へやってきた。

玄関に出迎えた鮎子を見て、茉莉香がぱっ、と笑顔になる。

「あー、このあいだのおねえさんだ！」

今日の茉莉香は赤地に細かなチェック模様のクラシカルなツイードコートを着て、クマ型のリュックをしょっていた。長い髪は耳の上でくるんと羊の角のように丸めて結び、手には花のたくさんついたミトンをはめた、絵本の中の女の子のような姿である。

はしゃぐ茉莉香の隣で、母親の瞳子は目を丸くしている。

こちらは子連れのママらしく大きめのキルティングバッグを肩にかけ、一目でハイブランドとわかる、なめらかなカシミアのコートをセンスよく着こなしていた。

「あの、先日、文琳館でお会いしましたよね？　茉莉香の相手をしていただいて」

「はい。あの日は教授が暾（あさひ）さんを同僚の先生がたに紹介する予定だったので、大学にいっていて、ついでにディスカッションにも参加していたんです」

「まあ。それじゃ……。もしかして、この赤ちゃんが、亡くなった巴さんの……？」

瞳子はようやく気がついたように、鮎子の腕の中の暾をまじまじとみつめた。

「甥（おい）の暾、六カ月です。彼女は西東鮎子さん。暾のお世話をお願いしています」

鮎子の隣に立ち、教授がいった。

汚れた服から新しい上下に着替え、髪もすっかり整えている。

「中へどうぞ、瞳子さん。駅からの道は迷いませんでしたか？」

「お休みの日に、子ども連れでお邪魔してすみません、伊織さん。今日は家に義母しかいなかったので、この子、茉莉香を置いていくのはどうしてもためらってしまって」

「かまいませんよ。こんにちは、茉莉香ちゃん」

「こんにちは」

（ふーん、家に義母しか……ってことは、瞳子さん、義両親と同居しているんだ。義母っていうのは、例の周子刀自と不仲だったっていう現会長夫人だよね……長男じゃなく次男夫婦と同居って、けっこう珍しいパターンのような気がするけど……それとも、長男夫婦も一緒に住んでいるのかな？　あの義姉さんと同居……さすがに、それはないか）

鮎子の頭の中に、昼間、九朗から聞いた情報がめまぐるしく巡った。

洗面所を使ったあとのふたりをリビングに通し、紅茶とオレンジジュースを出す。

ソファの上で楽しげにお尻をはずませながら、茉莉香は興味深げに室内を見回している。

いっぽう、茉莉香のコートを脱がせ、クマのリュックをおろさせ、お行儀をたしなめたり、ジュースを勧めたり、と隣に座った母親の瞳子は忙しい。

「――よかったら、お話がすむまで、わたしが茉莉香さんをお預かりしましょうか？」

あたりさわりのない世間話を交わし、なかなか本題に入れないでいる教授たちのようすを見てとり、鮎子はいいった。

「まあ……でも、いいんですか」

瞳子が鮎子と教授を交互に見て尋ねる。

「はい。茉莉香さんも、ずっとそこに座って大人のお話を聞いているのは退屈でしょうから。茉莉香さん、わたしと別のお部屋で遊びませんか？　絵本もおもちゃもありますよ」

「うん。茉莉香ちゃんももってきたおもちゃ、おねえさんにみせてあげるね」

茉莉香は笑顔でリュックをつかみ、ぴょんとソファから飛びおりた。

「ありがとうございます、西東さん。助かります」

「いいえ、どうぞごゆっくり。まずは、茉莉香さんにおうちの中を案内してきますね」

瞰をつれてリビングを出た鮎子は、茉莉香に一つ一つの部屋を案内していった。初めて訪れる家、というのは、子どもにとって、おもちゃのつまった宝箱のようなものだ。

「——ヴィオラがいっぱいだねえ。おんがくしつにあるやつみたい」

音楽室に入り、飾り棚の中のヴィオラを見て、茉莉香はいった。

ヴァイオリンとヴィオラの違いがわかるとはたいしたものだ。鮎子がそう褒めると、茉莉香は、幼稚園ではヴァイオリンの授業があるのだと教えてくれた。

「あとはねえ、リトミックと、パソコンと、えいごと、フランスごもあるんだよ」

「すごい。お勉強がたくさんの園なんですね。茉莉香さんは五歳でしたっけ」

「うん。年中さん」

「幼稚園では何組さんなんですか？　もも組さん？　うさぎ組さん？　それとも、たんぽぽ組さんかな？」

「カッパ・アルファ・シータ組さんだよ」

「……」

「年中さんは、カッパ・アルファ・シータ組とカイ・オメガ組のふたつなの。年長さんはね、アルファ・エプシロン・パイ組と、アルファ・ガンマ・オメガ組で……」

「そ、そうなんですか。ふ、ふーん、どれも格好いい名前ですね……」

鮎子はひきつった笑いを浮かべた。α(アルファ)やπ(パイ)などギリシャ文字の組み合わせで作る「グリーク・システム」と呼ばれる社交クラブがあるのはアメリカの大学で有名だが、まさかそれを幼稚園で聞くとは思わなかった。

「えーと、ちなみにいま、カッパ・アルファ・シータ組さんでは、どんな遊びがはやっているんですか？」

「うーん、しりとりかなあ？」

「あ、そこはわりと普通なんですね」

思わずほっとする。

コンピューターに音楽教育、第二外国語の学習までとり入れているかなり先進的な幼稚園のようなので、てっきりプログラミングでもやっているのかと思った。

「茉莉香ちゃん、しりとり、とくいなんだー。クラスでまけたことないんだよ」

「へえ。じゃあ、わたしともやってみますか？」

「茉莉香ちゃんはつよいよー」

「それじゃ、勝負しましょうか。ふっふっふ、わたし、五歳さんでも手加減しませんよ」

「がんばるぞっ」

「ではいきましょう。最初はしりとりの〝り〟から始めますね」

「ハーイ」

「それでは、スタート。り、り……りんご！」

「ゴリラ！」

「ラッパ」

「パテック・フィリップ！」

「パテック・フィリップ⁉」

鮎子は思わず聞き返した。

「あれ？　おねえさん、パテック・フィリップ、しらない？　パテック・フィリップはスイスのとけいで、ヨーロッパのとけいブランドのさいこうほうで……」

「い、いえ、一応、知ってはいますけど……と、とってもお高いブランドですよね。まさか、五歳さんとのしりとりで出てくるとは思わなかった単語だったので」

時計一つが八ケタすることも珍しくない、超高級ブランドである。

「パパがすきなんだよ」

「そ、そうなんですか、お父さま、いい趣味ですね……。いいですよ、パテック・フィリップですね。じゃあ、えーと、プ、プ……プリキュア！」

「アイスクリーム！」

「虫」

「シャネル！」

「ル、ルビー」

「ビーだま！」

「マーマレード」

「ドルチェ&ガッバーナ！」

（ド、ドルチェ&ガッバーナ……）

今度は母親が好きなのだろうか。子どもらしい単語のあいまに、ちょくちょく、ブルジョア感あふれる単語が放りこまれてくる。

その後も「マノロ・ブラニク」だの「ランボルギーニ」だの「ジャスティン・ビーバー」だの、カロリーの高い単語が頻出するブルジョアしりとりはしばらく続いたが、最後は「ルイ・ヴィトン」で「ン」がつき、鮎子の勝ちとなった。

「あー、まちがえちゃったー。おねえさん、つよいねえ」

「そうですか。こちらとしては、試合に勝って勝負に負けた感がすごいんですけど……」

「ようちえんだと、茉莉香ちゃんがさいごまでのこるんだけどなー」

茉莉香はにこにこしている。

鮎子の腕の中で、暾はいつのまにか眠っていた。グズることなく入眠するのは暾には珍しいパターンだった。午前中、教授を相手に暴れまくった疲れが出たのだろう。

「茉莉香さん、幼稚園、楽しいですか？」

「うーん」

茉莉香はちょっと視線をさ迷わせ、

「So‐so（まあまあ）」

慣れた動作で、手のひらをひらひらさせた。

「茉莉香ちゃんねえ、ほんとはワンワンようちえんにいきたかったの。みずきちゃんも、ひなちゃんも、だいちくんも、みんな、ワンワンようちえんにいってるからね」

「ワンワン幼稚園？」

家の近くの幼稚園で、園庭で犬を飼っていることから、そう呼ばれているらしい。

名前をあげた子どもたちは、近所に住む仲良しで、一歳ごろからリトミックやスイミングの教室を一緒にしてきた友だちなのだそうである。

「いまのようちえんは遠いから、みんなとあんまりあそべなくなっちゃったのがヤなんだなあ。ママは、ワンワンようちえんでいいよ、っていってくれたんだけど、ばあばが、えいごもおんがくもやらないところはダメ、っていったの。パパも、じゅけんがあるから、ワンワンようちえんはよそうね、って。それで、いまのようちえんになったの」

鮎子はうなずいた。

富裕層の子どもたちにとって、いまや、幼稚園受験、小学校受験は当たり前だ。

中学、高校での受験の気苦労がなくなり、付属の大学への進学が容易になるので、早い段階でエスカレーター式の学校へ入らせたがる親は多い。

「どこにいってもおともだちはいるからだいじょうぶだよ、ってパパはいうけど、ぜんぜん、だいじょばないんだよ。だって、茉莉香ちゃんは、みずきちゃんとひなちゃんたちとあそびたいんだよ。おともだちって、だれでもよくはないんだよ！」

幼さと利発さの混じった茉莉香の強い主張に、鮎子も思わず同意してしまう。

「茉莉香さんはおばあさまと一緒に暮らしているんですね」

「うん。じいじと、ばあばと、ママと、パパと、茉莉香ちゃんの五にんだよ」

「ひとりっ子さんですし、おじいさまたちは茉莉香さんを可愛がってくださるでしょう」

「なんといってもはつまごだからねえ、じいじは茉莉香のいいなりだよ」

鮎子は噴き出した。

「えへへ。いまのは、パパのモノマネだよ。『なんといっても茉莉香ははつまごで、ひとりまごだからな』って、パパ、いっつもひとにいうんだよ」

茉莉香は無邪気にいったが、鮎子にはその言葉がちがうニュアンスを帯びて聞こえた。

初孫でひとり孫。

つまり、例の義姉と長男夫婦には子どもがいないということだ。

現会長夫妻が長男夫婦ではなく次男夫婦と同居していること、五葉グループの次期後継者がスムーズに決まらないことも、まるきり無関係ではないのかもしれない。

「お父さまはお忙しいんでしょうね。茉莉香さんの起きている時間に帰ってきますか？」

例のスキャンダルが頭から離れず、鮎子はさりげなく聞いてみた。

「パパとはあさしかあわないよ。にちようびはあそんでくれるけどね」

「お父さまはやさしいですか？」

「うん。ドライブとかつれてってくれるし。でも、ママのほうがもっとやさしい。ママって、かわいいでしょ。茉莉香ちゃん、ママのこと、だいすきなんだー」

茉莉香の笑顔に、鮎子は安堵(あんど)した。

――例の不倫疑惑に関して、夫婦のあいだでどんな話しあいがあったのかはわからないが、少なくとも、利発な茉莉香に夫婦仲の異変を気づかれてはいないようだから、修復までの過程は知らず、夫婦どちらも決別の道は選ばなかったのだろう。

自室のベビー・ベッドに暾を寝かせたあと、音楽室に戻った鮎子は、ピアノを弾いて茉莉香と一緒に童謡やアニメソングなどを歌った。ふざけた替え歌をつくり、ふたりで大笑いをしていると、部屋のドアがノックされ、教授と瞳子が並んで顔を出した。

「西東さん、ご苦労さまです。ちょっといいですか？」

「はい。もうお話はすみました？」

「ええ、だいたいは」

教授は隣に立つ瞳子へ視線をむけたあと、

「実はその件で、西東さんに一つ相談があるのですが……」

3
「代理人の代理人――ですか」

いわれた言葉を鮎子はおうむ返しにした。

教授がうなずく。

「西東さんにはぼくの代理人になって、ある仕事をしてもらえないかと思いまして」

「はあ。仕事って、なんのですか」

「思い出探しです」

急にエモーショナルな方向へ話がとんだので、鮎子は首をかしげた。

(思い出探しの仕事の代理人の代理人?)

明るいリビング。

鮎子と入れ替わりに瞳子が音楽室へ残り、部屋には鮎子と教授のふたりだけである。

「わかりにくい説明ですみません。最初から説明すべきでしたね。とはいえ、一から話すとなると相当長い話になるのですが。そもそも、弥勒瞳子さんというのは、ぼくの父方の親類で、いとこにあたる人でして……」

「あ、そのあたりのことは承知していますので、省略していただいても大丈夫です」

九朗に電話をし、瞳子について教えてもらったことを伝えると、教授はうなずいた。

「そうでしたか。そこまで把握してもらっているなら、話は早い。――先日と今日、瞳子さんがぼくを訪ねてきたのは、ある頼みごとのためだったのです」

「頼みごと?」

「ええ。……九朗の推察通り、弥勒家では、現在、五葉グループの後継者問題について揉(も)めているそうなのです。次のトップには長男の一氏か、次男の英二氏か、という二択ですね。その決定権は、祖母の周子刀自が握っているそうでして。瞳子さんによると、その周子刀自が暮らしている鎌倉の別宅で、先日、弥勒家の家族会議が行われたそうです」

それが、あのパネルディスカッションの日だったという。

最高責任者の弥勒常春氏が年内の引退を決め、いよいよ正式に後継者を選ぶことになったので、その結論を出すために開かれた会議だった。

家族が一堂に会したその場で、長男の一も、次男の英二も、自分こそが後継者にふさわしいと譲らず、朝から始まった激しい話しあいは昼になっても結論を見なかったという。

その場の空気が殺伐(さつばつ)としてきたころ、それまで黙っていた周子刀自が、口を開いた。

『長男の一も、次男の英二も、どちらもわたしには大事な孫であるし、能力的にもどちらかがもうひとりに大きく劣ることもないように思う。どちらを選ぶにしても、のちのちの禍根(かこん)とならないやりかたで決めるのが望ましい。なので、後継者の決定に関しては、個々の能力やこれまでの実績を見るのではなく、わたし個人のワガママを通させてもらいたい。ワガママとは、生い先短いわたしの心残りを解消するため、青春時代の思い出と忘れ物を探してきてほしいということ。一か英二、どちらでも、その願いを叶えてくれたほうを、五葉グループの後継者に指名する』――

「青春時代の思い出と忘れ物？　なんなんですか、それ？」

「いまの時点ではまだわかっていません。ただ、周子刀自によると、それは文琳館にあるそうなのです。というのも、周子刀自は、文琳館のＯＧなので」

「え、そうなんですか」

鮎子は驚いた。

「あれ、瞳子さんも、お義姉さんの市子さんも、文琳館のＯＧですよね。弥勒家の中で文琳館卒の女性の比率、なにげにすごくありません？　単なる偶然？」

「偶然、ではないかもしれませんね。瞳子さんによると、一氏と英二氏の幼少期、祖母の周子刀自は彼らと同居しており、不在がちな母親に代わって、兄弟の世話を細やかにしてくれたそうです。やさしく、教養深く、おおらかな祖母を弥勒の兄弟はとても慕っているとか……彼らの人格形成の過程において、周子刀自の影響は大きかったでしょう」

周子刀自は大学時代に前会長の夫と婚約し、卒業と同時に結婚をした。

一年後には常春氏を出産して主婦生活に入ったため、文琳館で過ごした四年間を、

「自由で、愉快で、輝いていた、わたしの青春時代のすべて」

とくり返し孫のふたりに語ってきかせたそうだ。

長く交友の続いた知人も文琳館時代の学友が多かったそうで、周子刀自を訪ねてくるのは、音楽家、画家、作家、女優など、きらきらしい、文化的に洗練された女性たちばかりだった。そうした祖母の交友関係を間近に見てきた弥勒兄弟の胸には、

「結婚するなら、文琳館出身の女性」

という理想が知らぬうちにすりこまれていたのかもしれない、と教授はいう。

「そして、そうした友人のひとりが、文琳館の前学長だったのです」

教授はいった。

「前学長は五年前に亡くなっていますが、周子刀自とは文琳館の同窓生で、親友と呼べる間柄だったそうです。ふたりは、大学時代に生まれた友情を前学長が亡くなるまでの六十余年のあいだ、はぐくみ続けたようですね。在学中、ふたりは学生寮設立の要望を大学に訴えてこれを実現させたり、保守的な大学のありかたに改革を求める自治会のメンバーになったり、女性解放運動に参加したりと、非常にアクティブに活動していたようです」

へえ、と鮎子は感心した。

宮家のお姫さまと創立者一族のお嬢さん、というと、いかにも優雅に安穏と学生時代を送っていそうだが、実際はかなりパワフルな女子学生たちだったようだ。

「周子刀自が、文琳館にとても思い入れがあるのはわかりましたけど、思い出探しっていうのはなんなんですか？　同窓生の寄せ書きでも集めればいいんですかね？」

「周子刀自は、親友だった前学長に預ける形で、三つのあるものを文琳館に置いてきたというのです。それを見つけ、一つでも多くもってきてくれたほうを後継者に指名したいと宣言した。瞳子さんの依頼は、その品物探しに力を貸してほしいというものです」

「三つのあるものって……」

「これが、そのヒントだそうです」

教授は一枚の紙を鮎子の前に置いた。

古帯や昭和の恋の花がたみ
寒梅の妬心拭へる清さかな
蓮の燈に天衣無縫の掌の光る

鮎子は三つの句をしばらく無言でみつめた。

「どう思いますか?」

「五・七・五ですね」

と、それ以上でもそれ以下でもない答えを返す。

「季語らしきものがあるから、俳句だろう、くらいのことしかわかりませんが……」

「その点については、まあ、ぼくも似たようなものです。日本の古典詩句に関してはまるきり門外漢なので。これらの句の解釈はいったん置いておくとして——周子刀自が詠んだこの三つの句をヒントに、文琳館のどこかにある大学時代の思い出の品とやらを見つけてきたほうに、五葉グループの次期トップの座が与えられる、という話なのです。そして、その仕事は周子刀自の命で、忙しい夫たちに代わり、文琳館のOGである妻の瞳子さんと市子さんが担うことになったそうです。そこで、瞳子さんは鎌倉での家族会議が終わったあの日、文琳館に駆けつけ、親類であるぼくに協力を頼んできたというわけだったのですが……西東さん、どうしましたか。鬼瓦（おにがわら）みたいな顔になっていますね」

「なんだか、気に入らないお話ですね」

鮎子は憤然と両腕を組んだ。

「ヒントを与えて、ゴール地点に後継者の王冠を置いて、ふたりを並べて、ハイ、スタート？　そんな、人間をゲームのコマみたいに扱うのって、ちょっと、ひどくないですか。こんなロコツに兄弟を争わせるようなことをしたら、絶対、確執が残りますよね」

「そうですね」

「しかもそのゲームを妻たちにさせるって。なんで男の権力争いの代理戦争を女性がやらなくちゃいけないんです!?　結果はどうでも、今後、瞳子さんと市子さんの仲は最悪になるじゃないですか。失敗したら自分のせいで夫を跡継ぎにできなかった、って自責の念も湧くでしょうし、夫からそのことを責められるかもしれない。周子刀自という人は、実の兄弟だけでなく、義理の姉妹や夫婦の仲までおかしくさせたいんですかね」

その人が弥勒家でどれだけ重んじられているのかは知らないが、とても孫思いの祖母がやることとは思えない。それとも、上流階級の人々には独自の理論があるのだろうか。

「西東さんの疑問はもっともだと思います」

　教授はいった。

「ぼくも、五葉グループほどの大企業が、トップの人事をこのような稚気に走ったやりかたで決めるのはどうかと思いましたし、それとは別に、他家の揉めごとに介入するのは避けたかったので、当初は瞳子さんからの申し出を断ったのです。しかし、学長からの仲裁があり、辞退の意志をいったんは保留せざるをえなくなりまして」

「学長の……あ、そういえば、パネルディスカッションのあと、教授は学長に呼ばれて何やら話しあいをしていましたね」

「ええ。あの日、多聞学長へ、周子刀自から、電話があったそうなのです」

　家族会議の散会後、ふたりの嫁がすぐに行動を起こすだろうと見越しての、周子刀自からの連絡だったらしい。

　五年前に前学長が亡くなったのちも、周子刀自は、折々、親友の墓前を訪ねるなどして、多聞家との親しいつきあいを続けていた。ことに、生まれたときから知っている現学長の多聞教授に関しては、周子刀自はこれまでも身内同様に可愛がってきたという。

「そういうわけで、亡くなった伯母とその親友の友情を引き継ぎ、義理をはたす形で、学長は周子刀自の依頼を受けたのです。……というのは、表向きのことで、ま、率直にいいますと、この話にはお金が絡んでくるのですね。今回の件に大学が協力してくれた場合、寄付という形で、弥勒家から謝礼を出したいという申し出があったそうでして」

「へえー。寄付っていいますと、どのくらいの」

「五億円です」

「ごっ⁉」

鮎子は言葉をうしなった。

漠然とでも予想していた金額と二ケタはちがう。

「なんですか、五億って⁉　マフィアのボスの懸賞金並みじゃないですか！」

「さしあたっての寄付が五億。そのうち三億は五葉グループが、残りの二億は弥勒家が私財から出すという話でした。大学にとってはかなり高額な寄付ですが、五億で五葉グループのトップの座が買えるなら、後継者としては、まあ、安い買い物ではあるのでしょう」

教授は淡々（たんたん）としている。

「そういうわけで、大学としてはぜひとも寄付金を獲得したく、何をおいても弥勒家に協力するべし、という学長からのお達しとなったわけです」

――とはいえ、瞳子と市子が所かまわずキャンパス内でお宝探しをすれば目立つし、そこから、五葉グループの揉めごとが外部に漏れるのもよろしくない。

加えて、大学には研究室をはじめ、部外者には入れない場所が多くある。

そこで、学長の提案により、瞳子と市子がそれぞれひとりずつ、大学関係者を代理人に選び、そのふたりが彼女たちに代わってお宝探しをすることになったのだそうだ。

「で、瞳子さんは教授を代理人に指名した――というところまではわかりますけど、わたしが教授のさらなる代理人になるっていうのはどういうことですか？」

「学生寮その他、大学内には男性の入室を禁止した場所がいくつかあるのです」

「あ、なるほど。女子大ですもんね」

　男子禁制の場所にお宝があるとわかっても、教授には手も足も出ないことになる。

　加えて、他大学の出身者である教授は、文琳館出身の女性教員たちと比べると、大学構内の情報に疎いところがある。さらにいえば俳句への造詣も深くない。

　そうした不利な条件を抱える自分より、他の女性教員に協力を乞うたほうがいいのではないか、と教授は瞳子に再考を促したのだが、彼女のきもちは変わらなかった。どうしても伊織に代理人を引き受けてほしい、男性の入室が難しい場所には「代理人の代理人」をアシスタントとして立ててもいい、という許可を学長から得てきたので、重ねてお願いしたい、と、こうして休日の今日、教授の自宅を訪ねてきたのだった。

「で、断り切れず、とうとう引き受けることになった、と。……でも、お手伝いするのがわたしでいいんですか？　アシスタント役なら、教授の研究室に学生がいるのでは」

「必要以上の騒ぎと、構内での噂の流布を避けるため、アシスタント役には、できるだけ本学学生以外の人間を用いるのが好ましい、と学長から条件を出されたのです。もちろん、この話を受けるのも断るのも、西東さんの自由ではあります」

「そうですねえ……わたしが役に立つとも思えませんけど。文琳館についても、俳句についても、まるで知識がないんですもん」

鮎子は肩をすくめた。

「それにもし引き受けた場合、そのあいだ、暾さんのお世話はどうするんです？」

「臨時にキクさんにお願いするか、ぼくが交代で面倒を見るか、でしょうか。せいぜいが一日か二日、そう長くかかる仕事ではないと思うので」

「うーん、正直いって気が進まないんですよねえ、さっきもいったように人間をコマみたいに扱う弥勒家のやりかたに賛成できないんですよ。奴隷同士を闘わせて、高みの見物でながめてよろこぶローマ貴族か、っていうね。なにせ、こちらは先祖代々、根っからの労働者階級ですからね、プロレタリアートとしての反発心が……」

「ああ、いい忘れていましたが、引き受けていただいた場合はその謝礼として十万円、見つけた場合にはそれプラス成功報酬二十万円を瞳子さんが支払うそうです」

「よく考えると、この試練を通して、洞察力、交渉力、人脈、教養、リーダーシップまでもが試されることになるわけで、後継者としての資質を総合的に見るにはいいアイデアかもしれませんね。亀の甲より年の劫。さすがは弥勒家の生き神様、周子刀自」

鮎子は回転レシーブの勢いで前言を翻した。

「プロレタリアートの反発心はいいんですか？」

「まあ、清濁併せ呑む、といいますか、理想と現実を折り合わせるのも必要かなと。断ると教授に迷惑もかかりますしね。決してお金に転んだわけではないんですよ」

教授は苦笑した。

「なんにせよ、引き受けてもらえて何よりです。三つのお宝探しは学長の判断で、両者抜け駆けのないよう、明日の月曜日から開始することになっています。——ちなみに、弥勒市子さんが選んだ代理人は、薬師丸さくら先生ですので」

「えっ。さくら先生がライバルなんですか」

「ええ。今回の件が成功した場合、寄付金の五分の二、つまり二億円は、代理人をつとめた教員の学部に、そのうちの半分の一億円は教員個人の研究室に分配される予定になっているので、話を聞きつけた薬師丸先生が、我こそはと名乗りをあげたそうです」

弁の立つ薬師丸教授のプレゼンに弥勒市子も納得し、すぐに代理人の契約を結んだという。確かに建築科の教授とハウスメーカーの幹部ならば、いってみれば同じ業界の人間同士、話も通じやすそうではあった。

「あっ、それに、夫の尊(たける)先生は、たしか松尾芭蕉(まつおばしょう)を愛好しているっていっていましたよ。もしかして、尊先生って近世文学の専門家、つまり俳句に詳しいんじゃないんですか？だとしたら、その点でも、むこうのほうがめちゃくちゃ有利じゃないですか！」

「そうですね」

「そうですね、って、もう、のんびりしていますね、教授は。代理人を引き受けたからには勝たなくちゃいけないんですから、もっとやる気を見せてくださいよ、やる気を。教授の肩には二億の賞金と文学部の期待がかかっているんですよっ」

「成功報酬」の一言で、がぜん、奮起する鮎子であった。

「賞金ではなく、寄付なのですがね。――ともかく、話はまとまったようなので、瞳子さんにその旨（むね）を伝えてきましょう」

鮎子と教授は音楽室へ戻った。

（――あら……）

ドアを開けた鮎子は思わず、微笑んだ。

瞳子の膝に顔を埋め、猫のイングリッシュを抱き、茉莉香が可愛い寝顔を見せている。

すみません、と声をひそめて、瞳子がいった。

「ふだん、あまりお昼寝はしない子なんですけれど、今日は義母が、お友だちの華道家の展覧会へ茉莉香を連れていくというので、朝早くから一緒に出かけていたものですから。一日じゅう、大人の外出につきあわされて、さすがに疲れてしまったみたいで」

「今日はここまで、電車とタクシーできたんでしたよね、瞳子さん」

と教授。

「はい」

「それなら、帰りの電車で眠くなってグズられるより、ここでお昼寝をしてスッキリ目覚めたほうが、帰宅も楽でしょう。瞳子さんも朝からの外出で疲れているのではありませんか。遅くなるようなら、ぼくが車で送りますから、ゆっくりしていってください」

瞳子はまじまじと教授をみつめていたが、やがて、その顔に笑みがあふれた。

「ありがとうございます、伊織さん」

「そのままだとお母さまも動けないでしょうし、ベッドへ運びましょうか。暾さんも寝ている部屋で、ベビーモニターを入れてあるので、目を覚ましたらすぐにわかりますし」

起こさないよう、教授が慎重な手つきで茉莉香を抱えあげ、部屋を移動する。

カーテンをひいた鮎子の部屋のベッドへ茉莉香を寝かせ、お腹のあたりまで上掛けをかけた。隣のベビー・ベッドで暾もすやすや眠っている。

あどけない子どもたちの寝顔をながめ、鮎子は目を細めた。

「可愛いですねえ」

「本当に」と瞳子はうなずいた。

ヌードベージュのネイルをほどこした指先が、茉莉香のふっくらした頰をなぜる。

「生まれてから五年、毎日、毎晩、見ている寝顔なのに、ちっとも見飽きないことに自分でも驚くわ。朝、ベッドから起き出して、くしゃくしゃの髪のまま、目をこすりながら走り寄ってくる茉莉香を見るたび、生まれて初めてこの子を胸に抱いたあの日と同じように、わたし、毎回、新鮮な感動と愛しさを覚えるんです」

ささやくようにいった。

「茉莉香さんは、明るくて、賢くて、楽しくて、本当に可愛らしいお子さんですものね」

「そして、口が達者で、おしゃまでしょう?」

瞳子は、くすっと笑った。

「好奇心旺盛で、なんにでも興味をもって……これは何？　それはなんで？　どういう意味？　どうして？　の嵐。あらゆるものをインプットして、それをまたアウトプットして、一日じゅう、おしゃべりのし通しで。一日の終わりには、気力も体力も消耗しきって、わたし、毎晩、倒れこむようにベッドに入っているんです」

「わかります」

と瞳子の言葉に深くうなずいたのは、鮎子ではなく、教授であった。

「子どもは、出し惜しみせず、もっているエネルギーを丸ごとぶつけてきますからね」

「ええ。癇癪も起こすし、ワガママもいうし、不機嫌で、泣いてばかりで、どうにも手のつけられない日もあるし。それに振り回されて、クタクタ、ボロボロになって。それでも、一晩眠って、朝の光の中で、この子の顔を見るときには、ふしぎですね、前の日の、あれほどすさんで、ささくれだった感情は、もう、どこにもないんですもの。しんとして、凪いだ心の中に、こんこんと湧きあがってくる新たな愛情があるだけ。まるで、カーテンをあけたら、踏み荒らされていた庭一面が、真っ白な雪に覆われていたみたい」

瞳子は茉莉香の乱れた前髪を愛おしげに梳いた。

「子どもへのネガティブな感情は、一晩休めば、リセットされて、尾を引かない。なぜかしら。夫とのいさかいは、何日も、時に、何カ月も、心のどこかに根を張って、わたしをたびたびつまずかせるのに」

鮎子は思わず瞳子の整った横顔をみつめた。

きれいにカールした睫毛、彫りつけたような二重の目、ふっくらと形のいい唇。

美しい女性だと、あらためて思った。華奢な身体を包むエレガントなスーツも、首元を飾る上質な宝石も、上品な女性らしいありようも、大企業の創業者一族の嫁として、完璧だった。自分に求められている役割を深く理解できるだけの聡明さがなければ、とうていこなせない立ち居ふるまいである。ぱっと見の華やかさ、気さくな魅力に目をくらまされるが、弥勒瞳子は、実際はとても抑制的で、理性的な女性なのかもしれない。

彼女のごく薄い化粧——ハイブランドファッションに身を固めた三十代の薄化粧！　その冒険を許せるだけの美しい肌を維持するために、どれだけの金と手間暇がかけられていることか——の下には、時に荒々しく波立つ感情が巧みに隠されているのだろうか。

「しばらく一息つけそうですね。子どもたちが起きるまで、お茶でも飲みましょうか」

教授の言葉で、三人はリビングへ移った。

「あの、西東さん、一つ、聞いても、いいですか」

リビングのソファに三人で腰かけ、教授の淹れたダージリン——島津教授は紅茶を淹れるのが上手い——を一口すすったあと、瞳子がいった。

「はい、なんでしょう」

「西東さんは、茉莉香さん、暾さん、と子どもをさん付けで呼んでいるでしょう。あれは派遣会社の方針なんですか？」

瞳子は細い首をかしげた。

「幼稚園の先生でも、たいてい、ちゃん付け、くん付けなので、珍しいなと思って」

「そういえば、初めて会ったときから、暾に対してもそうでしたね」

と教授が隣に座る鮎子を見る。

「会社の方針ではないですね。自分の判断によるものです。もちろん、ちゃん付け、くん付けでも仕事の上で支障はないんですけれど、なんというか……さん付けで呼ぶことで、自分の中でストッパーの働きをしてくれる部分があるんですよね」

「ストッパー？」

「お子さんと自分が対等な立場であることを忘れないための……大人としての強権をふりかざさないためのストッパー、ですね。わたしはただのベビーシッターですけど、お子さんの視点から見れば、生活のすべて——それこそ、食事、排泄、睡眠、という生命維持にかかわるすべてを握られていて、実の親以上に絶対的な権力者にもなりうるわけでしょう。実際、あってはならないことですが、シッターや保育士による虐待などの事件も少なからず起こっていますし……保護は支配にすり替わりやすいんですよね」

鮎子は紅茶を飲んだ。

「子どもは保護するべき対象であり、成人と同じだけの全面的な自律性は有さないものの、成人と同じく権利行使をもつ主体として、その成熟度に応じて意志を表明する権利を有するものとして扱わなければならない。——これは、国連が制定した〝子どもの権利条約〟

で述べられている規定の概略で、教育原理を学ぶ人間は必ず覚えるものなんですが、どうしても薄れがちになってしまう理念でもあるんですね。なので、敬称のさん付けで呼ぶことで、その理念を心に留めるよう意識しているんです。たとえ、言葉を話せないゼロ歳児であっても、その意志と主体性をできる限り尊重しなくてはいけない、と」

瞳子はうなずいた。

「あなたはとても聡明で、優秀なシッターさんなのね。伊織さんが信頼するのも納得できるわ。茉莉香も、相手をしてもらって、とても楽しかったといっていました。『猫のおねえさんが茉莉香ちゃんの幼稚園の先生だったらいいのになあ』って」

「猫のおねえさん？」

「西東さん、猫みたいに大きな目をしていらっしゃるでしょ。茉莉香は猫が大好きなの」

「なるほど。——茉莉香さんの幼稚園はかなり先進的な所みたいですね」

「そう、人気のある園よ。スノッブな親たちがよろこんで飛びつくタイプのね。……茉莉香は柔軟性があるし、社交的な性格だから、いまの幼稚園にも馴染めたけれど、仲良しのお友だちとひき離してしまって、可哀想なことをしてしまった、と後悔があります。結局、わたしのせいね。母親のわたしが、義母と夫の主張に抗い切れなかったから」

瞳子は小さく息を吐いた。

「あの、瞳子さん、わたしも一つ、お聞きしてもいいですか」

「ええ、どうぞ」

「これはまったくの個人的興味なんですけど……文琳館で初めてお会いしたとき、教授を『初恋の人』とおっしゃっていましたよね。あれって、本当のことなんですか？」

瞳子と教授が顔を見あわせる。

一瞬の間の後、ふたりは同時に笑い出した。

その場の雰囲気が、それまでよりも、一気にくだけたものになる。

困惑する鮎子に、「その話はね」と瞳子が笑いながらいった。

「半分は事実で、半分は事実ではないの」

「？　どういうことですか？」

「瞳子さんの初恋の相手というのは」

と教授がひきとる。

「ぼくではなく、姉の巴だったんですよ」

「えっ」

鮎子は驚いた。

（教授のお姉さんが、初恋の相手？）

「でも、伊織さんに憧れていたのも、本当ですよ」

くすくす笑いながら、瞳子がいう。

「伊織さんのお嫁さんになりたい、って、十代のころは本気で思っていたんですもの」

「それは、ぼくと結婚すれば姉と義姉妹になれると考えたからでしょう？」

「そう。それに、伊織さんはお顔も巴さんによく似ているから、巴さんと結婚しているみたいに思えるんじゃないか、なんて。ふふ、わたし、本当に子どもだったんですね」

戸惑う鮎子の顔を見て、瞳子はいった。

「わたしが巴さんを知ったのは、まだ幼稚園のころ……伯母に誘われて、母と一緒に、巴さんの高校の学園祭へ遊びにいったときのことなんです。伯母というのは、伊織さんのお母さまのことね。伊織さんのお母さまとわたしの母は、十以上年が離れていたけれど、仲が良かったの。母が結婚して家を出るまで、島津の本家で同居していたから」

「瞳子さんのご実家の扇町家は、たしか、教授のご実家の隣県にあるとか」

鮎子は九朗から聞いた話を思い出していった。

「ええ、そう。島津家や弥勒家ほどではないけれど、古い家よ。地元は昔から陶工が盛んな土地で、古くからの窯元(かまもと)がいくつもあって、扇町の家も、明治のころから衛生陶器(えいせいとうき)の製造に携わってきたの。いまも父と兄がその関連会社を経営しているんだけれど」

「衛生陶器……っていうのは、医療関係で使う道具とかですか?」

「いいえ。どの家庭にもある水回りの器具のことよ。正確には陶磁器、オールドセラミックと呼ばれるもので、たとえば、洗面台とか、浴槽とかね」

瞳子はにっこりした。

「あとは、トイレの便器とか」

あっ、と鮎子が声をあげたのは、思い出されたものがあったからである。

「もしかして、アレですか？　青い扇のマークがついている、トイレの……」

「そう、それよ。夫とも、もともとは、親の事業の関係で知り合ったの。ハウスメーカー事業に、トイレタリー商品は深く関わってくるでしょう」

　鮎子はうなずいた。高品質な日本製の温水洗浄器付き便座などは、アジア諸国の経済発展に比例して、需要を伸ばしていると聞いたことがある。

　その波に乗り、扇町家の事業も年々拡大していったため、瞳子の母も、それまでのお嬢さん暮らしから一転、夫を助け、家事と子育てに追われる多忙な日々を過ごした。

　それでも、正月、盆休み、法事などの折々、母親は子どもたちをつれて島津の実家へ帰っていたが、瞳子が本家のいとこたちと直接遊ぶ機会はほとんどなかったという。

　島津本家の三人の子どもたち――長男の静、長女の巴、次男の伊織――は、それぞれ勉強や稽古事や友人とのつきあいに忙しくしていたし、当時、瞳子はまだ小さく、一番下の伊織とも、七つは歳が離れていたため、遊び相手にもなれなかったからである。

「そういうわけだから『演劇部に入った巴さんが学園祭の舞台に立つことになったから、伯母さまと一緒に見にいきましょう』と母にいわれたとき、わたしは巴さんの顔もよく覚えていなかったのよ。本家の高校生のお姉さん、というぼんやりした認識しかなくて……だから、舞台の上の、ずば抜けて背が高くて格好いい王子さまを母が指して、『わかる？あれが巴さんよ。宝塚みたいね』といったとき、本当にびっくりしたわ」

　巴は〝ロミオとジュリエット〟のロミオを演じていたという。

終幕後、伯母と母に連れられて楽屋にいくと、そこにはサインを求める女子生徒が列をなしており、その先には、先ほど毒を仰いで死んだロミオ——巴がいた。

真っ白なシャツに細身の黒いパンツ姿。さわやかなショートカットに長めの前髪。まだ劇の興奮が残る薔薇色の頰をして、手にした舞台用の短剣をクルクル回して見せた、やんちゃで凜々しい美少年姿の巴に、幼い瞳子はすっかり心を奪われてしまったという。

「巴さんはわたしたちに気づくと、ファンの女の子たちをかきわけて、にっこり笑ってくれたわ。『今日はわざわざありがとうございます』と母に頭をさげ、『こんにちは、瞳子ちゃん。学園祭は初めて？　よかったらわたしが案内しようか』といって、さっと舞台衣装のマントを羽織ると、わたしの手をとって、教室や出店を案内してくれたの」

そのときのことを思い出してか、瞳子は目を潤ませている。

「人気者のロミオでしょう、いく先々でファンの女の子たちにとり囲まれるのだけど、巴さんは『ごめん、後でもいい？　今はこのお姫さまをエスコートしているから』とわたしを優先してくれて……ポップコーンとか、アイスクリームとか、ビーズ細工のアクセサリーだとか、小さな女の子がよろこぶものをたくさん買ってくれたの。座る場所がなくて困っていたら、巴さんは外したマントを芝生に広げて、わたしを座らせてくれた。自分はそばに立ってね。西日を遮って、ずっとわたしのために日よけになってくれたのよ」

瞳子はほっ、と熱い息を吐いた。

「子どものわたしを、本物のお姫さまみたいに扱ってくれて、うれしかったわ……」

「姉は昔から、女の子にすばらしく人気があったのです」

　教授がしみじみといった。

「バレンタインデーになると、家の正門前には、毎年、芥川の手で、姉専用のプレゼント受け取りボックスが設置されたほどでしたからね」

「でも、それからしばらくして、巴さんはイギリスへ発ってしまって。島津の伯父さまと衝突して、勘当同然の扱いになってしまったと母から聞かされて、すごくかなしかったわ。……その数カ月後だったかしら、母に連れられて島津の家へいって、伊織さんと会ったのは。伊織さんは学校の夏服姿で、白の開襟シャツに、黒のパンツで、くっきり整った目鼻立ちが、あの日のロミオとそっくりで……」

　瞳子は伊織を見て、おかしそうに手で口元を覆った。

「子どもだったとはいえ、ゲンキンなものね。それで、あっさり、恋心を巴さんから伊織さんへとスライドさせてしまったんだから。ふふ……初恋、なんていったけれど、本当は、わたし、恋に恋していただけだったんでしょうね」

「初恋の人」宣言のいきさつを理解し、鮎子はうなずいた。

「瞳子さんは、高校時代を島津本家で過ごしたと聞きましたけれど……」

「そう、あの日、学園祭で訪れた高校の自由な雰囲気が印象に残って、同じ学校にいきたいと思うようになったの。親には反対されたけれど、いってよかったわ。演劇部や弁論大会で活躍した巴さんの在りし日の姿をビデオで観たりもできたしね……」

瞳子は懐かしそうに目を細める。

「そういえば、うちには姉の肖像画があるんですよ、瞳子さん。ロミオではなくマクベス夫人に扮した姿ですが」

イギリスの友人の画家が描いたという、子ども部屋にかけてある絵のことだった。ぜひ見たい、という瞳子を教授が部屋へ案内する。鮎子もふたりについていった。

肖像画の前に立った瞳子は、錯乱するマクベス夫人を演じる女の中に、若き日の巴の姿を探り出そうとしているのか、熱心に絵をみつめている。

鮎子もあらためて絵をながめた。瞳子が巴から伊織へと初恋をスライドさせた、という言葉を意識して見てみると、なるほど、絵の中の女性には、確かに隣に立つ教授に似通う面影があった。考古学者であった巴がなぜシェイクスピア劇の絵のモデルになったのか、鮎子は以前から疑問に思っていたのだが、高校時代、演劇部に属していたという、若いころの経験を買われてのことだったのかもしれない。

「——Good girls go to heaven, bad girls go everywhere」

ふいに、瞳子がつぶやいた。

とっさのことで耳がついていかない。聞き逃した鮎子が瞳子を見ると、

「メイ・ウエストの言葉ですね」

教授がいった。

「メイ・ウエスト?」

「一九三十年代のハリウッドで活躍したアメリカ人女優です。豊かな金髪に、ルージュを塗った真っ赤な唇、グラマラスな肢体。マリリン・モンローの先駆的な存在ですね。サルバドール・ダリが彼女をモチーフにした絵や家具を創作したことでも有名です」

専門が専門だけに、教授は演劇史や舞台芸術について通じている。

「いまのは、演劇部の壁に書かれていた言葉なんです。卒業前に巴さんが残していった落書きだったんですって。……そう、巴さんを追いかけて、わたしも高校時代は演劇部に入っていたのよ。巴さんとちがって、わき役ばかりだったけれど」

鮎子を見て、瞳子は微笑んだ。

「壁には卒業生が書いた落書きがいろいろあって。嵐が丘のセリフとか、チャップリンの言葉とか。いまのも、巴さんがふと手すさびに書いたものだったのかもしれないけれど、でも、とても巴さんらしい言葉だなあ、って思って、印象に残っているんです」

Good girls go to heaven, bad girls go everywhere.

〝良い子は天国へいける、悪い子はどこへだっていける〟

瞳子がくり返した言葉の「girls」の響きに鮎子は耳をとめた。

女である、というだけで父親に軽んじられ、希望や選択をことごとく否定されてきたという巴。親を捨て、家を捨て、国を捨て、結婚制度という慣習にとらわれず、異国でひとり暾を産んだその人の反逆心と自立心とに、確かにその言葉はよく似合う気がした。

「高校時代の話なんて、ずいぶん懐かしい。あのころから、なんて遠くにきたんでしょうね。巴さんはもうこの世になく、イギリスにいた伊織さんは、今は日本で巴さんの忘れ形見を育てている。わたしは故郷を離れたこの東京で、一児の母になっていて……」

そして、と、瞳子は言葉を止めた。

その顔が、母となり、愛する娘を得たよろこびや感慨に浸っている表情とは、鮎子の目には映らなかった。

やるせない思いに耐え、苦いものを噛みしめているかのように見える。

「西東さん」

とやがて、瞳子はいった。

「思い出探しの件、どうぞ、よろしくお願いします。義姉は有能な人なので、明日からの捜索にむけて、すでにいろいろ動いていると思います。薬師丸教授という先生も優秀な方らしいので、苦戦するかもしれませんが、なんとか先に、三つの品を探し当ててほしいんです。夫の将来はその結果いかんで変わってくるでしょう。五葉グループにおける彼の今後の立場がどうなるか、わたしの手に託されているともいえるんです。だから」

瞳子は鮎子をまっすぐみつめていった。

「この勝負、わたし、絶対に負けたくないんです」

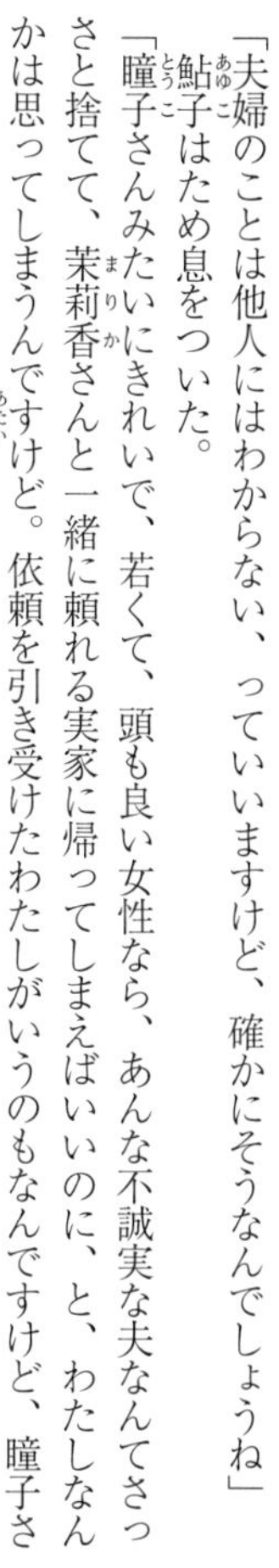

第五章　乳母猫より愛をこめて

1

「夫婦のことは他人にはわからない、っていいますけど、確かにそうなんでしょうね」

鮎子はため息をついた。

「瞳子さんみたいにきれいで、若くて、頭も良い女性なら、あんな不誠実な夫なんてさっさと捨てて、茉莉香さんと一緒に頼れる実家に帰ってしまえばいいのに、と、わたしなんかは思ってしまうんですけど。依頼を引き受けたわたしがいうのもなんですけど、瞳子さんの夫が彼女の献身に値するだけの人間だとは、ちっとも思えないですよ」

「弥勒英二氏のことですか」

ハンドルを操りながら、教授がいった。

「そうですよ。昨日は瞳子さんに遠慮していいませんでしたし、世情に疎くてらっしゃる教授はご存じないでしょうけど、瞳子さんの夫って、とんだチャラ夫なんですからっ」

「いえ、知っていますよ。英二氏の結婚後の行状のことでしたらね」

おっ、と鮎子がルームミラーに映る教授を見ると、

「――失礼」

教授は口元を押さえて小さなあくびを殺し、目尻の涙を拭うところだった。

いつも通り、ビスポークの英国製スーツに長身を包み、きれいに髪を整えている教授だが、その顔色はいまひとつ冴えず、目の下には蒼い隈が薄く浮かんでいる。今日の仕事のために、昨夜は深夜過ぎまで準備や根回しに忙しくしていたためだった。

おかげで今朝はたいへんだった。ただでさえ寝起きの悪い教授を、鮎子とキクさんのふたりで、力ずくでベッドからもぎ離さねばならなかったのだから。

月曜日。午前七時半。

空は抜けるような秋晴れである。

鮎子は文琳館へむかうべく、教授の運転するジャガーの後部座席に乗っていた。

隣ではチャイルドシートにおさまった暾が、おもちゃをかじるのにいそしんでいる。

「英二氏の女性関係は、業界ではかなり有名なんです」

グローブボックスからとり出したサングラスをかけ、教授がいう。

車内には、教授用のタンブラーからあがるマンデリンのよい香りが漂っていた。

「有名って。既婚者のくせに、そんなに遊び倒しているんですか？」

「いえ、演劇界にせよ、芸能界にせよ、女遊びの派手な人間は他にもいくらでもいますからね。弥勒英二氏の場合、付き合う相手が、有名人ではないんです。世間ではまだ無名の俳優やタレントを拾いあげ、金をかけて磨きあげ、自社の広告や、協賛している舞台、イベントなどに抜擢(ばってき)し、売れっ子に押し上げる、というパターンが多いんですよ」

教授は鮎子も知っている何人かの女優の名前をあげた。

「金にうるさくなく、別れかたもきれいなので、いわばパトロン的な遊びといいますか。三年前にスキャンダルをすっぱ抜かれた……は、ぼくも監修に関わっていた舞台関係で知っていますが、いい俳優ですよ。若いですが、新劇系の一流劇団で鍛えられた実力派です。英二氏は、確かに女性アクターの才能を見抜く目をもっているようですね」

「へえー。だったら、後継者争いになんか色気を出さず、才能を見抜く目とやらを生かして、芸能プロダクションでも始めればいいんですよ」

鮎子は冷たくいった。

「エンタメ業界の常識は知りませんけど、妻子ある男性が恋人をとっかえひっかえするなんて、妻への裏切り行為以外のなにものでもないでしょう。そのくせ、自分のハウスメーカーでは、大切な家族の居場所がどうだの、ホーム・スイート・ホームだの、ハートウォーミングな広告をしれっと出しているんだから、ずうずうしいにもほどがありますよ！」

「『他人の家(ハウス)を作るのは得意だが、自分の家庭(ホーム)を築くことは不得手な男』」

教授は肩をすくめた。

「弥勒英二氏本人に広告(コピー)をつけるなら、こんな感じになるでしょうね」

「そんな広告(コピー)じゃ手ぬるいですよ」

鮎子はフン、と鼻で息を吐いた。

「『大黒柱の代わりにおまえを人柱にしてやろうか』で十分です」

車は大通りの交差点をゆるやかに曲がった。

横に置いたトートバッグが倒れ、一枚の紙がシートの上にすべり出た。

紙の中央には三つの俳句が太めのフォントで印字されている。

(そうだった。いつまでもチャラ夫に憤慨している場合じゃなかったっけ)

薬師丸教授より早く三つの品を見つけ、成功報酬をゲットしなくてはいけないのだ。

紙を拾いあげ、鮎子は腕をくむと、プリントされた俳句をにらむようにみつめた。

――昨日、三十分ほどで目を覚ました茉莉香を連れ、瞳子が帰ったあと、鮎子と教授はさっそく作戦を開始した。

まずは最重要ヒントである三つの俳句の解釈である。

これはふたりとも完全に専門外なので、国文科の教授たちの助力を乞うことになった。

大学という狭いコミュニティである。内密にしていたはずだが、寄付金の話はとっくに教員のあいだで広まっていたらしく、教授の要請に、全員が前のめり気味に協力を申し出た。なにせ、教授と鮎子のチームが勝てば、文学部全体に一億円が分配されるのである。研究費不足につねに喘いでいる教員たちが、意欲を燃やすのも当然ではあった。

一つめの「古帯や昭和の恋の花がたみ」。

「花がたみ」というのは初めて知る言葉だったが、漢字では「花筐」と書き、摘んだ花や若菜を入れる籠を指すという。同名の謡曲が世阿弥の作品に、同じく同名の小説が昭和の作家檀一雄のものにある、と国文科の教授がメールで注釈を送ってくれた。

『――しかし、この場合、「花がたみ」は「古帯」にかかる形になっているので、実存する謡曲や小説などとは無関係と思われます。ストレートな解釈として、昔、愛用していた帯には過去の恋の思い出がある、と読めるので、花籠や桜（花は古典で多く桜を意味します）などのデザインのある帯、を探すのがもっとも妥当な解釈ではないでしょうか』

ということで、他の教員たちともウェブ会議で話しあった結果、該当する品は、

「大学の別館にある服飾博物館にあるのでは」

という結論が出た。

文琳館に隣接する短期大学には、服飾・被服学科があり、日本の服飾関連の資料が別館の博物館に展示、保管されているという。文琳館の卒業生である周子刀自が過去に寄贈した帯も、そこにあるのではないか――という推察であった。

二つめは「寒梅の妬心拭へる清さかな」。

寒さに耐えて咲く梅の清らかな美しさに、醜い嫉妬の心も拭われるようだ……という意味だろう。意味はわりあい簡単に通る俳句だが、これがどうヒントになるのか。

『これは学生寮のことじゃないでしょうか？　文琳館にある寮は三つ、桜花寮、橘花寮、そして、梅花寮です。周子刀自は在学中、前学長と一緒に学生寮の設立に尽力した人でしたよね。三つの寮には各自の寮名にちなんだ花のモチーフが使われていて、梅花寮には梅を描いた絵画や置物がありました。庭には梅の木も植えられているんですよ！』

という、じしんも桜花寮出身だという仏文科の准教授の主張が、全面的な賛同を得た。

（問題は、たぶん、薬師丸教授も同じ答えを出しているだろう、ってことだよね。梅の句で梅花寮、っていうのは、さすがにわかりやすい発想だもんなー）

そして、もっとも難航したのが三つめの句の解釈だった。

「蓮の燈に天衣無縫の掌の光る」。

「蓮の燈」「天衣無縫」「掌」の語句から、みなの胸に自然と喚起されたのは仏教的なイメージだった。しかし、文琳館はカトリック系の大学なので、仏教に関するものはほとんどない。句そのものも、他の二つに比べて抽象的なため、解釈が難解であった。

「たしか、学友会館の前の池には、さほどの数ではありませんが、蓮の花がありましたね。池の周囲には日本式の灯籠もあります。あそこは和洋折衷のデザインですから」

という教授の言葉で、とりあえずその池の周辺を調べることで落ち着いたものの、他の二つに比べるといまひとつ具体性に欠ける、頼りない結論となった。

「蓮の燈、蓮の燈……うーん、いったいなんのことなんでしょうねえ。蓮……まさか池の中のレンコンのことでもないでしょうし。ねえ、暾さん？」

「オッオー？」

いわれた暾が、シリコン製のカエルのおもちゃをかじりながらうなる。

先日、薬師丸教授の息子のさつきが遊んでいたものと同じ、歯固め用おもちゃである。試しに与えたところ、すっかりお気に入りになったので、あのとき、暾がさつきに対して非友好的な態度だったのは、相手のカメさんがうらやましかったのかもしれない。

「それにしても、いいご身分ですよね、周子刀自って。ポンと大金を出して、大勢を奔走（ほんそう）させて、自分は高みの見物で、青春時代の思い出とやらに浸っていられるんですから」

「ぼくは、今回のことは、周子刀自の作戦勝ちだと思ってますよ」

　タンブラーを口に運びながら、教授がいった。

「作戦勝ち？」

「以前、多聞（たもん）学長から聞いたことがあるのです。周子刀自は九十近いじしんの年齢を考えて、数十億にのぼる個人財産の大半を、寄付という形で手放す意思があると。児童支援施設、女性向けの慈善団体、文化事業のＮＰＯ、そして母校の文琳館が対象だったそうですが、息子夫妻の強い反対に遭い、なかなか実行できずにいたそうなのです」

「弥勒家のトップにいる人が、自分の財産を自由に使うこともできないんですか？」

「むろん、それは可能ですが、強行して、以後、寄付した先の団体と息子夫婦のあいだに確執ができるのもよろしくないと考えたのだと思います。慈善団体にしても、文琳館にしても、多額の寄付を一回きりで受けとるより、今後も、五葉（ごよう）グループと友好関係を保ち、継続的な支援を続けてもらえるほうがのぞましいでしょうからね」

　なるほど、そういう裏があったのか。

「今後の大学への支援のことまで、そこまで細かく考えてくれるなんて、周子刀自にとって、文琳館は、よほどすてきな思い出の場所だったんですね」

「と、いうより、ＯＧとして、文琳館をはじめとした女子大学の置かれている現状を歯がゆく思い、改善に手を貸したいと思っているのかもしれません。周子刀自の在学中と比べれば、女性の社会進出は格段に進みましたが、世界的に見れば、この国の女性の地位はまだまだ低いものですし、それは、寄付金の額などを見ても明らかですからね」

私立大学の経営を支える収入の一つに、個人や企業からの寄付、献金がある。

だが、名門と名高い文琳館でも、同程度の規模の四年制共学校に比べると、卒業生による寄付金の額は七割程度に留まるのだそうだ。

その理由は明白で、卒業後の学生の社会的地位や収入に圧倒的な男女差があるからだった。母校に多額の寄付金を納められるだけの資産や権限をもつのは多くの場合、男性であり、それはつまり、同レベルの最終学歴をもって社会に出ても、女性が男性と同じだけの経済的成功をおさめるのが難しいことを示している。

「保守中の保守ともいえる宮家に生まれ、女性の解放や地位向上運動に参加したというのは、いまの時代のぼくたちが思うほど、簡単なことではなかったと思います。周子刀自にとって、文琳館は単なる青春の舞台という以上の意味があるのかもしれませんね」

鮎子はうなずいた。

「教授も、超保守的で父権制の見本みたいなおうちに生まれながら、そういう体制には批判的ですよね。それは、やっぱり、巴さんの影響ですか？」

「そうですね。ぼくは姉を尊敬していたので……きょうだいの中で飛び抜けて優秀で人気者であった姉が、家族の食卓では母とともにつねに下座に置かれていたり、父と一緒に表玄関を使うことを咎められたりする状況を、どうしても受け入れられなかったのです。姉は果断にも家を捨てて自由になりましたが、誰もが姉のような方法で人生を変えられるわけではない。そういうことを、文琳館に籍を置くようになってから、痛感させられました。姉が受けていた性差別が、決して特殊なものではなかったことも」

色の濃いサングラスに隠れ、教授の表情はよく見えない。

だが、その声には、静かながらもつねにはない、張りつめた響きがあった。

「女性に生まれただけで、平等であるべき試験で減点をされる。正規雇用の女性の賃金は同じ条件の男性の七割に満たない。では、女性にかかる教育費は男性の三割引きになるのか？　幼少期から積み上げた彼女たちの努力と時間と希望の補塡を誰かがしてくれるのか？　もちろん、そうはなりません。この国に生まれると、男女を問わず、知らぬ間に男尊女卑という価値観をインストールされてしまうのでしょう。社会に出るたび、勝手に起動するそれに女性たちは驚き、傷つき、削除しようと努めますが、男性の多くは知らぬふりをします。そのほうが楽であり、得であるからです。ぼくも男性として、その歪んだ構造の恩恵を受けている自覚があります。だからこそ、変えねばならないとも思っているのです。教育者として、叔父として、人類の半数がもう半数を踏みつけにして当然だという顔をしている残酷な社会に、ぼくは、愛する甥を送り出したくはないのです」

いつも穏やかな教授の口調に、そのとき、抑えた怒りが強く混じるのを鮎子は聞いた。

夢中でカエルをかじっている暾を見る。

迷うとき、考えるとき、鮎子はいつも子どもたちを見る。無垢で、愛おしい、守るべき魂。彼らの誰もが飢えず、傷つけられず、搾取されず、笑い、安全に眠れる世界。その方向へ目をむけ、歩いていけばいいと、いつも、心の軸を正される気がするのだ。

「暾さんは、幸せですね。いおりん先生みたいな叔父さまをもって」

「それに、彼はあなたをナニーにもつという強運の持ち主でもありますからね」

教授は微笑んだ。

「昨日、瞳子さんに話していた言葉を聞いて、ぼくはひそかに感動していたんです。保護は支配にすり替わりやすいと自戒すること。何よりも子どもの意志を尊重すること。あなたは聡明で、誠実な人間ですね。ぼくも暾も最高のナニーを得たと思っていますよ」

「あはは、それじゃ、わたしたち両想いみたいですね。おたがいにリスペクトしあって」

何気なくいって、おっと、と鮎子は口をふさいだ。

(これから会うイオリストたちの前でこんな軽口を叩いたら、えらいことになるわ)

そのとき、ちょうど前方に、文琳館の裏門が見えた。

教員専用の駐車場にジャガーをとめる。時刻は七時四十五分だった。

「教授は、今日の講義は休講にしたんですっけ」

「ええ。もともとは来週の予定にしていたのを早めました。——ところで、西東さん、本当にキクさんに暾を預けないでよかったんですか？」

　後部に回り、チャイルドシートのベルトを外しながら、教授が尋ねる。

「いいんですよ。それも作戦の内なんです。動き回るのはわたしに任せて、教授は暾さんのお世話係に徹してくださいね。……あ、それも、そのままのほうがいいと思います」

　鮎子はサングラスを外しかけている教授を制した。

「赤ちゃんと教授。いつもよりもカジュアルな教授。サングラスをかけている教授。いつもは見られないレアな教授を見せるのが、高ポイントになるんですよ！」

「高ポイント？」

　教授はふしぎそうに首をかしげ、暾を抱きあげた。

　まだ早い時刻なので、キャンパス内はがらんとしている。

　スタート時刻は八時。集合場所は、昨日の桜並木のベンチである。

　いってみると、すでに薬師丸教授と学長がいた。学長は暖かそうなストールをまとってベンチに腰かけ、薬師丸教授はやる気まんまんに屈伸運動などしている。

　一応、代理人ふたりの勝負という建前になっているため、他の教員たちの姿はない。

「おはようございます、学長。薬師丸先生」

　教授が声をかけると、ふたりとも笑顔で挨拶を返してきた。

「おはようございます、さくら先生。今日はよろしくお願いします」

「こちらこそ、よろしくね、西東さん。ふふ、悪いけれど、手加減はしないわよ～」

「それじゃ、島津先生は、西東さんに、全権を委任するという形にしたのね？」

学長がいった。

「はい。ぼくはそばで指示を出すだけで、実働は西東さんに任せます。ふたりがかりで動いては、薬師丸先生と比べて機動力に差が出てしまって、フェアではないので」

そういって、ふと気づいたように、

「ああ、そうでした。……西東さん、少し暾を抱いてもらっていいですか。学長、これを」

暾のお世話道具を入れたバッグの中から、箱に入った焼酎をとり出して渡す。

「あら。フェアだといいながら、賄賂を渡すのはズルいんじゃありません、島津先生？」

目ざとく薬師丸教授が反応すると、「ちがいますよ」と学長は笑って手をふった。

「これは賄賂なんかじゃなく、あらかじめ、正規のお金をお支払いしているものですからね。毎年、島津先生にお願いしている、蔵元限定の新酒なんですよ。知る人ぞ知る蔵元なんだけれど、島津先生の九州のご親類の家の、ちょうど対面にあるんですって」

事実だった。品物は、昨日の晩、九朗から宅配便で届いたものである。

そういえば、九朗が上京してきた際にも、学長へ贈るための焼酎をわざわざもってきていたことを鮎子は思い出した。

「学長は、焼酎党でいらっしゃるんですか？」

「そうね。昔は日本酒だったけれど、健康を考えて、最近はもっぱら焼酎ね。伯母もそうで、学生時代から隠れた日本酒飲みだったというから、これは彼女の血筋でしょう。顔もそっくりだけど、お酒だの、勝負ごとだの、悪い遊びの嗜好(しこう)まで伯母さん譲りね、と、母には若いころ、よく嘆かれたものよ」

いいながら、抱えた箱をいかにもうれしげに見る目つきは、酒好きのそれであった。

そのとき、八時のチャイムが高らかに鳴った。

「さて、時間のようですね」

そばのベンチに焼酎を置き、学長が鮎子と薬師丸教授を見る。

「今回、一企業のもめごとに、大学を巻きこむことを了承したわたしの判断を非難するむきもあるかもしれません。その声はその声として受け止めます。ただ、ことが決着したときに、あらたに見えてくるものがあるはずなので、今回の件はそれを含めて評価してもらいたいと思っています。さて、前置きはここまで。おふたりの健闘を祈ります」

スタート！　の合図と同時に、鮎子と薬師丸教授は足を踏み出した。

肩を並べ、同じ方向へずんずん進んでいく。早足だったふたりの足どりは徐々に速まり、競歩選手の速度になり、足裏が大きく地面を離れ、とうとう同時に駆け出した。

「ちょっと、西東さん、わたしのマネをしないでもらいたいわね～」

「さくら先生こそついてこないでくださいよー」

「もしかして、西東さんもあそこへいこうとしているのかしら～？」

「たぶんそうだと思いますねえ。だって、この場合、第一にいくべき場所といえば……」

「『梅花寮！』」

ふたりの声がそろった。

文学部の教員たち全員が「絶対にあそこにある」と満場一致で決まった場所だった。

全員の記憶を照らし合わせても、キャンパス内に他に梅の木の植えられている場所はなく、あとは「寒梅」に関係するモノといえば、某教授の研究室にある梅の盆栽ぐらいのものであった。やはり、お宝のある場所の最有力候補は梅花寮であり、敵方も当然、そう思っているはずだから、まずはここを先に押さえておくべきなのだ。

「というわけで、お先にいかせていただきますね、さくら先生!!」

「あっ、速い！」

「ど田舎(いなか)の故郷で足腰鍛えられましたので！　──教授は後からきてくださいね！」

噉を抱いてあわててついてくる後方の教授へ声をかけ、鮎子はスピードをあげた。

スタート地点の桜並木は大学の南端近くに位置し、梅花寮は正反対の北端にある。間に校舎やサークル棟などの建物があるので、それらを迂回(うかい)すると、走る距離はさらに延びる。それでも、体力自慢の鮎子にとっては、さほどの障害ではなかったのだが……。

(──あれ？　いない)

数十メートル後ろにいたはずの薬師丸教授の姿がいつのまに見えなくなっていた。

と、前方の校舎の陰(かげ)からふいにその人が飛び出してきたので、鮎子は仰天した。

「ええっ！　なんで先生が先回りしているんですか!?」

「ほっほっほ、建築学科の教授をなめては困るわ、西東さん」

薬師丸教授は、手にした鍵の束をクルクルと指先で回した。

「職業柄、大学内の構造と目的地への近道(ショートカット)は完璧に把握しているわよ～。当然、最短距離でいけるよう、通り抜けに必要な建物の鍵は、あらかじめ入手しておいたのよね～」

しまった、と鮎子は舌打ちした。

さすがに現役の教授であり、文琳館のOGである。地の利はあちらにあるようだ。

（それでも、体力と脚力はこっちが上でしょ。そんなハンデ、若さで跳ね返してやるっ）

鮎子はスピードをあげ、薬師丸教授を追い抜くと、再び、大きく引き離した。

さすがに息が切れ、少々、スピードをゆるめて間もなく、ひゅんっ、と風が通り過ぎた。

立ち乗りの二輪車に乗った薬師丸教授があっというまに鮎子を追い越していく。

「ええーっ!!　なんですか、それ、それ!?」

「セグウェイよ～」

薬師丸教授は涼しい顔でいった。

「新しいキャンパス作りの目玉として、以前に提案、試験導入したのよねえ。あちこち走り回るのは疲れるから、朝のうちに用意させておいたの。ホント、建築学科でよかったわ～。それでは、西東さん、ごきげんよう～」

「ちょっ、それ、建築学科、まったく関係ないじゃないですか!!」

ズルい～！　と叫ぶ鮎子を尻目に、薬師丸教授は「ホホホホホ……！」とヒーロー映画の悪役(ヴィラン)のごとく、高らかな笑い声をこだまさせ、視界の端へと消えていった。

せめて自転車でも用意しておけばよかった、と作戦の甘さを後悔した鮎子だったが、それでも、まだあきらめない。こちらには奥の手があるのだ。

汗をかきかき、ようやく梅花寮にたどりつくと、建物の前には、女性ばかり数十人がたむろしていた。その中心で、ふたりの女性が何やらさかんにいいあっている。

「いったいどういうことなの？」と声を荒げているのは薬師丸教授だった。

「寮内に入れないって！　わたしは本学の教員ですよ！」

「ですから、薬師丸先生、先ほどから、申しあげているではありませんか」

朝からきっちりめのヘアメイクをほどこした若い美人が、薬師丸教授に対峙している。

「寮長として、再度申しあげますが、学生自治を守るため、原則的に梅花寮は、学生課、教務課などに属する大学関係者、および学生部長と学生委員以外、教員の立ち入りを禁じているのです。薬師丸教授はいまいった組織に属していらっしゃいませんよね？」

「それはあくまで原則でしょ。以前にも、寮生を訪ねて入ったことは何度もあったわよ」

「客人の入室が許されている時間は九時から十八時まで。いまは八時十八分です」

「じゃあ、九時になったら入れるってわけね!?」

「それはケースによりますね」

寮長だという学生は肩をすくめ、手にしたファイルを開いた。

「ちなみに、薬師丸先生が訪ねる予定の学生というのは誰でしょう」

薬師丸教授が数人の名前を告げる。建築学科のゼミ生たちだという。

「あ、彼女たちは昨日から全員帰省中、寮を留守にしていますので、目的不明ということで、先生の入室はやはり不許可になりますね」

「そんなわけないでしょ!!」

薬師丸教授が叫んだ。

「月曜にゼミのある学生たちがなんでこんな時期に帰省するのよ!? さてはうちのゼミ生を軟禁してるわね。職権乱用よ、いますぐ梅花寮の入り口を開放しなさいっ」

「ふ。体制側の横暴ですね。不当ないいがかりによる当局の圧力には屈しませんわ。みんな、絶対に薬師丸教授を入れないように。これは学生自治権の侵害の危機よ！」

寮長は毅然とした態度で、薬師丸教授の要求をはねつける。

と、人込みの輪の中に入ってきた鮎子を見つけた寮長は、ぱっ、と顔を輝かせた。

「あっ！　もしかして、伊織サマ、いえ、島津教授の代理人の方ですか!?」

とりつくしまもない態度から一転、満面の笑みを浮かべ、いそいそ鮎子に寄ってくる。

薬師丸教授が目をむいた。

「あの、はじめまして。わたし、昨夜、お電話をいただいた、梅花寮寮長の吉田です」

「はじめまして。島津教授にお仕えさせていただいている、シッターの西東です」

と鮎子がことさらにへりくだった自己紹介をしたのは、

（教授と一つ屋根の下で暮らすシッター……？　まさか、教授とよからぬ関係に……）

などと相手に邪推され、反発や嫉妬を招かぬように、という配慮からであった。

「お疲れさまです。こちらは、昨夜は興奮して眠れませんでした。まさか、島津教授から個人的なお電話をいただけるなんて……これはもう幻聴ではないかと……」

目を潤ませている寮長の顔には見覚えがあった。

パネルディスカッションの会場で、鮎子の前の列に座っていた学生たちのひとり、もっとも熱烈だった「イオリスト」である。

「今日はよろしくお願いします。もうすぐ、教授と甥御さんもいらっしゃいますので」

「きゃーっ、教授が引きとられたという噂の甥御さんですね！　お会いするのが楽しみですっ。島津教授はＳＮＳなどでもほとんどプライベートを明かされないので、どんな甥御さんなのかと、他の子たちも、朝からもうワクワクしていて……」

先ほどまでの慇懃無礼さはどこへやら、寮長は頬を染めてはしゃいでいる。

「お宝探しの件、細かい事情はよくわかりませんけど、ともかく、島津教授に勝利をもたらせるよう、がんばってくださいね、西東さん！　規則なので、九時までは西東さんも入れませんが、寮内では、いま、仲間たちが納戸やら倉庫やらをひっくり返して〝梅〟に関するものを探しまくっていますから、じき、吉報をお伝えできると思いますっ！」

「――西東さん……」

ふたりのやりとりを見ていた薬師丸教授が、うなるようにいった。

「やられたわ。あらかじめ根回ししてあったのね」

鮎子はにんまりした。

「薬師丸先生がお相手ですもの。こちらも無策ではきませんよ」

『二億の研究費が社会学部に落ちてもいいんですか、先生⁉　文学部を見捨てるんですか？　梅花寮の寮長は有名なイオリストですよ、ぜひ、彼女を味方につけましょう‼』

と、あまり乗り気でなさげな教授のお尻を文学部教員みなが叩く形で、協力要請のための電話をかけさせたのであった。

むろん、学長からの注意喚起もあったので、五葉グループの後継者うんぬんの詳細は伏せ、学長主催で建築学科と宝探しの勝負をしている、と無難な話にまとめている。

「――西東さん。すみません、だいぶ、遅れてしまいました」

スキを見て寮へ入ろうとする薬師丸教授をすばやくイオリストたちがブロックする、という攻防を建物前でくりひろげていると、暾を連れた教授が現れた。

「途中で、暾が何度もカエルさんを落としてしまって、消毒に時間がかかりまして」

「ひいッ⁉」

とたん、学生たちが声をあげ、雷に打たれたようにいっせいに飛びあがった。

「ち、ちょっ、み、み、見てよ、あれ……」

「サ、サングラス……？」

「いおりんが、サングラスを……」

「あのいおりんがサングラスかけてるぅぅぅ‼」

きゃーっ！　と黄色い悲鳴があがり、次いでカシャカシャと激しい機械音の連続。

みながいっせいに携帯電話を教授へむけ、怒濤の勢いでシャッターを切る。

よし、作戦成功だ、と鮎子は小さくガッツポーズをした。

ふだんは見られない、レアでカジュアルな教授のプライベートな姿を見せれば、テンションがアガって協力も得られやすいだろう、という読みは的中したようである。

「ノーネクタイ！　ノーネクタイのいおりん！　きっ、貴重～！」

「いおりんが抱っこ紐つけてる～！　可愛い赤ちゃん、抱っこしてる～！」

「おもちゃを『カエルさん』だって！　いおりんが『カエルさん』。かっ、可愛い～！」

「な、何、あの美しいふたり……もう、歩く聖母子像じゃん……現代の奇跡じゃん……」

「うう、ありがとうございます、主よ……ありがとう、伊織サマ……」

「ハレルヤ……ハレルヤ……」

手をあわせるやら、十字を切るやら。もはや、ファンというより信徒である。

「教授。こちら、寮長の吉田さんです。とても親切にしていただいて」

「ああ、彼女が。昨夜、電話で話した」

そばに寄ってくると、教授はサングラスを外し、風で乱れた前髪をかきあげながら、

「おはようございます。吉田京子さん……ですね」

寮長にむかって、にっこりした。

「ぐふっ！」と背後でヘンな声があがり、鬼の勢いで写真を撮っていた寮長が硬直する。

「今回は、いきなりこんな面倒ごとを頼んで、本当に申し訳ない」

謝意を伝えるとき、至近距離でじっと相手をみつめるのは、教授のクセである。

その効果はバツグンなのだが、本人はまったくそのことに気づいてはいない。

「きみの協力には心から感謝しています、吉田さん。文学部の教員を代表して、お礼をいわせてください。ありがとう」

「いいえ……」

寮長は呆然とつぶやいた。

「そんな……伊織サマ……わたしめに、そんな……もったいないお言葉で……」

「いろいろ面倒をかけますが、どうぞよろしくお願いします」

「ハイ」

目がうつろである。感動と衝撃が大きすぎたらしく、トランス状態に入っているようだ。

教授が「この場で安来節を踊れ」とでも命じたら、素直にそうするにちがいない。

「やいやいやいっ！」

抱っこ紐の中の暾が、声をあげ、激しく身動きした。

「どうしましたか、暾さん？　なんだか、ご機嫌悪そうですね」

「それが、さっきから、ひどくむずがっているんです」

「もしかしたら、お腹が空いているのかもしれません。いつもより朝が早かったせいか、あまり離乳食を食べなかったので……とりあえず、赤ちゃんおせんべいでごまかしましょうか。ミルクの用意はありますけど、こんなところでは飲ませられないですものね」

「それなら、どうぞ、寮のロビーをお使いください！」

ぼーっとしていた寮長が、急に目覚めたようにいった。

「伊織サマの大事な甥御サマに、こんな屋外で栄養補給などさせられませんもの！　さ、どうぞ、暖かく清潔な屋内で吾子さまにミルクをさしあげてくださいっ」

「ちょっと〜。寮生以外の人間が中に入れるのは九時からじゃなかったの？」

「お気になさらず、伊織サマ。ふふ、あれは神の子の栄光を妬む邪悪な悪魔の声ですわ」

薬師丸教授の抗議を一蹴し、寮長は特権を行使して教授を寮へ導いた。

「ありがとう、吉田さん、助かりました。この子は、甥の暾、六カ月です」

「あーいー」

「ひ、ひい……と、とろけそうに可愛らしい吾子さまですね。暾サマ……その名の通り、朝日のごとくこの世をあまねく照らす光の化身ということなのですね、と、尊い……」

「赤ちゃんせんべいが聖餅に見えますすよ、尊い……」

「よだれも、もはや聖水ですね、尊い……」

全員の語尾が「尊い」になっている。

鮎子は教授たちに続かなかった。入室規則を破る反則をした、と後でつまらぬケチをつけられては面倒である。きっかり九時になるのをまって、鮎子は梅花寮の門をくぐった。

「西東さん、二階へいってください！　倉庫で、みんな、例のものを探していますから」

人間バリケードとなって薬師丸教授の侵入を防いでいる学生のひとりがいった。

寮内はにぎやかだった。遅刻する！　と飛び出していく学生、ぼさぼさ頭にパジャマ姿で歩いている学生、遅めの朝食を食べている学生で、廊下も食堂もごった返している。

そうした騒ぎの中には、くだんの勝負に関するケンカもあった。

「ちょっとまちなさい。あんたたちのセクトは社会学部ね!?　味方のふりして、薬師丸教授に協力するため、スパイ行為をしてたでしょ！」

「フン、それがなによ。ひっこめっ、寮長にしっぽをふる権力側の犬めっ！」

「いってくれるわねー、わんこをバカにしないでよ、わんわんわんっ」

「きゃー、やめてっ、あ、足の裏の匂いをかがないでえっ、えーん、恥ずかしいよーっ」

仲良くじゃれあっている集団の横で、ノンポリ学生たちはまったく無関心な顔で、なごやかに朝食後のお茶など飲んでいる。平和で楽しそうな寮だ、と鮎子は思った。

「――西東さんですか？」

階段をのぼったところで、ひとりの学生に声をかけられた。

「よかった。いま、呼びにいこうと思ってたんです。それらしいものが見つかったので」

「本当ですか!?」

「はい。こちらへどうぞ。倉庫の中です」

急いでついていく。廊下には、夜通しお宝探しをしていたらしい学生たちが、ぐったり座りこんでいた。奥の二部屋が倉庫になっており、鮎子は手前の部屋へと案内された。

長机の上には、寮じゅうから集められたらしい品々が、広げられている。

木彫りの梅の置物、梅の絵の掛け軸、梅の図柄の香道具、洋画、花瓶、そして——

「これです」

鮎子は目を疑った。学生から渡されたのは、予想だにしないモノだったのだ。

(これが周子刀自の思い出の品……!?)

古びた、空の一升瓶だった。瓶の中には、丸まった写真らしきものが入っている。

「持ち出し厳禁の棚に入っていたんです。古布と新聞紙に大事にくるまれて。ただの酒瓶をそんなに大事にとっておくのはヘンだな、と思って。で、ラベルを見てください」

あっ、と鮎子は声をあげた。

色褪せたラベルには銘柄らしい「寒梅」の文字があり、白梅の絵が描かれていた。

「瓶をくるんでいた新聞紙がこれなんですけど、六十年以上前のものなんです。お宝を置いていったのは、そのくらいの年に卒業したOGと聞いていたので、どんぴしゃだな、と。入っているのも古い写真みたいですし、思い出の品ってコレっぽくないですか?」

「確かにそうですね。まずは、中のものをとり出して、確かめてみないと」

しかし、それは、口でいうほどたやすいことではなかった。

細い棒の先にセロハンテープを巻きつけ、瓶にさし入れ、中にある写真にくっつける。そこまでは容易な作業だが、とり出そうとすると、瓶の細い口に写真がひっかかってしまうのだ。指をさしこみ、むりやりひっぱり出そうとすれば、写真が破れてしまう。

瓶をたたき割ってやりたい衝動をこらえながら、ふたりで格闘すること、三十分余り。

丸まった形状の写真が、するっ、と奇跡的に瓶の口を通り抜けたあと、鮎子と学生は「やったああ!!」と歓喜の声をあげ、抱きあってよろこんだ。

すっかり色の抜けた写真には、ふたりの若い女性が写っていた。

ひとりは肩下までの髪をエレガントにカールさせたディオール風のワンピースを着た女性、ひとりはマリンルック風のパンタロンスーツを着たボブカットの女性だった。

ふたりともシェリーグラスのようなものを手に、乾杯のポーズで微笑んでいる。

(周子刀自と前学長だ……)

ふたりの顔を知るはずもない鮎子だったが、一目で確信がもてた。

モード風のアイメイクをしたボブカットの女性は、多聞学長にそっくりだった。

写真の裏には流れるような達筆で、英語の詩が記してある。

――卒業を前にしたこの日、わたしたちは梅花寮で最後の友情の宴をもった。ふたりとも、実は入学当時から某外国人教授に憧れていて、おたがいその人に近づこうと、競争したり、嫉妬しあったりもしたのだが、そんな妬心もいまはすべて酒とともに飲み干してしまった。朝まで飲み、歌い、泣き、笑いあったこの日の宴の写真を、ふたりで飲み干した酒瓶に入れておく。いつかとり出す日がくるだろうか――というのが文意である。

(そうか……きっと、これ、友だち同士のタイムカプセルみたいなものだったのね)

長い年月の中で記憶に埋もれてしまっていたのか、あるいは一緒にとり出すはずの友人も亡くなったため、今日までそのままにしておいたのか。寒梅の妬心拭へる清さかな――

あれは、寒梅の清らかさを詠むと同時に〝清酒〟を意味してもいたのだろう。

（ともかく、これが探していた品物の一つにまちがいないわ。一つめ、ゲット！）

鮎子は写真と一升瓶を学生に渡した。

「ありがとうございました。悪いんですが、これを下にいる教授に渡しておいてもらえますか？　わたしはこのあと、服飾博物館に帯を探しにいかなくてはいけないので。教授には、先にいっているので、暾さんが落ち着いたらきてください、と伝えてください」

「了解です。あと、寮長からですが、薬師丸教授は寮に入るのをあきらめて、二十分ほど前に立ち去ったそうです。なので、西東さんも、次の場所へ急いだほうがいいかと」

鮎子はうなずき、再度、感謝を告げると、部屋を出て、飛ぶように階段を駆けおりた。

2

服飾博物館は隣接する文琳館の短大近くにある。

やや迷い、十分ほどで到着した鮎子は、入り口付近をざっと見回し、薬師丸教授のセグウェイがないのを見て、ほっとした。

小さな博物館は開いたばかりだった。鮎子の他に客の姿はない。

「寄贈品の古い帯……ですか？　うーん、すぐには思い浮かびませんが……いまの展示品は戦前の洋装モードが中心なので、あるとすれば、収蔵品のほうになりますね」

年配の学芸員が首をかしげる。

「申し訳ないですが、調べてほしいんです。あの、わたし、不審な者ではなくてですね、文学部の島津教授の代理の者で、これには事情が……」

「ああ、いえ、それは了解しています。今日は何か探し物にくる人がいるかもしれないので、その際には協力するように、と学長から、うかがっておりますのでね」

学芸員は、事務室へ鮎子を案内した。パソコンを操作し、何やらファイルを出す。

「――ここは小さな博物館なので、収蔵品もそう多くはないんです。それでも、ひとりで調べるとなると、それなりに手間がかかりますので……ざっとデータで検索して、該当するものがあるかどうかをチェックしてから、現物を見てはどうですか？　操作はわたしがしますが、思いつくキーワードなどがあれば、それで絞りこみますので」

「わかりました。それじゃ、まずは、帯、と、花がたみ、でお願いします」

キーボード操作の音が響く。エンターキーを押すと、画面は空白になった。

「ないですね」

「それじゃ、帯、花で。だめなら、桜。寄贈者名でもわかりますか？　あとは、年代で」

鮎子の指示通りに検索がされ、データの出てくるものもあれば、一つもヒットしないものもある。これはと思う品の写真データや詳細を見ると、年代や条件があわない。周子刀自が寄贈したと思われるものもなかった。最後はキーワードで絞らず、〝帯〟の項目を片端からチェックしていったが、該当するものは見つからず、鮎子は頭を抱えた。

(そんなあ、ここじゃないの⁉　でも、他に帯のある場所なんて思いつかないし……)

そのとき、薬師丸教授の顔が頭に浮かんだ。

先にこられたはずの薬師丸教授はここに現れなかった。いまも姿を見せていない。

敵のチームは初めから、〝古帯〟は別の場所にあるとアタリをつけていたのだ。

「あのっ、大学の中で、他に着物の帯が置いてありそうなところを知りませんか⁉」

「そうですねえ。短大の服飾学科でも、いま、和裁は扱っていないはずですし、現代の着物や浴衣ならともかく、古い帯となると……リメイク品ならあるかもしれませんが」

「リメイク？」

「若い方は知らないかしら。昔の着物や帯を、洋服や、バッグや、小物類に作り替えたりするんですよ。帯は厚みがあるので、着物ほどには自由にリメイクできませんけどね」

そういって、学芸員はふと思い出したように、

「そういえば、うちにも昔、その手のものがありましたね。前学長の判断で他へ移したんですが、データは残っているはずです。ええと、あれの分類は〝和装〟でなくて……」

キーボードを叩く。データが出た。クリックした写真を見た鮎子は目をみひらいた。

(これだ……！　これの現在の保管先は⁉)

備考欄を見た瞬間、鮎子は勢いよく椅子から立ちあがった。学芸員が驚いてふり返る。

(やられた！)

「ご協力ありがとうございました！　あの、のちほどあらためてお礼にうかがいますの

で!!　すみません、この場は失礼します！」

鮎子は博物館を飛び出した。

目的地へ全速力。まにあうだろうか？　すでに時間的にはかなりの遅れをとっている。

斜めがけしたサコッシュの中で、携帯電話が鳴った。教授からだった。

「もしもし!?」

「西東さん。残念な報告ですが――二つめの品は、いま薬師丸教授が見つけたそうです」

雑音の邪魔する通話の中でも、その言葉ははっきりと耳に伝わった。

猛スピードからいきなり立ち止まった鮎子を、近くにいた学生が不審そうにみつめる。

まにあわなかった！

「学長から連絡がきました。品物が見つかりしだい、学長に連絡する決まりだったので。一つめの品と同様、こちらも、該当の品にまちがいないそうです」

「そう……ですか……」

「西東さんがいまいる場所は博物館ですか？　申し訳ないですが、できるだけ早く、そこから次の学友会館前へむかってください。最後の品を見つけなくてはいけないので」

「わかり……ました……」

肩を落とし、どっと噴き出してきた額（ひたい）の汗を手の甲で拭いながら、鮎子は答えた。

「無駄足を踏ませてすみません。ぼくたちの推理は完全にハズレていました。とはいえ、あのヒントだけではとてもわかる場所ではなかったので、仕方がなかったのですが」

「ええ……そうですよね……わかります。探すべきは、帯ではなく、帯をリメイクして作った雛人形だったなんて、まず、思いつかないですよ」

受話口の向こうの教授が、一瞬、沈黙した。

「西東さん、どうして、それを」

「博物館の学芸員さんと話していて、偶然、気がついたんです。周子刀自から帯を贈られた前学長が、その帯を使って雛人形を特注し、大学に寄贈したそうですね」

「その通りです。では、その雛人形がどこにあったのかも?」

「大学の保育園ですね。備考欄に記してありました。立派な雛人形で、子どもたちがよろこぶだろうから、と、十年ほど前に、前学長が博物館から園へ移したとか。薬師丸先生はふたりのお子さんを保育園に通わせていて、毎年、雛人形を見ているはずですから、すぐにわかったんでしょう。写真がありましたけど、かなり特徴的なお雛様でしたし」

くだんの雛人形は、かなり大きな男雛と女雛の親王飾りだった。

特徴的だといったのは、男雛の束帯(着物)と女雛の唐衣(一番上の着物)が同布の織物で、かつ、人形の背後にはよくある金屏風の代わりに、ミニチュアの衣桁(着物をかける道具)があり、そこにも同じ織物がタペストリーのようにかけられていたのである。

織物の柄は、折りとった桜の枝を入れた花の籠。

すなわち、花筐である。

「古帯」と「花がたみ」が何を指すのか、薬師丸教授はすぐに気づいただろう。同時に、文学部チームの中に、大学の保育園へ子どもを通わせている人間がいないことも。

おそらく、相手チームは雛人形の存在すら知らない、これは確実にゲットできる。

そう考え、薬師丸教授は雛人形を後に回し、まずは、競り合いになるだろうと思われる梅花寮のお宝を狙いにきたのだ。

「実は、その人形の衣桁にかけてあった織物の中に本物のお宝が隠されていたのですが……いや、しかし、これはまた、会ったときにお話ししたほうがいいでしょう」

「そうですね。詳細は後でうかがいます。……では、のちほど、池のそばで」

電話を切ると、大きく息を吸いこみ、鮎子は再び駆け出した。

こちらが一つ。あちらが一つ。残り一つをどちらが先に見つけるかで明暗がわかれる。

背中に汗が流れていく。喉が渇いた。明日はさすがに筋肉痛になりそうだ。

(ここが踏ん張りどころだ。えーい、がんばれ、わたし！　めざせ、成功報酬二十万！)

鮎子が学友会館前の中庭についたとき、ちょうど薬師丸教授も池のそばの柳の下にセグウェイを停めているところだった。

鮎子に気づいて、にんまりする。

「西東さん。酒瓶の中の記念写真を見つけたんですって？　おみごとだったわね～」

「さくら先生こそ『古帯……』の句の品を見つけたんですよね。おめでとうございます」

「ふふ、あれに気づくのは難しいわよねえ。働く母だからこそ得られた情報だもの。そちらのチームは早くから博物館一本に絞って、他の場所は探していなかったんでしょ?」

「えっ、なんでこっちの内部情報を知っているんですか」

「そりゃあ、こちらには尊先生がいますから～」

「えーっ、ズルいっ。スパイしてたんですか!? この件で板挟みの立場になって、夫婦の仲に亀裂が入ってはいけないからと遠慮して、尊先生には協力を仰がなかったのにっ」

「ほほ、たとえ、同僚を裏切らせて、ごうごうたる非難を受けても、妻の味方にさせる、強力な呪文があるのよね～。〝親権〟っていうのだけど」

言葉でやりあいながらも、おたがい、すでに身体は捜索を開始しているふたりである。

先の二つとはちがい、捜索範囲は、池を囲んだ小さな庭。

あけっぴろげな場所であり、探す対象も限られている。

池の周りの灯籠。並んだ柳の木。ツツジの茂み。ベンチ。鮎子と薬師丸教授はそれらの場所を三度も四度も丹念に調べて回った。が、どちらも成果はあげられなかった。

(ここにはないわ……ハズレみたい。まあ、蓮の花があるってだけで、もともと期待は薄かったんだけど。でも、ここ以外なら、どこに? 蓮の燈に天衣無縫の掌の光る……)

ふと、顔をあげると、薬師丸教授が池の端に立ち、

「――鶴は万年……亀は万年……」

蓮の葉のあいだから、ヒョコヒョコ顔を出している亀をみつめ、ブツブツいっていた。

長寿な生きものとはいえ、まさか亀に周子刀自が青春の思い出を託したはずもないだろ

う。捜索にいき詰まっているのは、薬師丸教授も同じようである。

「──薬師丸先生ー。西東さーん」

女性の声に、ふたりは顔をあげた。

学友会館の二階の窓から、多聞学長が手をふっていた。

学長を真ん中にして、その左右には、弥勒瞳子と弥勒市子（いちこ）が立っていた。

「順調のようね。一つめと二つめを見つけたおふたりの働きはみごとだったわ。弥勒家のおふたりも、先ほど駆けつけていらっしゃいました。引き続き、がんばってくださいね」

にこやかな学長と対照的に、こちらを見る瞳子と市子の顔は、真剣そのものだった。

「──ねえ、学長が手にもっているのって、アレ、シェリーグラスじゃない？」

お愛想的に手をふり返しながら、薬師丸教授が苦笑する。

「さっきの焼酎でも開けているのかしら。いいわよね〜、お気楽に昼酒なんて。ま、わたしたちのどちらが勝ったって、大学には寄付金が転がりこんでくるんだものね」

「学長は、三つの品物がなんなのか、知っているんですよね？」

「それは、当然、周子刀自から聞いて、知っているでしょう。学長は立会人だし、知らないと正しく勝敗をジャッジできないものね」

鮎子はうなずいた。

「あ。そういえば。さくら先生が見つけた雛人形のお道具の中に、本物の宝物があったって、さっき、教授が電話でいっていましたけど、それってなんのことですか？」

「ああ、あれねえ……衣桁にかけてあった織物の中に、ラブレターが入っていたのよ」

「ラブレター？」

「そう。周子刀自の思い出の帯っていうのは、もともと西陣織の袋帯だったの。袋帯って表と裏で、二枚の布を縫いつける造りが一般的なんだけど、他に、一枚の生地を筒状に織って仕立てた本袋帯という造りがあるのね。で、周子刀自の帯はそれだったのよ」

人形の衣桁にはこの帯の一部がそのままの形でかけられており、薬師丸教授がよく見てみると、本来、縫い合わせてあるはずの帯の口の一部が開いていた。

不審に思い、手を入れてみると、中には古い便せんが入っており、読んでみると、それは、さる貴人から若き日の周子刀自へあてた恋文だったという。

「だから、正確には雛人形ではなく、そのラブレターが思い出の品だったというわけね。学長にはさっき届けておいたけど……ここだけの話、アレ、とんでもないシロモノよ」

薬師丸教授は声をひそめた。

「表に出したら、けっこうなスキャンダルになると思うわ。ラブレターの送り主は、もう故人だけど有名な宮さまで、内容もかなり赤裸々なものだったから。友人として、昭和の大スターの名前や、私生活のえげつない遊びっぷりなんかも書いてあったしね。親王飾り、なんて宮家を連想させるものに帯をリメイクして、その中にあんな時限爆弾みたいなものを隠して、堂々と飾っていたなんてねえ。雛人形を作らせた前学長も、当然、ラブレターのことは知っていたわけでしょう？　ド付きの方々の遊び心なのかもしれないけど、無印のわたしは、正直、とんでもないことをするおばあさまたちだと思ったわよ」

　そのとき、携帯の着信音が鳴った。

　薬師丸教授のものだった。短い会話を交わして、通話を終えると、鮎子を見る。

「わたし、他へいくことにするわ。蓮のモチーフが他の場所で見つかったみたいだから。西東さんも、他をあたったら？　ここではもう、池の底でもさらうしかないでしょ」

　それには鮎子も同感だったが、大学構内にまったく不案内なのでいくあてがないのだ。

　立ち去った薬師丸教授と入れ替わるように、教授が現れた。

　ミルクを飲み終え、やさしいお姉さんたちにちやほや遊んでもらい、すっかりご機嫌になった暾(あさひ)がなかなか抱っこ紐に入りたがらず、梅花寮に足止めされていたそうである。

「教授、さくら先生も探していたんですが、ここに、三つめのお宝はないみたいです」

「そうですか」

　教授はうなずいた。

「どうしましょう？　あとは、手あたり次第、学生に聞いて情報を集めるとか……」

「いえ、少し休憩しましょう、西東さん。無策で動いても疲れるだけですし、ずっと走り通しでしたよね。現状をみなに報告し、次の場所を決めるまで、ここにいましょう」

　せっかちに走り出そうとする鮎子を制し、教授は肩にかけたトートバッグから、ミネラルウォーターのペットボトルをとり出すと、キャップを切って、鮎子に渡した。

「Slow and steady wins race. 急がば回れ、ですよ」

鮎子はうなずいた。

渇ききった喉に、冷えた水は美味しかった。ごくごくと一気に三分の二ほど飲み、息をつく。気をゆるめると同時、疲れが一気に押し寄せてきた。近くのベンチに腰をおろし、ふと会館を見あげると、学長たちの姿はすでに窓から消えていた。

「ちゃーいっ。ちゃーいっ」

カンガルースタイルで抱っこ紐に入っている暾が、池を指してはしゃいでいる。

池には亀と鯉がいた。彼らが時おり水面に、ぷかり、と顔を出すのが面白いのだろう。

雲一つない、いい天気だった。暾にあたる日差しの強さがふと気になり、鮎子はベンチに置いたトートバッグの中から折畳み傘をとり出して開き、教授にさしかけた。

「ありがとう。さすがに用意がいいですね」

「ばっぷー」

「ああ、暾、カエルさんを池に投げてはいけませんよ。ほら、ほら、カメさんが驚いて逃げてしまった」

やんちゃな暾がカエルのおもちゃを池に放り投げ、教授があわててそれを回収している。

先ほどまでの殺伐とした争いの時間が嘘のような、平和なひとときである。

(これって、なんだか見覚えのある風景だなー……)

ぼんやり教授を見ていた鮎子は、しばらくして、その答えに気づき、笑い出した。

「どうしたんですか、西東さん?」

「いえ……。柳に水辺に傘をさした男性にカエル——って、どこかで見たことあるなと思ったんですけど。花札だな、って気づいたんです。ありましたよね、そういう札」

「柳にカエルの光札。小野道風ですね」

「そうそう、それです。小野道風。唯一、人間が描かれている札なので、印象的で。花札の絵って、ほとんどが植物じゃないですか。萩とか、梅とか、紅葉とか……あれ、蓮の花はなかったっけ。なんか大きな花がありましたよね……あ、あれは牡丹か……」

どうしても思考がそちらへいってしまう。

「若き日の周子刀自も、前学長も、花札とか、やっていそうですよねえ。文琳館のどこかで、こっそりと」

「どうしてそう思うのですか？」

「だって、教授も例の写真を見たでしょう？　シェリーグラスを手に、卒業を祝う乙女たち、って、一見、すてきですけど、実際は、ふたりで朝まで日本酒かっ食らって一升まるまる飲み干した、って、けっこう豪快なエピソードじゃないですか？　一升瓶を手にした豪放磊落、ってイメージなので、ひそかに花札とか煙草とかもやっていそうだなーと」

「ああ、なるほど。そういうことですか」

「それに、帯から見つかったっていうラブレターも、さくら先生によると昭和時代のスキャンダルの証拠なのでしょう？　俳句のヒントから推理していたモノと、実際に見つかった品に、かなりギャップがあったというか……。周子刀自と前学長って、賢くて、行動力のある、きりっとしたご令嬢、ってイメージでしたけど、実際はけっこうはっちゃけた性格だったのかな、なんて。なにせ、思い出の品が、酒瓶と恋文ですもんね。残りの一つも意外とナンパなモノだったりして……あれ？　どうかしましたか、教授？」

黙りこみ、じっと地面をみつめている教授に気づき、鮎子はいった。

噭が再びカエルのおもちゃを放り投げ、池に大きな波紋が広がる。

が、教授は反応しなかった。じしんの思考の中に沈んでいるのだ。

「――西東さん」

やがて、教授はいった。

「ありがとうございます。あなたをナニーに雇って本当によかったと、心から思います」

は？　鮎子は目をぱちくりさせた。

「どうしたんですか、急に」

「できればハグをしてこのよろこびと感謝を西東さんにも伝えたいところですが、それは重大なハラスメントになってしまいますので、それはせず、かわりに、こう」

教授は噭をぎゅっと抱きしめ、

「噭へのハグにそれをこめましたので、間接ハグで感謝のきもちを受けとってください」

「あーいー」

抱っこ紐から抱きあげた、にこにこ顔の噭を渡される。

「大丈夫ですか、教授。寝不足のせいで、思考が混乱しているのでは……」

「ご心配なく。ぼくの頭はきわめてクリアですよ。それでは、いきましょう、西東さん」

日傘を畳み、教授はいった。

「いくって……どこへですか？」

「学友会館です」

「会館……？　何しに？　まさか食堂へ早めのランチを食べにいくんじゃないですよね」

「そう。それは後で楽しむことにして、まずは三つめのお宝を見つけにいきましょうか」

ぽかんとする鮎子を尻目に、教授はすでに歩き出していた。

3

「――おはようございます、島津先生」

会館へ入ると、先日と同じ、お仕着せ姿の男性がクロークの中から笑顔をむけた。

「おはようございます。いい天気ですね。今日は、披露宴などはあるんですか」

「そうですね……今日は仏滅でございますから、チャペルの使用予定はございませんね。レストランとバンケットルームの予約がいくつか入っておりますが」

「そうですか。遊戯室(ゆうぎ)へ入りたいのですが、この時間はもう使用できますか？」

男性はうなずいた。ふたりを促し(うなが)、二階への階段をあがっていく。

食堂の前を通りすぎ、男性は一つのドアの前で立ち止まると、ノックをした。

「――学長。島津先生がいらっしゃいました」

「どうぞ」と声が返ってきた。男性は鮎子たちに一礼して、その場を立ち去った。

クラシカルな造りの部屋だった。窓を背にした書き物机に多聞学長が座り、手前の応接セットには瞳子と市子が座っていた。入ってきた鮎子たちを見て、瞳子が立ちあがる。

学友会館はもともと校舎で、昔は学長室もここにあった、という数日前の教授の言葉を鮎子は思い出した。

「お疲れさまです、島津先生。西東さんも。ここには三つめの品を探しにきたんですね？」

「はい、学長。ただ……ぼくは、遊戯室にいくつもりだったのですが」

「ええ、わかっています。遊戯室へは、ここからもいけるのですよ」

学長は微笑み、片側の壁についているドアを指した。

ドアをあけた学長に続き、全員が隣の部屋へ入る。

美しい小部屋だった。寄せ木細工の高い天井。紫の花模様が散ったピンク色の壁紙。優美な猫脚（ねこあし）の長椅子。部屋の中央には、布で覆われたテーブルらしきものが置いてある。

感心しながら見回していた鮎子は、ふと疑問をもった。遊戯室はビリヤードやカードゲームなどを楽しめる場所のはずだが、それらしいものがどこにも見当たらないのだ。

「学長。ここは……遊戯室ではありませんね」

教授が戸惑ったようにいった。

「会館の中に、こんな部屋があるとは、知りませんでした」

「ふふ、そうでしょう。ここは隠し部屋ですからね」

「隠し部屋？」

「遊戯室と、旧学長室のあいだにある部屋なんですよ。廊下側にドアがないから、外からはわからないし、入れない。奥にドアがあるでしょう？　あれが遊戯室に続いているんです。……島津先生は、例のモノが遊戯室にあると考えられたのよね？」

「はい。大学の中で、あるとしたら、ここしか浮かばなかったので」

「なるほど。でも、アレはこの部屋に置いてあるんですよ。さすがに、隠し部屋の中では辿りつけないでしょう。だから、西東さんか、薬師丸先生のどちらかが遊戯室へきたときには、わたしの所へ案内するよう、クロークの担当者にいいつけておいたんです」

学長は微笑んだ。

「では、島津先生。教えていただける？　周子刀自の三つめの探し物とは何かしら」

「はい。麻雀牌です」

「えっ」と鮎子は驚いて教授を見た。

瞳子と市子も、背後で小さく声を漏らすのが聞こえた。

（麻雀牌⁉　宮家の姫君の思い出の品が麻雀牌って……そ、そんなことあるの⁉）

学長はにっこりした。

「正解よ。そして、これがその現物、最後のお宝というわけね」

部屋の中央にあるテーブルに近づき、上にかけてある布をとる。

現れたのは、美事な浮き彫りを全面に施した木製の箱だった。

（うわあ……ものすごく凝った彫刻。こんな豪華な工芸品の中に麻雀牌が入っているの？）

紫檀だろうか、艶のある色合いの重厚な箱だった。

観音開きになっている正面の扉には、周子刀自のお印——五葉の松が彫られている。

箱の中は抽斗式で、麻雀牌と点棒が収まっていた。テーブルの上に、学長がいくつかの牌を置いた。鮎子も一つを恐る恐る手にとってみる。思いのほか、重みがあった。

「ちゃーいー」

腕に抱いた暾がすかさず牌を奪おうとしたので、鮎子はあわてて抽斗に戻した。

他の牌と触れ合って、カチリ、と耳に心地よい音が響く。

「この麻雀牌は、陶器でできているのよ。中国の景徳鎮、戦前の品ね。もともとは、周子刀自の父宮が大陸で手に入れたものなのですって」

「ああ、中国のものなのですね。花牌の絵が特に美しい……日本とちがい、あちらでは花牌、季節牌も使う麻雀ルールが一般的だと聞いたことがあります」

いいながら、教授は鮎子の手に一つの牌を置いた。

〝夏〟の字が書かれた牌の下に、蓮の花が描かれている。

「えーと、つまり、これがあの俳句のいう〝蓮の燈〟だったんですか？」

「いえ、そうではないんです。あれは麻雀の役を詠んだ句だったのですよ」

「役？　麻雀の役っていうと……たしか、国士無双、とか、そういうやつですよね」

「そうです。ポーカーでいうワンペア、ツーペア、フルハウスなどと同じで、麻雀も決まったパターンの牌、つまり役を揃えることで和了、勝ちになります。役にはいくつかの種類がありますが、その中に、〃チューレンポウトウ〃というものがあるんです」

「チュウレンポウトウ……」

「漢字で書くと、こうですね」

教授は携帯電話をとり出すと、片手で打ち、鮎子たちに示した。

「九蓮宝燈」

画面に記されたその字を見て、鮎子と瞳子と市子は顔を見あわせた。

「〃蓮〃と〃燈〃の二文字があるでしょう？　そして、九蓮宝燈は別名を天衣無縫ともいうのですよ」

「天衣無縫って、あの……え、それじゃ……！」

「そう、句の中にあった、あの言葉です。九蓮宝燈は数ある麻雀役の中でも最高難度といわれ、プロの雀士でもそうは和了れないといわれている幻の役です。一から九までの牌を揃えるその形の美しさから、天衣無縫の別名がついている。そして、麻雀の役は手ともいうのですよ。蓮の燈に天衣無縫の掌の光る――あれは伝説級の役、九蓮宝燈を和了ったよろこびを表した俳句だったんですね」

鮎子は言葉がなかった。

周子刀自の青春の思い出が、まさか、麻雀の和了に関するものだったとは！

パチパチと学長が手を叩く。

「――学生時代、伯母は、学長の娘という特権を生かして、この隠し部屋に仲のいい友人たちを招き、こっそり卓を囲んでいたのですって。麻雀というと、ギャンブルのイメージが強いけれど、昔の上流階級では知的な遊びとして流行していたらしいわ。ここはお酒を片手に麻雀を楽しむ、不良娘たちの秘密の宴の部屋だったというわけ……。で、あるとき、周子刀自が九蓮宝燈（チューレンポウトウ）を和了（あが）ったことがあって、大騒ぎになったらしいの」

「ゴルフでいえば、ホールインワンを出すようなものですからね」

「そう。ホールインワンを出したら、ご祝儀をふるまったり、パーティーを開いたりするわよね。周子刀自もそれに倣（なら）い、記念にこの麻雀牌を寄贈してくれたのよ。これは実用にはむかない品だから、もっぱら観賞用としてこの部屋に置かれていたのだけれど」

学長は陶器の牌を集め、丁寧（ていねい）に抽斗の中へしまった。

「伯母はよくこの部屋で、お酒を飲みながら牌を並べ、学生時代の思い出に楽しそうに浸っていたわ。わたしにとってもこれは伯母の思い出の品なのだけれど、そろそろ、弥勒家にお返しするのがいいでしょうね」

（そういえば、学長は初対面のとき、わたしを『東南西北（トンナンシャーペイ）の西東さん』と呼んだっけ）

ふり返って考えると、麻雀をする人ならではのいいかたではあった。ウイスキーボンボンを持ち歩くほど酒好きな点といい、お酒や勝負ごとの、悪い遊びの嗜好まで伯母譲り、と母親に嘆かれたという学長の言葉を鮎子はあらためて思い出した。

再び、全員がもとの部屋へ戻った。

書き物机の上には例の一升瓶と写真、薬師丸教授が見つけたという古い便せんが置かれている。木箱をその横に並べ、「さて」と学長は瞳子と市子を見やった。

「ここに、ようやく三つの品が揃いました。寒梅の酒瓶の中の写真。古帯から仕立てた雛人形の道具にあった手紙。そして、麻雀牌。この三つが周子刀自の指定した思い出の品にまちがいありません。三つのうち、二つを見つけたのは島津先生と西東さんのチーム。よって、今回の勝負は、彼らを代理人に指名した、瞳子さんの勝ちとなります」

学長の宣告に、市子ががくり、とうなだれる。

意外なことに、勝った瞳子の顔に笑みはなかった。義姉に軽口を叩くようすもない。

「おめでとう、瞳子さん。グループ後継者の決定権はあなたのものです。勝ったほうが周子刀自へ連絡を入れることになっているので、早めの電話をお願いしますね」

「はい――わかりました」

瞳子は厳粛（げんしゅく）な顔でうなずいた。

廊下へ出ていく瞳子の後に、失望顔の市子が続いた。こちらは夫へ報告するのだろう。

鮎子と教授は暴れ始めた噯を空いたソファへおろし、その隣に座ると、息をついた。

（――やれやれ、これで代理人業務は終了、かあ……）

鮎子は気が抜けたようになって、ソファの背もたれに寄りかかった。勝ったはいいが、当の瞳子によろこぶようすがないので、いまひとつ実感が湧かないのだった。

「島津先生。西東さん。ご苦労さまでした」

しばしぼーっとしていると、学長がやってきた。

「薬師丸先生にも、いま、連絡を入れたところよ。先生は学生ホールにいたのですって」

「学生ホール？」

「舞台の緞帳に蓮の花の刺繍があったらしいの。ふふ、負けたと聞いて、とても悔しがっていたわ。三つめの品は麻雀牌だったと伝えたら、驚きに言葉を失っていたけれど」

「そうでしょうね。ぼくも、思い当たったのは、ほんの十分ほど前のことでした」

身体によじのぼってくる暾を抱きかかえながら、教授は鮎子を見た。

「幸運でした。たまたま、西東さんが花札のことを話題に出し、気がついたんです」

「なるほど、花札から、麻雀を連想したわけね。そこから、天衣無縫が九蓮宝燈の別名であることを思い出したというわけかしら？」

「それもありましたが……先に見つかった二つの品が、予想していたものとずいぶんちがった、と西東さんがいうのを聞いて、気づいたのです。一つは酒瓶、一つは恋文。これはもしかして、男性の三大道楽とも三大悪癖ともいわれる、〝飲む・打つ・買う〟にあてはまるのではないか、と。となると、残りの一つの〝打つ〟、は賭け事ですから、花札や麻雀やポーカーなどが思い出され、そこから、九蓮宝燈、麻雀に結びついたのです」

「飲む、打つ、買うって……」

思いがけない教授の説明に、鮎子はソファの背もたれから、身を起こした。

「それが思い出の品のキーワードだったんですか？　でも……お酒とバクチと異性交遊って、褒められるようなふるまいじゃないですよね。どうして、そんな若いころの不行状をわざわざ掘り起こすようなことをしたんでしょう？　宮家出身の周子刀自が……」

「幻想を、壊したかったんだと思うわ」

学長がいった。

「幻想？」

「ええ。まさしく、その宮家の女、に人々が抱くイメージ、しとやかさや、貞淑さや、品行方正な行い、神秘性といった幻想をね。それは、長く女性が求められてきた、女の理想のイメージでもあるけれど。弥勒家に嫁いで、夫の事業を助けて、良妻賢母と呼ばれるようになって、周子刀自の高貴で完璧なイメージは固まってしまった……。でも、実際のあの方は、お酒好きで、反抗的で、型破りな、生き生きした女性だったのよ」

学長は微笑んだ。

「生前の伯母がいっていたわ。未来を見通す予言の主だの、神秘の巫女だのいわれているけれど、タネを明かせばそれらはみな、周子刀自が宮家の特殊な人脈で得た情報を夫の弥勒氏に伝えていた結果にすぎないのですって。もちろん、その情報をうまく生かせるだけの判断力があったことはたしかだけれど、けっして巫女の霊力などではないし、彼女を〝ただの女ではないもの〟に祀りあげるのはやめてほしい、といっていた。伯母も、周子刀自も、周りから押しつけられた女性像を自分なりに打ち破ろうと闘った人だったから」

そこで、学長は、部屋に戻ってきた瞳子と市子へ視線をむけた。

「わたしはね、今回の依頼は、周子刀自が同じ文琳館のOGでもある市子さんと瞳子さんへ贈ったメッセージだったと思っているの。若いころの自分の赤裸々な姿を見せることで、もっと自由に生きていいと、役割としての正しい女や妻の姿をなぞって生きるより、後悔しない生きかたをしたほうがいい、と伝えたかったんじゃないかと」

もっとも、と学長はいったん言葉を切った。

「彼女たちがそのメッセージを、どんなふうに受け止めたかはわからないけれど……」

周子刀自と、それぞれの夫への連絡もすんだため、もうひとりの代理人、薬師丸教授の到着をまって、この場は解散することになった。

が、学生ホールが遠いのか、敗北のショックからいまだ立ち直れないのか、薬師丸教授はなかなか現れなかった。瞳子と市子はソファの端と端に座って、無言で壁をみつめている。室内には気づまりな沈黙が落ち、時間だけがのろのろと過ぎていった。

やがて、廊下を走る足音が聞こえてきた。

ノックの音ももどかしげに、ドアが開く。

「――瞳子……！」

血相を変えて部屋に入ってきた人物へ、みながいっせいに視線をむける。

瞳子がゆっくり立ちあがった。

弥勒英二だった。ネットで見たスクープ写真より、現実の彼はもっと若く、もっとスマートで、魅力的に見えた。そのことがまた、鮎子のカンにさわった。これまで、妻に仕事を丸投げしてきたくせに、勝利したとたん駆けつけてくるとは、ちゃっかりした男だ。

しかし、弥勒英二の顔は青ざめ、こわばっていた。よろこびとはほど遠い表情だった。

瞳子、と彼は息を切らせながらいった。

「おばあさまから、さっき連絡があった……例の探し物二つを、瞳子の代理人が先に見つけたと。そうなんだな？　勝ったのは、瞳子、きみにまちがいないんだな？」

「ええ」

「だったら、グループの後継者におれじゃなく、兄貴を指名したのはどうしてだ!?」

鮎子は耳を疑った。

苦々しげにそっぽをむいていた市子が目をみひらき、瞳子を見る。

（お義兄さんを指名した!?）

「お遊びじゃないんだぞ、瞳子。これには従業員の将来がかかっているんだ。悪い冗談はやめて、すぐおばあさまに電話をかけ直してくれ。さっきの言葉はまちがいだったと！」

「まちがいじゃないわ」

瞳子は冷静だった。

「今回の勝負に勝ったほうが、五葉グループの後継者の座を決められる。そういう約束だったでしょう？　だから、わたしは勝者の権利を行使して、お義兄さんを指名したの。英二さん、あなたより、お義兄さんのほうがトップにふさわしい器だと思うから」

「おい、何をいっているんだ、瞳子！」

「お義兄さんのこれまでの実績、能力については、おばあさまも認めていらっしゃるわ。実直な現場主義の技術屋で、あなたとちがって社内政治は得意じゃないけれど、堅実でえこひいきの人事もしないから、部下の評判もいい。経営面については専門家のお義姉さんのフォローがある。お義兄さんがトップに就くのに、なんの懸念もないでしょう」

「まってくれ、瞳子。おい、どうなっているんだ、いったい」

英二の顔には隠しきれない怒りと、いらだちと、焦りがせめぎあっている。

「そう感情的にならず、ちょっと、冷静になってくれないか」

「わたしは冷静よ。あなたのほうが混乱しているみたい。少しお水でもいただいたら？」

「わかっているよ。きみがそんな嫌がらせをするのは。おれへの仕置きのつもりなんだろう？　その……昔の、例の、ゴタゴタの……どうか、勘弁してくれ。あの件は何度も謝って、決着したじゃないか。あれは、もう、とっくに終わった話なんだから……」

「終わっていないわ」

瞳子はいった。

「終わったと思っているのは、あなただけ。過去のことだと思っているのは、あなただけよ、英二さん。わたしの中に、あなたがつけた傷は、いまも生々しく残っている。ねえ、ケガを負ったら傷が癒えるまで、その人はずっとケガ人なのよ。踏みつけたほうは忘れても、踏みつけられたほうは痛みや屈辱を、そう簡単に忘れられるものではないのよ」

「瞳子……」

「浮気のことだけをいっているんじゃないわ」

美しい弓型の眉をひそめ、瞳子は夫をじっとみつめる。

「これまでの結婚生活で、あなたはずっとわたしを軽んじてきた。……いいえ、そうよ。あなたは自分を押し通すばかりで、わたしの意見に耳を貸そうとはしなかった。同居の選択のこと。子育ての役割分担のこと。茉莉香の教育のこと。お義母さんのこと。わたしが不満を口にしようとすると、あなたはいつでも先回りして、不機嫌になった。どうして母親を悪くいうのか、どうして自分をつらいきもちにさせるのか、と被害者役を演じ始めるから、わたしは途方に暮れて、立ちつくすしかなかった。あなたはパワーゲームに長けていて、強い感情でその場を支配するのが得意よね。夫婦のもめごとも、男と女の感情の椅子とりゲームで、先に不機嫌の椅子に座ったほうが勝ちだと思っているのでしょう。ずっとその椅子を独り占めしていれば、耳に痛い言葉を聞かずにいられれ、居心地よい家庭でぬくぬくしていられると。でも、そうじゃないわ。それは子どもの勝ちかたよ。いつもあなたにその椅子を、勝ちを譲ってくれる相手がいることに気づかぬふりをしていたら、夫婦には、いつか本当のゲームセットがくるのよ。それが、いまよ」

薄刃をつきつけてくるような瞳子の言葉に、弥勒英二の顔がひきつっている。

「わたしは、あなたが思っているより、ずっと執念深い女なんです」

瞳子はいった。

「あなたの浮気も、お義母さまの暴言も、忘れたことは一度もないの。扇町の家業を揶揄して『汚穢屋さん』といったお義母さまの言葉を、いまだに許してはいないのよ」

「なぜ、いまさら蒸し返すんだ？　そんなのは悪意のない……ただの、軽はずみな……」

「ええ、軽はずみよね。わたしを見下しているからできることだわ。わたしなら、あなたたち母子を恨んでいる女に、後継者レースの鍵を握る仕事を任せたりはしないもの。あなたたちはわたしを見くびっていた。でも、〝汚穢屋〟の娘にもプライドはあるのよ」

「……ずっと、そんなふうに思っていたのか」

かすれた声で、英二はいった。

「ものわかりのいい、幸せそうな顔をして、内心はおれへの恨みをため込んでいたのか」

「茉莉香がいるもの。あの子のためなら、わたし、悪魔を夫にしていても笑顔でいるわ」

「そうして、ずっとおれへの復讐を狙っていたってわけか⁉　怖い女だな、きみは！」

「そうかしら。あなたは演技のうまい女が好きなんじゃなかった、英二さん？」

英二は絶句した。

「忘れているかもしれないけれど、わたし、演劇部だったのよ。もっとも、いつも端役だったけれど。今回の役だけは、我ながら、うまく演じられたみたい」

瞳子は苦い微笑を浮かべた。

「――先に帰っていてください。今後のことは、家でゆっくり話しあいましょう。これ以上、ここにいても、おたがい、気まずい思いをするだけでしょう？」

そこで、弥勒英二は初めて、鮎子たちの視線に気づいたようだった。

うろたえながら出入り口にむかい、「離婚はしないぞ」と吐き出すようにいった。

「茉莉香から父親をとりあげるのか？　自分の復讐心を晴らすために？　何が茉莉香の本当の幸せか、きみはもう一度よく考えるべきだ！」

「そうね」

瞳子はうなずいた。

「弥勒の家を出たら、あの子の好きな猫が飼えるようになるでしょう。機嫌をうかがうのも、きまぐれにふり回されるのも、浮気をする夫より、猫のほうがずっといいわ」

顔を真っ赤にして出ていく夫を見送り、瞳子はふり返った。

「——驚かせて、ごめんなさい、お義姉さん」

市子へ微笑んだ。

「そういうわけで、会社の今後については、すべて、お義姉さん夫婦にお任せしますわ」

「……あなた、本当に非常識な人ね、瞳子さん」

弥勒市子は、やっといった。

「そういう魂胆とも知らないで、あなたに勝とうと必死になって、あっちこっち走り回っていたわたしがバカみたいじゃないのっ」

「ふふ、おかげで、お義姉さんたちの夫婦愛をたんと見させていただくことができましたわ。……お義姉さんは、お義兄さんを本当に愛していらっしゃるのね」

「そうよ。一さんは、誠実な人だもの。わたしの仕事のこと……子どものこと……あの横暴なお義母さんに、どれだけ無神経で勝手なことをいわれても、わたしを庇い続けて、守ってくれたわ。だから……わたし、あなたに、イライラしたの。英二みたいに不誠実で調子のいい男にせっせと仕えて、お義母さんのサンドバッグにされても怒らないで、世間体を気にして、現状をとりつくろっているばかりに見えたあなたが……」

市子は息を吐いた。

「あなたみたいに利口な人があんな男にしがみつくなんて、自立していない女って、なんてバカなんだろう、主婦って、なんてみじめなんだろう、と思っていた。でも……ちがうわね。わたしも、バカだった。怒るべき相手は、決してあなたたちではなかったのに」

「でも、わたしがバカだったのも本当だわ。あの人の浮気に、ずっと気づいていなかったし、気づいてからも自分の感情に蓋をして、何も変わらずにいようとしていたんだもの。自分の怒りをみつめるのも、結婚に失敗したことを認めるのも、怖かったから」

瞳子は遠くを見るように目を細めた。

「お義兄さんに連絡なさって。もう一度、家族会議が開かれるでしょうけれど、わたしは欠席します。一連のことは、すでにおばあさまも承知されていますから」

「ええ……わかったわ」

「今回の喜劇から、わたしは一足先に退場させていただきます。これで、ようやく肩の荷をおろせますわ」

瞳子は肩をすくめた。

「やっぱり、平和な平成生まれのわたしは、ドロドロした争いごとはむいていないみたいですわ。ふふ……青春時代にゲバ棒をふり回していたお義姉さんとはちがって」

「ちょっと！　だから、わたしは学生運動世代じゃないっていっているでしょ！　昭和生まれを、なんでも雑に一絡げにするのはやめていただける!?」

「すみません、平成生まれには、六十四年もある昭和の歴史は長すぎて……」

「スキあらば平成生まれをねじこんでくるわね……やっぱりわたし、あなたのそういうところが嫌いだわ～！」

やりあうふたりは、口調も表情も、生き生きしている。

市子が電話をかけに廊下へ出ていったあと、瞳子は鮎子たちのそばへ寄ってきた。

「西東さん、伊織さん、学長。このたびはお世話になりました。ありがとうございます」

ひとりひとりに頭をさげる。

「申し訳ありません。みなさんの前で、見苦しいもめごとをお見せしてしまって」

「瞳子さん。あなたも、市子さんも、文琳館の誇るべきOGよ」

学長がいった。

「周子刀自も、ずっとあなたを気にかけていらしたわ。聡明な方ですもの。英二さんの、人を惹きつける魅力を愛しながらも、トップに据えるべき人物かどうかの判断に、目を曇らせることはなかったでしょう。また、何かあったら、相談してちょうだいね」

瞳子はうなずいた。

「伊織さん。落ち着いたら、あらためてお礼にうかがわせていただいてもいいですか。片づけなくてはいけないことがたくさんあるので……少し先になるかもしれませんが」

「かまいませんよ。いつでもどうぞ」

「西東さんもまた、そのときに。茉莉香とも遊んでやってくださいね」

「はい。また、しりとりをしましょう、と茉莉香さんにお伝えください。がんばってくださいね、瞳子さん。それと、今後またシッターが必要な際には〈人材派遣会社・寿〉のご利用をどうぞ！」

「あーいーっ」

噉の絶妙な合いの手に、瞳子は声をたてて笑った。

部屋を出ていく瞳子を見送り、教授が尋ねた。

「――学長は、こうなることを予想していらしたんですか？」

「いいえ、まさか。でも、周子刀自には予感があったようですよ。瞳子さんと英二さんの夫婦仲のことも、市子さんが子どもを産めなかったことで悩んでいることも、すべて把握していられたし。今回のことをきっかけに、彼女たちには、そうした葛藤にふんぎりをつけてもらいたい、と周子刀自は考えられたんじゃないかしら」

（そうか……そういうつもりで、瞳子さんと市子さんを指名したんだ……）

今回の勝負に市子が勝利していたら、自分の働きで夫を後継者に据えられた、と彼女は自信をもつことができ、子どもをもたずにいることの劣等感や負い目を手放せただろう。逆に、負けた瞳子は夫から責められただろうし――なにせ、あの自己愛の強い身勝手な男だ――それをきっかけに、夫婦は決定的な破局を迎えることになったかもしれない。周子刀自はそんな彼女たちを弥勒の家の愛憎やしがらみから、解放してやろうと試みたのかもしれない。

窓の外を見ると、瞳子が池の端を通っていくところだった。

背筋を伸ばし、高価なコートの裾を風にひるがえし、確かな足どりで歩いていく。思いがけない妻の反逆に頬をはたかれ、怒りと混乱を抱えて出ていった夫とは反対の、堂々たる後ろ姿だった。

「ショーの短編小説を思い出しますね」

教授がつぶやいた。

「ショー？　バーナード・ショーですか？」

「いいえ、学長。アーウィン・ショーです。アメリカ人作家の。〝愁いを含んで、ほのかに甘く〟。ひとりの男と、彼を裏切った恋人の短い再会と別れを描いた短編です。夢に破れ、人生に傷つきながらも、顔をあげ、颯爽と街を去っていく彼女の描写で物語は締められるのです。彼女のその姿は『まるでこの街の征服に出かけるかのようだった』と。……しなやかで、強い。いまの彼女を表すのに、ぴったりの言葉だと思いませんか」

鮎子はうなずいた。

瞳子の姿は、やがて、桜並木の中へ消えていった。

涙に洗われた彼女の目で見る世界は、光と色に満ちた、まぶしいほどの鮮やかさだろう。

——瞳子が弥勒の家を正式に出た、と鮎子が聞いたのは、一連の騒動が決着した三日後のことだった。

夫も義両親も強固に反対したが、瞳子はそれをふり切り、茉莉香をつれて、九州の実家へ戻ったという。今後は、茉莉香を母親に預けて再上京し、東京で新しい家を探す予定でいるそうだ。父親の会社の東京支社で働くつもりなのだという。

「遅まきながらの社会人デビューね。一応、フルタイム勤務の予定だから、今後は本当に茉莉香のベビーシッターが必要になると思うの。通いのシッターさんでいい人がいたら、西東さん、教えてもらえるかしら？　あなたの紹介なら、安心だから」

電話をかけてきた瞳子の頼みを、鮎子は快諾した。

背後では、楽しそうな犬の鳴き声に交じり、茉莉香と祖母らしい人のにぎやかな笑い声が聞こえてくる。

幼い彼女も、いずれは両親の破局の事実と向きあうことになるだろう。人生には避けられない痛みや悲しみがある。大人たちのフォローでそれをうまく乗りこえてくれることを祈るばかりだ。茉莉香の無邪気な笑顔が鮎子の脳裏に浮かんだ。

「——そう、実家に帰ったのね。よかったわ、瞳子さん、情にほだされることなく、女の意地を通したというわけね。しばらくは婚家がガタガタいってくるでしょうけど、彼女なら大丈夫よ。まだ若いし、実家も頼れるようだから、スムーズに再出発できるでしょう」

鮎子の報告を聞き、薬師丸教授はうなずいた。

「勝負には負けたけど、そういう結末を迎えたなら大歓迎よ。浮気者の夫はすべてをなくしたっていうわけね。因果応報、自業自得、いい気味だわ～！　そうそう、西東さんも、約束の謝礼をいただいたんでしょ？」

「はい。翌日にすぐ、小切手を届けていただきました」

「よかったわね。キャンパスを東奔西走した甲斐があったじゃない」

「薬師丸先生も、市子さんが、研究室への支援を決定してくれたそうですね」

教授の言葉に、薬師丸教授は笑顔になった。

「そうなの。市子さんとは、なんだかひどく話が合っちゃって！　夫の一さんがグループの後継者に決まったでしょ。今後は五葉ホームズから、うちの研究室に企業支援をもらえることになったのよ。寄付金はもらいそこなったけど、この展開には大満足よ。代理人を引き受けてよかったわ～。だから、島津先生たちも、尊先生のスパイ行為と裏切りをどうか許してあげてちょうだいね！」

モニターの向こうで、薬師丸准教授が大きな体を縮こませるようにして、ぺこりと頭をさげた。その腕に抱かれているさつきは、にこにこと歯固めのカメさんをかじっている。

「やいやいやいっ」

さつきを見た暾が鮎子の膝(ひざ)の上で、興奮ぎみにお尻を弾ませた。

モニターにむかって、手にしたカエルのおもちゃをブンブンふり回す。さつきに対抗して、おもちゃを自慢しているつもりなのだ。

——教授の書斎。

珍しく早めに帰宅した教授と、キクさんが作っておいてくれた夕食を一緒にとっている最中、薬師丸先生ズの話題がのぼったため、食後、スカイプで一家と話すことにしたのだった。

途中で乱入してきた薬師丸家の長男が、はしゃいで転び、手にしたジュースをあたりにぶちまけるなどのハプニングもあり、スカイプは、終始にぎやかな会話で終わった。

「——万事、丸く収まって安心しました」

電源を切り、教授がいった。

「本当ですね。それと、暾さんにも、初めてのお友だちができて、よかったです」

映像が消え、さつきの姿が見えなくなったあとも、

「オッ？　オッ？」

暾はモニターをバンバン叩いて、友だちの姿を探している。

次の休日、薬師丸家が子どもを連れて遊びにくる約束を交わしたのだった。

「瞳子さんも、早く新生活の準備が落ち着いて、こちらへ遊びにこられるといいですね。西東さんから、育児のアドバイスなどもいろいろ聞きたいでしょうし」

いえいえ、と鮎子は笑った。

「瞳子さんには、わたしからのアドバイスなんて、不要ですよ。心から茉莉香さんを愛していて、彼女のために最善をつくしている、立派なお母さんですもの」

「それでも、子育てのプロからの助言は有効でしょう?」

鮎子は首をふった。

「わたしは保育のプロですけど、子育てのプロではないですから。というより、子育てのプロなんて、わたし、どこにもいないと思うんです。たとえ、五人、六人、子どもを育てたお母さんがいたとしても、それは子育てのベテランであって、プロではない。昔から、人類が途切れなく続けてきた作業が子育てなのに、その仕事のプロはいないし、いまだ正解もないんですよね。子どもを育てる親御さんたちは、いつも無我夢中で、手探りで、体当たりで、未知の体験にとりくんでいる。わたしはいつも、そんなみなさんに尊敬の念を抱いているんです」

鮎子は暾をみつめる。

「わたしの仕事は、できる範囲でそのお手伝いをするだけ。忙しい親御さんが聞き逃してしまいがちな子どもたちの小さな声に耳を傾けて、言葉になる前の言葉を聞いて、親御さんたちに届けるだけです。迷ったときには、磁石の針が北を探すみたいに、子どもたちの笑顔を思い浮かべて進むんです。どの国でも、どの時代でも、子どもたちが安全に守られ、笑っていられる風景こそが、あるべき姿、正義だと思うので」

　教授はうなずいた。

「西東さんは子どもの味方であり、正義の味方（ヒーロー）なんですね」

「そうですね、可憐（かれん）なヒロインよりは頼れるヒーローになりたいですね。さいわい、必要な腕力、脚力、体力ならありますしね」

　鮎子は力こぶを作って見せた。

　ふと壁の時計を見て、

「いけない、いつのまにかこんな時間になっていたんですね。たいへん、たいへん、暾さんをお風呂に入れる準備をしなくっちゃ」

「今日はぼくが入れましょう」

「え、教授が？　でも……大丈夫ですか？」

「ぼくも少しずつ、西東さんに頼らないスキルを身につけていかなければいけませんからね。いつまでも、立場に甘えて、新米のままではいられません」

　教授は鮎子の膝の上の暾にむかって手をのばした。

「さあ、おいで、暾。叔父さんとお風呂に入ろう」

「アハーン？」

　暾がふり返り、カエルをかじりながら、にやりと笑った。

　天使と悪魔が同居している笑みである。

　鮎子と教授は顔を見あわせた。

――お風呂ではしゃいでお湯を飛ばしまくる暾、ベビーバスの中でいきなりブリッジを始める暾、シャワーをかけられ、浴室じゅうにわんわんと響く声量でこの世の終わりのように泣きわめく暾、湯船の中できもちよくなって粗相をする暾、泡だらけの格好であわてふためく教授……そんな想像が鮎子と教授の頭の中を同時にめぐった。

「ファイトですよ、教授。怯まずにがんばってください。これも経験値を上げるために必要なステップですからね」

「そうですね。がんばります。……西東さんには、後方支援をよろしくお願いします」

重々しい口調でうなずく教授の腕の中で、

「けけけけけけっ！」

暾は機嫌よく笑っている。

――今夜は、長くにぎやかな夜になりそうだ。

鮎子と教授は前線で戦う同志のように肩を並べ、ともに書斎を後にした。

参考文献

『西洋骨董鑑定の教科書』ジュディス・ミラー　著（パイ インターナショナル）
『メアリ・ポピンズ』トラバース　作　岸田衿子　訳　安野光雅　絵（朝日出版社）
『新エッセンシャル　児童・家庭福祉論』千葉茂明　編（みらい）
『シェイクスピアの花園』ウォルター・クレイン　画（マール社）
『挿絵画家アーサー・ラッカムの世界　新装版』平松洋　監修（ＫＡＤＯＫＡＷＡ）
『名画で見るシェイクスピアの世界』平松洋　著（ＫＡＤＯＫＡＷＡ　中経出版）
『恋の骨折り損　シェイクスピア全集十六』シェイクスピア　著　松岡和子　訳（筑摩書房）
『から騒ぎ　シェイクスピア全集十七』シェイクスピア　著　松岡和子　訳（筑摩書房）
『じゃじゃ馬馴らし　シェイクスピア全集二十』シェイクスピア　著　松岡和子　訳（筑摩書房）
『今、なぜ「大学改革」か？　─私立大学の戦略的経営の必要性─』水戸英則　著（丸善プラネット）

※この作品はフィクションです。実在の人物・団体・事件などにはいっさい関係ありません。

集英社オレンジ文庫をお買い上げいただき、ありがとうございます。
ご意見・ご感想をお待ちしております。

●あて先
〒101-8050　東京都千代田区一ツ橋2-5-10
集英社オレンジ文庫編集部 気付
松田志乃ぶ先生

赤ちゃんと教授

乳母猫より愛をこめて

集英社
オレンジ文庫

2020年7月22日　第1刷発行

著　者　松田志乃ぶ
発行者　北畠輝幸
発行所　株式会社集英社
〒101-8050東京都千代田区一ツ橋2-5-10
電話【編集部】03-3230-6352
【読者係】03-3230-6080
【販売部】03-3230-6393（書店専用）
印刷所　図書印刷株式会社

※定価はカバーに表示してあります

ISBN 978-4-08-680332-8 C0193